S.F.
V.

Aus dem Englischen von
Regine Laudann und
Stefanie Schaffer-de Vries

Nadine Gordimer

Die endgültige Safari

Erzählungen

S. Fischer

Die englische Originalausgabe erschien 1991
unter dem Titel *Jump*
in den Verlagen Bloomsbury Publishing Ltd., London,
und Farrar, Straus & Giroux, New York

Umschlaggestaltung: Buchholz/Hinsch/Hensinger
Abbildung: Winslow Homer, ›The Turtle Pound‹
Satz: Fotosatz Otto Gutfreund, Darmstadt
Druck und Einband: Clausen & Bosse, Leck
Printed in Germany 1992
ISBN 3-10-027023-1

Für Pascale und Paule Taramasco
und Katherine Cassirer

Inhalt

Spring

Er ist sich seiner selbst in dem Raum bewußt, hinter der Tür des Appartements, am Ende eines Korridors, im Inneren dieses Gebäudes, dessen Name HOTEL LEBUVU in einem vergoldeten Mosaik über dem Eingang steht, durch den er gebracht wurde. Das geräumige Foyer, in dem verloren eine Kunstledercouch mit dazu passenden Fauteuils steht, der wartende Lift in seinem Schacht, der sich durch die Etagen hochzieht, vorbei an leeren Gängen, Türen mit leuchtenden Aufschriften – KONFERENZZENTRUM, TROPICANA BUFFET, MERMAID BAR –, er ist sich bewußt, daß er das Ziel in alldem ist, wie in einem Film, in dem die Kamera sich in einer Serie von Überblendungen durch Wände schiebt, um schließlich eine einzige Gestalt herauszuholen, den Helden, den Verbrecher. Ihn.

Nachts lassen die offenen Vorhänge die Dunkelheit ein. Wenn er morgens aufsteht, zieht er sie zu. Nun lodern sie bereits in der Sonne. Der Tag will unbedingt herein. Aber er hat ihm den Rücken zugekehrt; seine Anwesenheit in dem Zimmer ist ein Echo dessen, was das Hotel einmal war.

Der Sessel steht vor dem überdimensionalen Fernseher,

den sie aufgestellt haben müssen, als sie beschlossen, wohin sie ihn bringen würden. Nichts sonst in dem Raum paßt zu seiner luxuriösen Ausführung – der kleine Kiefertisch und die vier Stühle mit den harten roten Sitzflächen aus Kunststoff, das haarige zweisitzige Sofa, der Resopalhocker, die lodernden Vorhänge, in denen die Kreise und Flecken des Musters wie flakkernde Flammen blenden: das alles ist Standardeinrichtung für eine Durchgangsklientel, die eine Nacht hier verbringt, Bier verschüttet und ihre Zigaretten unter dem Absatz ausdrückt. Die silbrige Wölbung des Fernsehschirms spiegelt die bleiche, aufgeblähte Vision eines Gesichtes wider, bleich und voll. Er vergißt und fährt sich mit der Hand über Wange und Kinn, aber es ist kein Bart da – er hat ihn wirklich abrasiert. Und sie haben ihm Geld gegeben für die Sachen, die er jetzt trägt. Der Bart (er war dunkel und kräftig im Gegensatz zu dem feinen Kopfhaar), der Kampfanzug, dessen Hosenbeine in Stiefeln steckten, die bei jedem Schritt autoritär hallten, das mit Leder eingefaßte Barett; alles weg, er hat sich davon getrennt. Da! Er mußte glaubwürdig sein, man glaubte ihm. Das Gesicht bleich und in das bleiche Fleisch des Kinns übergehend: sein verborgenes Ich, für sie inszeniert. Es ist da auf dem toten Schirm, wenn er aufblickt.

Außer dem Fernseher haben sie ihm auch einen hochwertigen Kassettenrecorder zur Verfügung gestellt. Er spielt so laut, daß es den Raum füllt, sich dem Tag entgegenstemmt, der sich an die Vorhänge preßt; er spielt die Musik aus einem Film über einen amerikanischen Soldaten, den die grauenhaften Dinge, die er in Vietnam tun muß, verrohen lassen. Es ist lange her, daß er den Film gesehen hat, er erinnert sich nicht mehr genau und kann sich die Bilder nicht ins Gedächtnis rufen. Er hört auch nicht zu: Das Crescendo und der Zusammenprall, die Paukenschläge des Konflikts, die Fanfaren des Ruhmes, die aufwühlenden Akkorde der Entschlossenheit, die weinerlichen Saitenklänge des Bedauerns, die Pausen des Ekels – sie kommen aus ihm. Sie entströmen seinem Inneren, und er sitzt da und stellt sich dem auf den Fernsehschirm geschmierten Bild nicht. Hier und da sieht er seine Hand. Sie paßte nie zu dem Bart, dem Kampfanzug, dem Barett und den Befehlen, die sie unterzeichnete. Eine schmale, weiße, unbehaarte Hand, fast durchsichtig über feinen Knochen, wie bei einem Gecko, durch dessen geisterhafte Haut das Skelett schimmert. Die Knöchel sind zartrosa – saubere, saubere Hand, geschrubbt und wieder geschrubbt – nur in dem V zwischen Zeige- und Mittelfinger, dort, wo die Zigarette niederbrennt, der scheißefarbene Nikotinfleck. Sie waren bereit, Devisen für ihn auszugeben. Sie versorgen ihn immer noch von irgendwoher mit der importierten Marke, die er bevorzugt; die Päckchen in ihren Zellophanhüllen liegen reichlich gestapelt da, in Reichweite. Und er kann den Zimmerservice anwählen, die Nummer ist auf dem Telefon abzulesen, das auf dem Boden steht, und nach einer langen Wartezeit kommt jemand und bringt ihm kaltes Bier. Anfangs hatte man

ihm Whisky angeboten, alles, was er wollte, und er hatte ihn bestellt, obwohl harte Getränke nie seine Sache gewesen waren. Er hatte zu denen gehört, die lieber für überlegene Disziplin respektiert als für hartes Trinken und Leben bewundert werden wollen. Der Whisky kommt nicht mehr; wenn er eine Flasche bestellt, wird nichts gesagt, aber sie wird nicht geliefert.
Als ob es eine Rolle spielte.
Von der Lautstärke der Musik überdeckt, herrscht das Schweigen. Von dem Haus ist keine Rede mehr: die Abmachung hatte ein Haus eingeschlossen, man hatte ihm zu verstehen gegeben, es würde eines der vornehmen sein, eines von denen, die nach der Flucht der Siedler zurückgeblieben und im Namen des Volkes vom Staat enteignet worden waren. Ein Haus mit Garten und einem Wächter, der für Ungestörtheit und (unter seinen Umständen) für Sicherheit sorgen würde, eines von diesen Häusern, an denen er als Schuljunge und Sohn eines Beamten aus einem weniger wohlhabenden weißen Viertel oft vorbeigefahren war. Ein Haus und ein Wagen. Irgendwann irgendeine anständige Position. Rehabilitiert. Er hatte an die Medien gedacht, an Public Relations (bei seiner internationalen Erfahrung); es war zu früh gewesen, um etwas zu entscheiden, aber sie hatten jedenfalls nicht nein gesagt.
Alles, was er wollte: das hatte sein Lohn sein sollen. Die Fernsehteams kamen – nicht nur die mickrigen afrikanischen, sondern BBC, CBS, Antenne 2, Zweites Deutsches Fernsehen –, und die Auslandskorrespondenten

flogen mit ihren Kassettenrecordern ein. Er wurde bei Pressekonferenzen vorgezeigt, in Begleitung des Oberbefehlshabers der Streitkräfte, des Verteidigungsministers und ihrer Berater, elegant wie seinerzeit die Vertreter der gestürzten Kolonialmacht. Ein Blumenarrangement zwischen Wasserkaraffen. Er in den neuen Kleidern, die man ihm gegeben hatte, die im Kampfanzug so stattlichen Schenkel zu fleischig, wenn er sie in der leicht glänzenden Tropenhose kreuzte, das Kinn weiß, weich und nackt, wo der Bart abrasiert war, das Haar sauber und glatt gekämmt, eine graubraune Franse über der Stirn, im Nacken kurzgeschoren – auf den Zeitungsfotos sah er auf seinem großen, gebeugten Körper den Kopf eines kleinen Jungen mit runden, verwunderten Augen unter gerunzelten und gehobenen Brauen. Er erzählte seine Geschichte. In den ersten paar Monaten erzählte er sie wieder und wieder, präsentierte sie. Mittlerweile haben alle sie gehört. Auf dem Tisch mit den vier herangezogenen Stühlen wartet ein kaltes Spiegelei auf einem Teller, der mit einem zweiten zugedeckt ist. Das heiße Wasser in dem Krug neben einer Dose Pulverkaffee ist lauwarm geworden. Irgend jemand hat diese Dinge gebracht und ist wieder gegangen. Alle sind sie gegangen. Die brausende, wogende Musik, die den Raum füllt, ist die Begleitung, welche die Präsentation seiner Geschichte nie hatte. Wenn das Band zu Ende ist, drückt er auf den Rückspulknopf, um es wieder abzuspielen.

....

Sie erwähnen das Haus oder den Wagen nie, und er weiß nicht, wie er das Thema ansprechen soll – sie kommen überhaupt kaum noch, aber das ist vielleicht normal, das *Debriefing* ist ja vorüber, sie sind zufrieden. Er hat den Fernsehteams und der Presse nichts mehr zu sagen. Es fällt ihm nichts mehr ein – denken Sie nach! denken Sie nach! –, was er noch sagen könnte. Sie haben alles über seine Kindheit in dieser Hauptstadt, diesem Land, gehört, in das sie ihn zurückgebracht haben. Daß er ein gewöhnliches Kind weißer Siedler war, daß seine Eltern aus Europa eingewandert waren, weil sie hofften, ein besseres Leben zu finden, hier, wo es warm war und wo es Chancen gab. Daß es warm war und das Meer gab und tropische Früchte, Schwarze zum Graben und zum Schleppen, daß aber die Chancen nichts Großartigeres waren als ein gesicherter Posten für einen Weißen in den unteren Beamtenrängen. Seine Eltern interessierten sich nicht für Politik, hatten sich nie dafür interessiert. Sie interessierten sich nicht für die Schwarzen. Sie glaubten nicht, daß die Schwarzen je irgendeinen Einfluß auf ihr oder sein Leben haben könnten. Als der Krieg gegen die Kolonialmacht begann, war es weit weg im Norden; Truppen kamen aus dem »Mutterland«, um sich damit zu befassen. Der Junge würde vielleicht Buchhalter werden, sicher würde er einen Rang höhersteigen als sein Vater, weil jede Generation sich verbessern mußte, so wie sie es getan hatten, als sie ausgewandert waren. Er wuchs heran und nahm die Gelegenheiten und Ventile für Abenteuer und Spiel, die es im Leben der Schwarzen, im Krieg der Schwarzen nicht gab, als selbstverständlich hin: als Jugendlicher schloß er sich mit seinen Freunden durch den Eintritt in einen Fallschirmspringerklub eng zusammen. Und er sprang – vollzog den Übergangsritus vom Jungen zum Mann. In der Hauptstadt fand die Revolution über Nacht durch einen Machtverzicht Europas statt, den die Einheimischen in den ländlichen Gebieten durch Jahre des Krieges erzwungen hatten. Auf dem Hauptplatz der Stadt wurden einige Standbilder gestürzt, und es kam zu ein paar Ladenplünderungen aus Rache für die Ausbeutung. Seine Eltern beurteilten ihre Sicherheit daran, daß die Dinge, die ihnen wichtig waren, zunächst ohne Unterbrechung weitergingen: der Müll wurde zweimal wöchentlich abgeholt, und auf dem Markt gab es Fisch. Ihr bescheidenes Leben würde sicher nicht von der Herrschaft der Schwarzen berührt werden. Er kam als Zeichner bei einem Architekten in die Lehre (das war angesehener als die Buchhaltung), an den Wochenenden sprang er vom Himmel und ging seinem zweiten Hobby nach: dem Fotografieren. Mit dem Verkauf lustiger Schnappschüsse von Vögeln und anderen Tieren an eine Lokalzeitung verdiente er sich sogar ein wenig Taschengeld. Dann kam das Ereignis, das Erlebnis, das – mit einem Mal, aufgerollt wie das Band, das beim Rückspulen die linke Hälfte der Kassette füllt – alles erklärte, was er seither getan hatte, alles, was er gestehen sollte, alles, wofür er sich bei der Präsentation seiner Geschichte vor den Journalisten selbst anklagen und verurteilen sollte, unter den wachsamen, billigenden Blicken des Oberbefehlshabers der Streitkräfte und des Verteidigungsministers, in den bohrenden *Debriefings*, den Frage-Antwort-Interviews; und auch vor sich selbst, wie er da im hitzigen Halbdunkel hinter der Glutasche des Vorhangs sitzt, dem Fischauge des Fernsehschirms gegenüber, von Musik umspült, allein. Er hatte einen Seevogel fotografiert, der sich auf einer turmartigen Konstruktion niedergelassen hatte. Soldaten, die schwer an Maschinenwaffen mit abgesägten Läufen trugen, hatten ihn gepackt, seine Kamera zerschlagen und ihn zur Polizei gebracht. Fünf Wochen wurde er in einer schmutzigen Zelle festgehalten, die das Kolonialregime früher für Schwarze benutzt hatte. Seinen Eltern wurde gesagt, er wäre ein imperialistischer Spion – ihr unschuldiger Junge, der erst vor zwei Jahren von der Schule abgegangen war! Natürlich passierte das alles in der Verwirrung der ersten Tage der Freiheit (sollte er später seinen Zuhörern erklären), das war zu erwarten. Und wofür hielt sich eigentlich dieser Junge, daß er glaubte, er könne alles fotografieren, was ihm Spaß machte, auch eine militärische Anlage, die für die Feinde des neuen Staates von Interesse sein konnte? Dieser weiße Junge.

An dieser Stelle seiner Erzählung kam das Geständnis, daß er zum erstenmal in seinem Leben über die Schwarzen nachgedacht – und sie gehaßt hatte. Sie hatten seine Kamera zerschlagen und ihn wie einen Schwarzen eingesperrt, und er haßte sie und ihre Regierung und alles, was sie tun mochten, sei es gut oder böse. Nein – er hatte damals nicht geglaubt, daß sie je etwas Gutes tun könnten für das Land, in dem er geboren war. Weiße, an die seine Eltern sich – letztlich mit Erfolg – gewandt hatten, um ihn freizubekommen, begannen sich für ihn zu interessieren, oder er sich für sie – er konnte nie dazu gebracht werden, sich zu diesem kleinen Detail klar zu äußern. Sie besänftigten ihn mit ihrer Empörung über das, was ihm passiert war, und gaben ihm einen Ersatz für die Kameradschaft im Fallschirmspringerklub (der vom militärischen Sicherheitsdienst der Schwarzen geschlossen worden war). Dieser Ersatz war die Mitgliedschaft in ihrer Geheimorganisation, die darauf zielte, mit Hilfe willfähriger schwarzer Marionetten die weiße Herrschaft wiederherzustellen. Wie das geschehen sollte, war noch nicht klar formuliert, Verbündete aus benachbarten kalten und heißen Kriegen waren noch nicht gefunden, Geld von internationalen Interessenten, die Zugang zu Öl und Mineralvorkommen suchten, war noch nicht da, Quellen zur Beschaffung von Kriegsmaterial und Söldnern zur Aufstellung einer Rebellenarmee im Busch wurden noch geprüft. Er beugte sich am Tage still über sein Zeichenbrett, und nachts ging er zu geheimen Treffen. Er kam sich auf bedeutende Weise patriotisch vor; das war für ihn etwas Neues, da seine Eltern ihr Land verlassen hatten, und die Schwarzen sich dieses Land, in dem er geboren war, zurückgenommen hatten. Seine Eltern dankten Gott, daß er geborgen und in guter Gesellschaft war. Das waren alles Weiße wie sie, aber wohlhabend und gut darüber informiert, wie man hier weiterleben konnte, wo es warm war. Von solchen Leuten durfte man einen Tip erwarten, wenn es an der Zeit sein sollte, zu gehen. Sie waren stolz, als sie erfuhren, daß ihr Sohn zu Studienzwecken nach Europa geschickt werden sollte; ein philanthropischer Akt von Mitbürgern aus dem Land, aus dem sie alle einmal ausgewandert waren.

Aus bescheidenen Anfängen war er in das Erbe der Konterrevolution eingetreten.

Das Telefon steht nicht nur für Hausgespräche zur Verfügung, um den in seinem Khakianzug zusammengeschrumpelten alten Schwarzen herbeizurufen, der das Bier bringt, die Eier gebracht und mit einem zweiten Teller zugedeckt hat. Wenn er will, kann er jeden Tag Ferngespräche führen. Es gibt nie eine Rechnung; sie bezahlen. So war es vereinbart – sie würden alles zur Verfügung stellen. Also ruft er jeden dritten Tag seine Mutter in der europäischen Stadt an, in die sie und sein Vater zurückgekehrt sind, als die Leute, die über diese Dinge Bescheid wußten, sagten, daß es an der Zeit sei zu gehen. Er braucht nur die Nummer zu wählen, und dort ist jetzt Winter, und dann klingelt das Telefon auf seiner gehäkelten Matte im Wohnzimmer hinter den doppelt verglasten Fenstern, alles Dinge, die er entdeckte (da also kamen seine Eltern her!), als er damals in dieselbe europäische Stadt geschickt worden war. Es muß ihnen bald klargeworden sein, daß er nicht studierte. Zumindest nicht, was sie darunter verstanden, Vorlesungen an einem Institut, ein Diplom für einen Beruf, den man benennen konnte. Aber es war offenkundig, daß er seine Sache gut machte, sie hatten eine hohe Meinung von dem jungen Mann, die Leute, die seine Qualitäten erkannt und sich seiner angenommen hatten nach der schrecklichen Zeit im Gefängnis, in das diese Schwarzen ihn geworfen hatten dort in dem Land, wo jetzt alles verloren war – die Beamtenpension, die Mangos und die Passionsfrüchte, die Sonne. Er war an den Geschäften dieser vermögenden Leute beteiligt, internationalen Geschäften, die zu kompliziert waren, als daß er sie hätte erklären können. Und vertraulich. Sie respektierten das. Eine Mutter und ein Vater dürfen niemals irgend etwas tun, was die Chancen gefährden könnte, die sie selbst ihrem Kind nicht hatten bieten können. Er war immer auf dem Weg zu oder von Flughäfen – Frankreich, Deutschland, die Schweiz und andere Ziele, auf die er nicht näher einging. Natürlich mußte seine Sprachbegabung von unschätzbarem Wert sein für die Leute, für die – nein, mit denen er arbeitete: denn das war eindeutig sein Status. Man hatte nicht nur eine Wohnung, sondern ein ganzes Haus in der Abgeschiedenheit eines der besten Viertel für ihn gekauft, und sein Arbeitszimmer oder Büro in diesem Haus war nicht nur vollgestopft mit Dokumenten und Büchern, sondern auch mit der neuesten Technik der Telekommunikation ausgestattet. Ausländische Mitarbeiter nächtigten bei ihm; er hatte ein ständiges Dienstmädchen. Sein zartes Jugendkinn verschwand im weichen Wohlstandsfleisch, und dann ließ er sich den Bart wachsen, der dunkel und kräftig sproß und ihm das Aussehen eines Mannes von Macht verlieh. Seine anderen Attribute sahen sie ihn nie tragen: den weiten Kampfanzug, die Stiefel und das Barett. Er besuchte sie in Zivil, das für ihn zur Verkleidung geworden war.

Das Telefon auf dem Boden hatte er zum ersten Mal benutzt, als er sie anrief, seine Mutter, um ihr zu sagen, daß er am Leben war und hier. *Wo?* Wie hätte sie je auf diesen Gedanken kommen können – wieder in diesem Land! Die Sonne, die Mangos (an diesem Tag hatten sie Obst auf den Tisch gestellt, auf dem jetzt das Ei austrocknet), das Gefängnis, in das ein Junge geworfen worden war wie irgendein Schwarzer! Sie weinte, weil sie und sein Vater ihn für tot gehalten hatten. Er war zwei Monate vorher verschwunden. Ohne ein Wort; das war eine der Bedingungen, an die er sich seinerseits hielt, er konnte seinen Eltern nicht sagen, daß dies keine Geschäftsreise war, von der er zurückkommen würde: daß er das Haus aufgegeben hatte, das Dienstmädchen, die Flugtickets erster Klasse, die wichtigen Besucher, das Zimmer voller Bücher mit dem Telekommunikationssystem, über welches die Sprengung von Zügen, die Verminung von Straßen und das Massaker an schlafenden Dorfbewohnern geplant wurde, dort unten in dem Land, wo er geboren war.

Es ist der Tag, sie anzurufen. Es wird schwieriger und schwieriger, der Verpflichtung nachzukommen. Es gibt auch nichts mehr, was er ihr sagen könnte. Von tränenreicher Dankbarkeit dafür, daß er noch lebte, war sie im Lauf der Zeit dazu übergegangen, zu fragen, warum *sie* auf diese Weise bestraft werden sollte, warum er sich in etwas hatte hineinziehen lassen, das so übel ausging.

Geht es dir gut? fragt sie übers Telefon.

Er erkundigt sich nach dem Gesundheitszustand seines Vaters. Sieht es nach einem milden Winter aus?

Der Wind aus den Bergen hat schon einen Anflug von Rheumatismus gebracht.

Brauchst du irgendwas? (Er bekommt Geld, um es seinen Eltern zu schicken, die um ihre Pension gekommen sind; das ist Teil der Abmachung.)

Dann gibt es nichts mehr zu sagen. Sie fragt nicht, ob er unter der Hitze da unten leidet, obwohl sich die Glut der Sonne in den geschlossenen Vorhängen staut, obwohl sie genau weiß, wie das Klima da unten im Sommer ist und daß er sieben Jahre weg war und sich nicht reakklimatisieren kann. Sie will die Hitze nicht erwähnen, denn das hieße zuzugeben, daß er wieder da unten ist, sie werden es nie verstehen, sie und sein Vater, sein Leben, und was da eigentlich passiert ist; wie er zu dem schönen Haus kam, dem Telekommunikationssystem, den internationalen Verbindungen, oder warum er alles wieder aufgab. Sie sagt wenig am Telefon, und das wenige mit matter Stimme. Aber sie schreibt. Sie stellen ihm ihre Briefe zu, schieben sie unter der Tür durch. *Warum straft mich Gott? Was haben Dein Vater und ich getan? Es ist schon so lange her, daß das alles angefangen hat. Wir waren zu nachgiebig mit Dir. Dieser Unsinn mit dem Fallschirmspringen. Wir hätten es nie erlauben dürfen. Hätten nie nachgeben dürfen und zulassen, daß Du Dich mit diesen Burschen herumtreibst. Von da an ist es schiefgegangen, wir hätten sehen müssen, daß Du unser Leben verpfuschst, ich weiß nicht warum. Du mußtest ja unbedingt von da oben runterspringen. Weißt Du, wie mir zumute war, wenn ich Dich da runterfallen sah, Dir hat es Spaß gemacht, und wir haben uns zu Tode geängstigt, wie Du da mit Deinem Leben gespielt hast. Wir hätten wissen müssen, wo es enden wird. Warum mußtest Du so sein? Warum? Warum?*

Zuerst in den Wochen des *Debriefing* und dann in den Pressekonferenzen mußte er reden.
Sie fragten immer wieder. Es war ihr Recht.
Wie konnten Sie sich mit der Mörderbande einlassen, die Krankenhäuser niederbrennt, den Bewohnern von Dörfern die Ohren abschneidet, volle Züge in die Luft sprengt, mit denen unschuldige Arbeiter zu ihren armseligen Hütten heimfahren, Kinder vergewaltigt und Frauen mit vorgehaltenem Gewehr dazu zwingt, ihre Männer zu töten und ihr Fleisch zu essen?
Er saß vor ihnen, ein normaler Mann, und wurde mit dem Wahnsinn konfrontiert. Wie er jetzt im roten Halbdunkel vor dem Fernseher sitzt, die Lunte einer Zigarette zwischen den Fingern der feinen weißen Hand, die blaßblauen Augen klar unter Brauen, die sich runzeln

wie bei einem jungen Hund. Schaudernd; sie konnten es nicht sehen, aber ihm schauderte jedesmal, wenn er sie die Dinge aufzählen hörte. Auch er wußte, daß sie geschehen waren. Aber wie konnten sie damit einfach so herauskommen?
Denn das Entsetzen kommt langsam. Es braucht Wochen und Monate, tröpfelnd, anwachsend, sich steigernd, alles überrollend. Es schwillt aus den gefaxten Operationscodes heraus, aus dem Triumph des Waffenhandels, der insgeheim mit Ländern abgeschlossen wird, die öffentlich solche Transaktionen verurteilen; aus dem Wort »Destabilisierung« mit seinem Bild einer fehlerhaften Maschinerie, die von ihrem Fundament gestürzt werden muß, um durch eine gesunde Struktur ersetzt werden zu können. Er hatte die Faxe geschickt, er war in der Welt herumgeflogen, um die Unterstützung multinationaler Unternehmen zu gewinnen, die am Zugang zu dem Öl und den Mineralvorkommen interessiert waren, welche die Schwarzen ihren Konkurrenten gaben, er hatte mit Außenministerien verhandelt, die an jenem anderen Begriff interessiert waren, an der Einflußsphäre.
In dem schönen Haus, in dem eine antike Uhr die Begleitmelodie zum abgehackten Stottern des Fernschreibers spielte, bedeutete Krieg Nachrichten, Information, das Wunder, über eine Entfernung von Tausenden von Kilometern hinweg die Stimme eines Generals dort unten im Busch eines anderen Kontinents zu empfangen. Wenn er auf seinen europäischen Missionen reiste, war

er selbst jener Kämpfer: der Bart, der Kampfanzug, das Barett. Die Leute, die er aufsuchte, betrachteten ihn als einen, der direkt vom weltweiten Schlachtfeld zwischen Rechts und Links zu ihnen kam; seine Ausstaffierung verwandelte ihn vor sich selbst, so daß es schien, als wäre er aus jenem Schicksalstypus hervorgegangen, den man mit dem Operationsfeld verband.
Wollen Sie damit sagen, Sie wußten von nichts?
Aber es wurde nie darüber geredet. Ein Vorstoß war erfolgreich oder nicht. Eine Miniaturflagge, die auf einer Landkarte verrückt wurde. Eigene Verluste und Verluste auf seiten der Regierungsstreitkräfte wurden verzeichnet. Es gab einige Rückschläge. Eine großangelegte Luftbrücke, über die vom benachbarten, in der Sache der Destabilisierung verbündeten afrikanischen Staat, Kriegsmaterial und Vorräte eingeflogen wurden, war erfolgreich; die Rebellenarmee konnte weiterkämpfen, Jahr um Jahr, sich auf der Landkarte Dorf um Dorf, Brücke um Brücke, Kraftwerke und strategisch wichtige Straßen erobern. Der Sieg würde auf seiten der Gerechten sein. Keiner sprach darüber, wie das geschah. Die schwarze Regierung verbreitete Berichte über Massaker, weil sie verlor, und natürlich griff die linke und die liberale Presse die Geschichten auf. Der Nachrichtendienst, abgestimmt auf die Melodie der Uhr mit den vergoldeten Amoretten, legte sie ab unter: Desinformation über die Destabilisierung.
An dieser Stelle warteten sie immer darauf, daß er fortfuhr. Er schluckte beim Erzählen ständig zwischen den

Sätzen, und sie sahen zu, wie er schluckte. Er würde das kalte Ei nicht hinunterbringen. Ein dünnes Rinnsal winziger Ameisen kommt die sechs Stockwerke herauf durch das leere Foyer und die geschlossene Rezeption gekrochen und findet den Weg das Tischbein hinauf zu den Speiseresten; er weiß es. Und er erzählt und erzählt – erzählt es sich selbst immer wieder von vorn, nun, da keiner mehr kommt, um zu fragen, er schluckt, während die Ameisen krabbeln. Weiter, weiter.
Erst als ich in den benachbarten Staat reiste – es ist ein weißer Staat und sehr fortschrittlich –, der uns das Kriegsmaterial und die Flugzeuge zur Verfügung stellte und das Kommunikationszentrum in dem Haus in Europa eingerichtet hatte, über das wir die geheimen Informationen seiner Agenten empfingen ... Es gab da auch einen Stützpunkt.
Weiter.
Ein Trainingslager für unsere Leute. Es war geheim, niemand wußte davon. Versteckt in einem Wildpark. Ich war sehr zuversichtlich – erfreut –, weil ich nicht nur durch Europa geschickt wurde, sondern auch dazu ausgewählt worden war, diesen Staat zu besuchen. Als Liaison. Um dort den Kommandanten der Staatssicherheit und der Sonderdienste zu treffen. Um mir selbst ein Bild über das bedeutende Ausmaß der Zusammenarbeit in unserem beiderseitigen Engagement für die Sache zu verschaffen. Um über die Moral unserer Leute Bericht zu erstatten, die dort in der Anwendung moderner Waffen und Strategien unterwiesen wurden.

Ja?
Ein Crescendo kommt in gewaltigen Wellen aus der Lautsprecherbox des Kassettenrecorders: um den Krieg zu gewinnen, durch Destabilisierung zu stabilisieren, ein Regime des Friedens und der Gerechtigkeit zu errichten!
Während der Pressekonferenzen stieg in ihm an dieser Stelle eine Flut von Hitze unter der Haut auf. Ihre auf ihn gerichteten Augen zog sie aus seinem Zellgewebe wie eine Brandblase. Und dann?
Es ist niemand in dem Raum, die Vorhänge schließen jeden aus. Schlucken. Ich sah die männlichen Flüchtlinge, die an der Grenze gefangengenommen und halb verhungert zu dem Stützpunkt gebracht worden waren. Ich sah, wie mit ihnen verfahren wurde. Entweder sie schlossen sich unseren Streitkräften an, oder sie wurden über die Grenze zurückgeschickt, um zu sterben. Mir war klar, daß sie sterben würden. Ihre Dörfer niedergebrannt, ihre Familien erschlagen – man sah in ihren Gesichtern und an ihren Körpern, wie es wirklich geschah ... die Destabilisierung. Auch auf dem Stützpunkt wurde nicht darüber gesprochen. Niemand redete über diese Dinge bei den Banketten, die unsere Verbündeten gaben – Wild und Wein, das Beste vom Besten, sie behandelten einen wie ein hohes Tier. Sie führten mich herum ... sie zeigten mir ... alles. Die geheime Radiostation, welche die Stimme unserer Organisation ausstrahlte. Die neuesten Waffen, die uns zur Verfügung gestellt wurden. Die Stiefel und Uniformen, her-

gestellt in ihren Fabriken. (Dieser Anzug, in dem ich herumlief, muß auch von dort gekommen sein.) Die Flugzeuge, die nachts starteten, um unsere Männer zu transportieren, bewaffnet und ausgerüstet, das zu tun, wofür sie ausgebildet worden waren. Ich wußte jetzt, was das war.

Ja?

Natürlich, es war Krieg...

Und?

... Krieg ist nichts Hübsches. Es gibt Brutalität auf beiden Seiten. Das mußte ich verstehen. Versuchte es zu verstehen. Aber es kamen nachts auch Flugzeuge über die Grenze zurück. Nicht leer. Sie brachten Kinder, Flüchtlingskinder dachte ich zuerst, die vor den Kämpfen in Sicherheit gebracht werden sollten; zwölf- bis dreizehnjährige Mädchen, verängstigt, man mußte sie voneinander losreißen, um sie überhaupt zum Gehen zu bringen. Sie wurden für die Männer hereingebracht, die ihre militärische Ausbildung erhielten. Männer, die ohne Frauen gewesen waren; um sie zu befriedigen. Nach dem Bankett bot der Kommandant mir eine an. Auch für sich ließ er eine hereinbringen. Er zog ihr die Kleider aus, um es mir zu zeigen.

So wußte ich also, ja, ich wußte, was mit diesen kleinen Mädchen geschah. Ich wußte, daß unsere Armee eine, wie Sie sagen, ja, eine Mörderbande geworden war – vielleicht immer gewesen war –, die Krankenhäuser niederbrannte, Dorfbewohnern die Ohren abschnitt, die vergewaltigte, Züge voller Arbeiter in die Luft

sprengte. Dieses Land verwüstete, in dem ich geboren bin. Es ist da, nur die glühenden Vorhänge halten es draußen. Nachts, wenn die Vorhänge zurückgezogen sind, ist es immer noch da draußen in der Dunkelheit mit den blinden Gebäudeklötzen, den zerstörten Boulevards und heruntergekommenen, von schwachen Lichtern markierten Plätzen. Mir vertraut, kann nicht behaupten, daß ich es nicht kenne, kann nicht sagen, daß es mich nicht erkennt. Es ist da, wenn die Sonne auf das Fenster drückt, eine zu Bettlern gewordene Bevölkerung, die in Wohnungen kampiert, die früher unsere – weißer Leute – Wohnungen waren, kein Strom, kein Wasser in den gefliesten Badezimmern, kein Glas in den Fenstern, und auf den schönen Balkons mit Blick aufs Meer, wo wir unsere Aperitifs tranken, diese kleinen offenen Feuer, auf denen sie ihr armseliges Essen kochen.
Und das ist das Ende.
Aber es fängt immer wieder an. Kein Ende. Nur das Band endet. Man kann nicht erklären, wie man wirklich zu wissen beginnt. Anstatt gefaxte und über Satelliten gesendete Geheiminformationen zu empfangen.

In dem Zimmer in Europa mit der Telekommunikation gab es Aufzeichnungen über den Aufenthaltsort der Repräsentanten dieser schwarzen Regierung im Ausland. Eines Tages ging er hin. In der Ausstaffierung der Rebellenarmee, mit dem Bart, so daß sie ihn erschießen konnten, wenn sie wollten; damit ihnen klar wurde, wer er war und was er wußte. Nicht die Greueltaten. Etwas anderes; alles, was er anbieten konnte, um das Wissen über die Greueltaten zu löschen: umfassende Informationen über die Rebellenarmee, ihre Führer, ihre internen Fehden, ihre Verbündeten, ihre Versorgungswege, die genaue Lage und Funktion ihrer geheimen Stützpunkte. Alles. Alles, was er war und gewesen war, bis zurück zu dem Sprung mit dem Fallschirm und dem Foto von dem Turm. Sie schossen nicht. Sie bewachten ihn, damit die Leute aus dem Nachrichtenzentrum in dem Raum mit der antiken Uhr ihn nicht töten konnten, bevor er Gelegenheit zum Reden gehabt hatte. Sie behandelten ihn sorgsam; er war eine fremde und seltene Spezies, zu Studienzwecken in Gefangenschaft gehalten. Sie waren sich bewußt, welchen Wert er für sie darstellte.

Debriefing ist wie Destabilisierung, der Begriff beschreibt weder die Methode noch die Erfahrung. Tag um Tag, der Stiefel und des Kampfanzugs, des Baretts und des Bartes entkleidet, der Flüge erster Klasse, des Hauses in Europa, der Ehrenbankette, des Prestiges der geheimen Information – seines Lebens. Sie haben ihn darunter entdeckt, ganz still auf einem Sessel in einem dunklen Zimmer sitzend, nur der nackte volle Hals pulsierend. In der Stille, das Band ausgelaufen, ist es möglich, sich einzubilden, daß man das besondere Geräusch von Ameisen hört, die ihre unveränderliche Straße entlanglaufen.

Sie wußten, daß sie es nicht umsonst haben konnten –

sein Leben. Sie haben das Haus mit dem Garten, das Teil der Abmachung war, nicht gestellt. Auch den Wagen nicht. Natürlich kann er ausgehen. Er kann gehen, wohin er will, nur in den ersten sechs Monaten war er eingeschränkt. Wenn sie erst einmal wissen, daß sie ihm vertrauen können, ist er nicht mehr interessant für sie. Es gibt nichts mehr, wohin er sie führen könnte. Wenn er alles gesagt hat, wenn er zur Schau gestellt worden ist, welchen Nutzen hat er dann noch für sie?
Sie haben recht. Vielleicht werden sie nie wiederkommen.

Das Mädchen kommt aus dem Badezimmer, sie schläft lange.
Es gibt ein Mädchen. Das Mädchen haben sie nicht gestellt. Aber sie hätten es tun können; sie war im Wartezimmer, als er unter Bewachung zu einem Arzt ging. Er ließ ihr höflich den Vortritt, und als sie wieder herauskam, redeten sie miteinander. Ich weiß nicht, wie ich je diese Diät halten soll, sagte sie, was kann man schon kaufen, wenn man keine Devisen hat – Sie wissen, wie das ist, wenn man hier lebt.
Ja – zum ersten Mal sah er, daß es so war: er lebte hier. Vielleicht konnte er bekommen, was sie brauchte? Sie stellte keine Fragen; Zugang zu Devisen ist kein Thema, über das man diskutiert.
Das Mädchen ist den ganzen Vormittag im Schlafzimmer geblieben, gerade so, als wäre keiner da. Nun verlängert das Halbdunkel im Raum ihre Trägheit, keine

Unterbrechung zwischen Nacht und Tag. Rosa Füße mit breiten Zehen schleifen über den Boden; sie macht schmatzende Geräusche mit der Zunge am Gaumen. Sie atmet tief ein, hält den Atem an, stößt ihn aus; weil er nichts sagt.
Du willst also nichts essen?
Sie hat den Teller gehoben, mit dem das Essen zugedeckt ist, und berührt den gelben Dotterhügel mit dem Zeigefinger; die kalt gewordene Oberfläche bekommt eine schimmernde Delle. Sie wischt sich den Finger an dem T-Shirt ab, das sie als Nachthemd trägt. Ein Ableger einer Zimmerpflanze, den sie eines Tages mitgebracht und in ein Glas gestellt hat, steht auf dem Tisch; in dem trüben Wasser, dem abgedunkelten Raum, hat er einen dünnen, schwebenden Wurzelfaden getrieben. Ameisen krabbeln am Rand des Glases hin und her. Sie beugt sich hinunter, um der Ameisenstraße vom Boden her mit dem Blick zu folgen, und der dünne Buttermilchgeruch ihrer Körpersäfte und seines Samens weht ihm entgegen. Letzte Nacht, als er mit ihr fertig war, hat sie gesagt: Du liebst mich nicht.
Das Bild des zwölfjährigen Mädchens und des Kommandanten fiel ihn an.
Und dann hörte sie etwas, was sie nicht glauben konnte. Der Mann weinte. Ängstlich und abgestoßen wich sie an den Bettrand zurück.
An diesem Vormittag steht sie hinter ihm im Zimmer herum und weiß, daß er nicht sprechen wird.
Warum gehn wir nicht an den Strand. Laß uns doch

schwimmen gehen. Ich würd gern raus und ein paar Garnelen essen. Wir können den Bus nehmen. Es gibt ein gutes Lokal... billig. Hast du denn nicht auch Lust zu schwimmen, ich möchte wahnsinnig gern ins Wasser... komm doch.
Sie wartet geduldig.
Hat er den Kopf geschüttelt – da war eine leise Bewegung. Es gibt nichts in dem Zimmer, womit sie sich als Vorwand beschäftigen könnte, um hierzubleiben, zu warten, ob er ihre Vergebung akzeptiert, ihr demütiges Verständnis ihrer Rolle. Nach einigen Minuten geht sie zurück ins Schlafzimmer und kommt angezogen wieder heraus.
Ich gehe. (Genauer:) Schwimmen.
Diesmal nickt er und beugt sich vor, um nach einer Zigarette zu greifen.
Sie hat die Tür noch nicht geöffnet. Sie zögert, als meine sie, sie müsse eine Geste machen, weiß aber nicht, was, vielleicht hinübergehen und ihm übers Haar streichen.
Sie ist gegangen.
Nachdem das Inhalieren der Zigarette sein Atem und Körper geworden ist, steht er auf und geht zum Fenster. Er zieht die Vorhänge nach links und rechts auseinander. Sie sind versengt und verschossen, ausgebrannt. Und nun ist er preisgegeben: da ist das grelle Starren der verelendeten Stadt, der Stadt, deren Inneres nach außen gekehrt ist, in der das Leben obdachlos geworden ist, in der die alten Männer an leere Fassaden gelehnt dastehen, um zu sterben, die verwaisten Kinder in Scha-

ren über die Kehrichthaufen laufen, die Männer ohne Ohren, die Frauen mit einem Stumpf, wo vorher ein Arm war, ihr Geschrei dringt durch die Sonne sechs Stockwerke hoch zu ihm herauf. Er kann nicht hinaus, weil sie überall um ihn herum sind, die Leute.
Spring. Der betäubende Schlag der Erde, als sie den gebeugten Knien entgegenkam, der seidig zusammensinkende Fallschirm.
Er steht, und dann weicht er zurück in den Raum.
Jetzt nicht; noch nicht.

Es war einmal

Jemand hat mir geschrieben und mich darum gebeten, zu einer Anthologie von Kindergeschichten etwas beizusteuern. Ich antworte, daß ich keine Kindergeschichten schreibe; und er schreibt zurück, daß ein gewisser Schriftsteller bei einem Kongreß oder einer Buchmesse oder einem Seminar gesagt hat, jeder Autor sollte eigentlich mindestens eine Kindergeschichte schreiben. Ich denke daran, ihm eine Postkarte zu schicken, auf der steht, daß ich es nicht akzeptiere, irgend etwas schreiben zu »sollen«.
Und dann wachte ich letzte Nacht auf – oder besser, ich wurde geweckt, ohne zu wissen, wovon.
Eine Stimme in der Echo-Kammer des Unbewußten?
Ein Geräusch.
Ein Knarren von der Art, wie es das Gewicht macht, das von einem Fuß nach dem anderen über einen Holzfußboden getragen wird. Ich lauschte. Ich fühlte, wie sich die Öffnungen meiner Ohren vor Konzentration weiteten. Wieder: das Knarren. Ich wartete darauf; wartete darauf, zu hören, ob es bedeutete, daß Füße sich von Zimmer zu Zimmer bewegten, den Flur heraufkamen – an meine Tür. Ich habe keine Sicherheitsriegel an den

Türen, keinen Revolver unter dem Kissen, aber ich habe dieselben Ängste wie die Leute, die solche Vorsicht walten lassen, und meine Fensterscheiben sind dünn wie Rauhreif, könnten zersplittern wie ein Weinglas. Eine Frau wurde in einem Haus nur zwei Straßen weiter bei (wie heißt es immer) hellichtem Tag ermordet, das war im letzten Jahr, und die scharfen Hunde, die einen alten Witwer und seine Sammlung alter Uhren bewachten, wurden erwürgt, bevor ihn ein Gelegenheitsarbeiter, den er ohne Bezahlung fortgeschickt hatte, erstach.

Ich starrte auf die Tür, machte sie eher in meinem Kopf aus, als daß ich sie sah, im Dunkeln. Ich lag ganz still – schon ein Opfer –, aber die Arhythmie meines Herzens floh, schlug hier und dort gegen seinen Körperkäfig. Wie scharf abgestimmt die Sinne sind, wenn man gerade geruht, geschlafen hat! Ich könnte unter den Ablenkungen des Tages nie so konzentriert lauschen; ich entzifferte noch das schwächste Geräusch, identifizierte und klassifizierte seine mögliche Bedrohung.

Aber ich begriff, daß ich weder bedroht noch auch verschont werden sollte. Kein menschliches Gewicht drückte auf die Bretter, das Knarren war ein Aufbäumen, ein Epizentrum aus Belastung. Ich war darin. Das Haus, das mich umgibt, während ich schlafe, ist auf unterminierten Grund gebaut; weit unter meinem Bett, dem Boden, den Fundamenten, haben die Stollen und Strecken von Goldminen den Felsen ausgehöhlt, und wenn eine Wand erzittert, sich löst und fällt, bewegt sich das Haus ganz leicht, und eine unbehagliche Spannung

belastet das Gleichgewicht und Gegengewicht aus Backstein, Zement, Holz und Glas, die es als Struktur um mich zusammenhalten. Die Fehlschläge meines Herzens verklangen langsam wie die letzten gedämpften Wirbel auf einem der hölzernen Xylophone, welche die Wanderarbeiter der Chopi und Tsonga bauten, die hier unten gewesen sein mögen, unter mir in der Erde, in diesem Moment. Die Strosse, in welcher der Schlag war, mochte längst stillgelegt sein, Wasser aus den gebrochenen Adern tröpfelnd; oder es könnten jetzt dort unten in dieser tiefsten aller Grabstätten Männer verschüttet sein.
Wie ich mich auch hinlegte, mein Kopf ließ meinen Körper nicht los – wollte mich nicht wieder dem Schlaf überlassen. Also begann ich mir selbst eine Geschichte zu erzählen; eine Gutenachtgeschichte.

In einem Haus, in einem Vorort, in einer Stadt, gab es einmal einen Mann und seine Frau, die einander sehr liebten, und wenn sie nicht gestorben sind, dann leben sie noch heute. Sie hatten einen kleinen Jungen, und sie liebten ihn sehr. Sie hatten eine Katze und einen Hund, die der kleine Junge sehr liebte. Sie hatten ein Auto und einen Wohnwagen für die Ferien, und sie hatten einen Swimming-pool, der eingezäunt war, damit der kleine Junge und seine Spielkameraden nicht hineinfielen und ertranken. Sie hatten ein Hausmädchen, das absolut vertrauenswürdig war, und einmal die Woche einen Gärtner, der von den Nachbarn sehr empfohlen worden war. Denn als sie begannen, so glücklich bis an ihr Lebensende weiterzuleben, wurden sie von jener weisen alten Hexe, der Mutter des Mannes, ermahnt, nur niemanden direkt von der Straße anzustellen. Ihr Hund hatte eine Hundemarke, sie waren gegen Krankheit, Feuer, Überschwemmung und Diebstahl versichert und Mitglied in der örtlichen Neighborhood Watch, die ihnen ein Schild für ihr Eingangs- und Gartentor lieferte. Darauf stand über der Silhouette eines Eindringlings SIE SIND HIERMIT GEWARNT. Der Mann auf dem Bild war maskiert; man konnte nicht sagen, ob er schwarz oder weiß war, und das bewies, daß der Besitzer kein Rassist war.

Es war nicht möglich, das Haus, den Swimming-pool oder das Auto gegen Schäden zu versichern, die aus politischen Unruhen entstanden. Es gab Unruhen, aber die trugen sich außerhalb der Stadt zu, wo Menschen anderer Hautfarbe einquartiert waren. Diesen Leuten war es nicht erlaubt, den Vorort zu betreten, es sei denn als zuverlässige Hausmädchen und Gärtner, sie hatten also nichts zu befürchten, erklärte der Mann der Frau. Aber sie hatte Angst, daß eines Tages solche Leute die Straße heraufkommen und das Schild SIE SIND HIERMIT GEWARNT abreißen und die Tore öffnen und hereinströmen würden ... Unsinn, meine Liebe, sagte der Mann, es gibt Polizei und Soldaten und Tränengas und Gewehre, um sie fernzuhalten. Aber um ihretwillen – denn er liebte sie sehr, und in jenen Vierteln außer Sicht- und Hörweite der Vorstadt wurden Busse verbrannt, Autos mit Steinen beworfen und Schulkinder von Polizisten erschossen – ließ er an den Toren eine elektronische Überwachungsanlage anbringen. Jeder, der das Schild SIE SIND HIERMIT GEWARNT abriß und versuchte, die Tore zu öffnen, mußte seine Absichten erklären, indem er einen Knopf drückte und in einen Empfänger sprach, der das Gesagte ins Haus übertrug. Der kleine Junge war von dem Apparat fasziniert, und bei seinen Räuber-und-Gendarm-Spielen mit seinen kleinen Freunden gebrauchte er ihn als Walkie-talkie.

Die Unruhen wurden unterdrückt, aber es gab viele Einbrüche in dem Vorort, und das vertrauenswürdige Hausmädchen von jemandem wurde, als sie allein das Haus ihrer Arbeitgeber versorgte, von Dieben gefesselt und in einen Schrank gesperrt. Das vertrauenswürdige Hausmädchen des Mannes und der Frau und des kleinen Jungen war so entsetzt über das Unglück, das einer Freundin zugestoßen war, die, wie sie selbst oft, allein die Verantwortung für den Besitz des Mannes und seiner Frau und des kleinen Jungen getragen hatte, daß sie ihre Arbeitgeber anflehte, Sicherheitsriegel an den Türen und Fenstern des Hauses anbringen und eine Alarmanlage installieren zu lassen. Die Frau sagte: Sie hat recht, laß uns ihrem Rat folgen. Aus jedem Fenster und jeder Tür des Hauses, in dem sie glücklich bis an ihr Lebensende lebten, sahen sie nun also die Bäume und den Himmel durch Gitter, und als die Katze des kleinen Jungen durchs Oberlicht zu klettern versuchte, um ihm in seinem kleinen Bett während der Nacht Gesellschaft zu leisten, wie sie das schon immer getan hatte, löste sie den Alarm aus.

Der Alarmsirene antworteten – so schien es – oft andere Anlagen in anderen Häusern, die von Hauskatzen oder nagenden Mäusen in Gang gesetzt wurden. Die Sirenen riefen einander über die Gärten hinweg ihr Schrillen, Blöken und Heulen zu, und jedermann gewöhnte sich bald daran, so daß das Getöse die Bewohner des Vororts nicht mehr aufregte als das Quaken von Fröschen oder das musikalische Aneinanderreiben der Zikadenbeine. Gedeckt vom Zwiegespräch der elektronischen Harpyien sägten Eindringlinge die Eisenstangen durch, nahmen Hi-Fi-Anlagen, Fernsehgeräte, Kassettenrecorder, Kameras und Radios, Schmuck und Kleidung mit, und manchmal waren sie hungrig genug, um alles im Kühlschrank aufzuessen, oder sie hielten sich kaltblütig lange genug auf, um den Whisky im Schrank oder in der Getränkebar zu trinken. Versicherungsgesellschaften entschädigten nicht für Single Malt, ein Verlust, der um so schärfer empfunden wurde, als die Besitzer wußten, daß die Diebe nicht einmal zu schätzen wußten, was sie da getrunken hatten.

Dann kam die Zeit, da viele von den Leuten, die keine vertrauenswürdigen Hausmädchen und Gärtner waren, in dem Vorort herumhingen, weil sie arbeitslos waren. Einige fielen mit Bitten um einen Job zur Last: Unkraut jäten oder das Dach streichen; alles, was sie wollen, *Baas*, Madam. Aber der Mann und seine Frau erinnerten sich an die Mahnung, nie jemanden von der Straße

anzustellen. Einige tranken und verunstalteten die Straßen mit weggeworfenen Flaschen. Einige bettelten, sie warteten draußen, bis der Mann oder die Frau ihren Wagen aus dem elektronisch betriebenen Tor herausfuhr. Sie saßen mit den Füßen in der Gosse unter den Jakarandabäumen, die aus der Straße einen grünen Tunnel machten – denn es war ein schöner Vorort, nur durch ihre Anwesenheit verdorben –, und manchmal schliefen sie in der Mittagssonne ein, lagen direkt vor dem Tor. Die Frau konnte es nicht ertragen, jemanden hungern zu sehen. Sie schickte das vertrauenswürdige Hausmädchen mit Broten und Tee hinaus, aber das vertrauenswürdige Hausmädchen sagte, es seien Herumtreiber und *Tsotsis**, die hereinkommen und sie fesseln und in einen Schrank sperren würden. Der Mann sagte: Sie hat recht. Hör auf ihren Rat. Du ermutigst sie mit deinen Broten und dem Tee nur. Sie warten auf ihre Chance ... Und er holte das Dreirad des kleinen Jungen jeden Abend aus dem Garten ins Haus, denn wenn auch das Haus gewiß sicher war, sobald es verschlossen und die Alarmanlage aktiviert wurde, konnte doch jemand über die Mauer oder das elektronisch verschlossene Tor in den Garten klettern.
Du hast recht, sagte die Frau. Dann sollte die Mauer höher sein. Und die weise alte Hexe, die Mutter des Mannes, zahlte für die zusätzlichen Backsteine als Weihnachtsgeschenk für ihren Sohn und seine Frau –

* Spitzbuben. A. d. Ü.

der kleine Junge bekam einen Raumfahreranzug und ein Märchenbuch.
Aber jede Woche brachte mehr Einbruchsberichte: bei hellichtem Tag und mitten in der Nacht, in den frühen Morgenstunden und sogar in den wunderschönen Dämmerstunden des Sommers – eine gewisse Familie saß beim Abendessen, während ihre Schlafräume im ersten Stock ausgeplündert wurden. Der Mann und die Frau sprachen über den neuesten bewaffneten Raub im Vorort, als sie durch das Auftauchen der Katze des kleinen Jungen abgelenkt wurden. Sie überwand mühelos die zwei Meter hohe Mauer, kam erst mit schnellem steifen Abstützen der Vorderpfoten und dann mit elegantem Satz die glatte senkrechte Wandfläche herunter, um mit schlagendem Schwanz auf dem Besitz zu landen. Die weißgestrichene Wand trug die Spuren vom Kommen und Gehen der Katze; und auf der Straßenseite waren größere Schmutzflecken von roter Erde, die von den kaputten Sportschuhen stammen konnten, welche die arbeitslosen Nichtstuer trugen, die kein unschuldiges Ziel hatten.
Wenn der Mann und die Frau und der kleine Junge den Hund in den Straßen der Nachbarschaft ausführten, blieben sie nicht mehr stehen, um diese prachtvollen Rosen oder jenen vollkommenen Rasen zu bewundern; die waren jetzt hinter einem Aufgebot unterschiedlicher Sicherheitszäune, Mauern und Anlagen verborgen. Der Mann, die Frau, der kleine Junge und der Hund kamen an einer bemerkenswerten Vielfalt vorüber: da war die

preisgünstige Möglichkeit von in Zement gesteckten Glasscherben auf der Mauerkrone, es gab Eisengitter, die oben mit Lanzenspitzen bestückt waren, es gab Versuche, die Ästhetik von Gefängnisarchitektur mit dem spanischen Villenstil (die Gitterspitzen rosa bemalt) und mit den Gipsurnen neoklassizistischer Fassaden (40-Zentimeter-Piken, gerippt wie das Zickzack des Blitzes und strahlend weiß gestrichen) zu versöhnen. Einige Mauern trugen eine kleine Tafel, auf der Name und Telefonnummer der Firma angegeben war, welche die Sicherheitsanlagen installiert hatte. Während der kleine Junge und der Hund vorwegliefen, wogen der Mann und die Frau die mögliche Effektivität jeden Stils gegen sein Aussehen ab; und nach mehreren Wochen, in denen sie vor dieser oder jener Barrikade stehenblieben, ohne etwas sagen zu müssen, kamen sie beide zu dem Schluß, daß nur eine in Betracht kam. Es war die häßlichste, aber in seiner Andeutung puren Konzentrationslagerstils die ehrlichste, keine Kinkerlitzchen, nur offensichtliche Wirksamkeit. Über die ganze Länge der Mauer gelegt, bestand es aus einer sich fortsetzenden Spirale aus steifem, glänzendem Metall, zahnartig bewehrt mit ausgezackten Klingen. Es gab nicht die geringste Möglichkeit, darüber hinwegzuklettern, und keinen Weg durch seinen Tunnel, ohne von den Fängen erfaßt zu werden. Einmal darin, kam man nicht mehr heraus, kämpfte man darum, wurde es nur blutiger und blutiger, die Widerhaken gingen tiefer und tiefer ins Fleisch. Der Frau schauderte, wenn sie es nur ansah. Du hast recht, sagte der Mann, jeder würde es sich zweimal überlegen ... Und sie folgten dem Rat auf einem kleinen Schild an der Wand: Wenden Sie sich an DRACHENZÄHNE. Die Experten für Totale Sicherheit.

Am nächsten Tag kam eine Gruppe Arbeiter und streckte die rasierklingenbewehrten Spiralen auf die Mauer um das Haus, in dem der Mann und die Frau und der kleine Junge und der Hund und die Katze glücklich lebten. Das Sonnenlicht blitzte und stach von den Zähnen, das Gesims aus rasiermesserscharfen Dornen umgab schimmernd das Heim. Der Mann sagte: Mach dir nichts draus. Es wird verwittern. Die Frau sagte: Du täuschst dich. Sie garantieren, daß es rostfrei ist. Und sie wartete, bis der kleine Junge zum Spielen hinausgelaufen war, um zu sagen: Ich hoffe, die Katze paßt auf ... Der Mann sagte: Keine Sorge, meine Liebe, Katzen gucken immer genau hin, bevor sie springen. Und in der Tat schlief die Katze von da an im Bett des kleinen Jungen und blieb im Garten, riskierte nie den Versuch, den Sicherheitsgürtel zu durchbrechen.

Eines Abends las die Mutter dem kleinen Jungen eine Gutenachtgeschichte aus dem Märchenbuch vor, welches die weise alte Hexe ihm zu Weihnachten geschenkt hatte. Am nächsten Tag wollte er der Prinz sein, der die schreckliche Dornenhecke überwindet, um den Palast zu betreten und Dornröschen wachzuküssen: er schleppte eine Leiter an die Gartenmauer, der schimmernde, gewickelte Tunnel war gerade weit genug für seinen kleinen Körper, und als die ersten Rasierklingenzähne sich in seine Knie und Hände und seinen Kopf verhakten, schrie er und kämpfte sich noch tiefer in das Gewirr. Das vertrauenswürdige Hausmädchen und der Gärtner, dessen ›Tag‹ es war, liefen herbei, die erste, um zu sehen und mit ihm zu schreien, während der Gärtner sich bei dem Versuch, an ihn heranzukommen, die Hände aufriß. Dann stürzten der Mann und die Frau wild in den Garten, und aus irgendeinem Grund (wahrscheinlich die Katze) setzte der Alarm heulend gegen die Schreie ein, während die blutende Masse des kleinen Jungen mit Sägen, Drahtschneidern, Beilen aus der Sicherheitsspirale herausgehackt wurde, und sie trugen ihn – der Mann, die Frau, das hysterische vertrauenswürdige Hausmädchen und der weinende Gärtner – ins Haus.

Die endgültige Safari

> Das afrikanische Abenteuer gibt es noch... Sie können es erleben! Die endgültige Safari oder Expedition mit Führern, die Afrika *kennen.*
> – Reisebüro-Reklame, *Observer,* London, 27.11.88

An dem Abend ging unsere Mutter zum Laden, und sie kam nicht zurück. Nie. Was ist passiert? Ich weiß es nicht. Mein Vater war auch eines Tages weggegangen und nie wiedergekommen; aber er kämpfte im Krieg. Wir waren auch im Krieg, aber wir waren Kinder, wir waren wie unsere Großmutter und unser Großvater, wir hatten keine Gewehre. Die Leute, gegen die mein Vater kämpfte – die Banditen, wie unsere Regierung sie nannte –, waren überall, und wir liefen vor ihnen weg wie Hühner, hinter denen die Hunde her waren. Wir wußten nicht wohin. Unsere Mutter ging zum Laden, weil jemand gesagt hatte, man könnte Öl zum Kochen bekommen. Wir freuten uns, weil wir schon lange kein Öl mehr gehabt hatten; vielleicht bekam sie das Öl, und jemand schlug sie in der Dunkelheit nieder und nahm ihr das Öl weg. Vielleicht traf sie die Banditen. Wenn

man sie trifft, bringen sie einen um. Sie sind zweimal in unser Dorf gekommen, und als sie wieder weg waren, sind wir zurückgekommen und stellten fest, daß sie alles weggenommen hatten; aber als sie zum dritten Mal kamen, gab es nichts mehr, kein Öl, nichts zu essen, deshalb verbrannten sie das Reet, und die Dächer unserer Häuser fielen ein. Meine Mutter fand ein paar Wellblechstücke, und die legten wir über einen Teil unseres Hauses. Da warteten wir an dem Abend auf sie, als sie nicht wiederkam.
Wir hatten Angst rauszugehen, auch nur um unser Geschäft zu machen, weil die Banditen wirklich kamen. Nicht in unser Haus – ohne Dach muß es so ausgesehen haben, als wäre niemand darin, alles weg –, aber sie waren überall im Dorf. Wir hörten Leute schreien und rennen. Wir hatten zuviel Angst, um wegzulaufen, ohne unsere Mutter, um uns zu sagen, wohin. Ich bin die mittlere, das Mädchen, und mein kleiner Bruder hing mit den Armen um meinen Hals und den Beinen um meine Mitte an meinem Bauch wie ein kleiner Affe an seiner Mutter. Die ganze Nacht hindurch hielt mein erstgeborener Bruder ein zerbrochenes Stück Holz von einem unserer verbrannten Hauspfähle in der Hand. Damit wollte er sich retten, wenn die Banditen ihn fanden.
Wir blieben den ganzen Tag dort. Warteten auf sie. Ich weiß nicht, was für ein Tag es war; es gab keine Schule, keine Kirche mehr in unserem Dorf, also wußte man nicht, ob es ein Sonntag oder ein Montag war.
Als die Sonne unterging, kamen unsere Großmutter

und unser Großvater. Jemand aus unserem Dorf hatte ihnen erzählt, daß wir Kinder alleine waren, daß unsere Mutter nicht wiedergekommen war. Ich sage zuerst Großmutter und dann Großvater, weil es so ist: Unsere Großmutter ist groß und stark, noch nicht alt, und unser Großvater ist klein, man weiß gar nicht, wo er in seinen weiten Hosen ist, er lächelt, aber er hört nicht, was man sagt, und sein Haar sieht so aus, als wäre es voller Seifenschaum. Meine Großmutter nahm uns – mich, das Baby, meinen erstgeborenen Bruder, unseren Großvater – mit zurück zu ihrem Haus, und wir hatten alle Angst (außer dem Baby, es schlief auf dem Rücken meiner Großmutter), die Banditen auf dem Weg zu treffen. Wir warteten eine lange Zeit im Haus meiner Großmutter. Vielleicht war es ein Monat. Wir hatten Hunger. Unsere Mutter kam nicht. Während wir darauf warteten, daß sie uns holte, hatte unsere Großmutter nichts zu essen für uns, nichts für unseren Großvater und sich selbst. Eine Frau, die Milch in den Brüsten hatte, gab uns etwas davon für meinen kleinen Bruder, obwohl er bei uns zu Hause schon Grütze aß, genauso wie wir. Unsere Großmutter nahm uns mit, um nach wildem Spinat zu suchen, aber alle aus ihrem Dorf taten dasselbe, und es war kein Blatt mehr übrig.

Unser Großvater ging mit ein paar jungen Männern, er lief ein Stück hinter ihnen, meine Mutter suchen, fand sie aber nicht. Unsere Großmutter weinte mit anderen Frauen, und ich sang die Kirchenlieder mit ihnen. Sie brachten ein wenig zu essen – ein paar Bohnen –, aber nach zwei Tagen war wieder nichts da. Unser Großvater hatte drei Schafe und eine Kuh und einen Gemüsegarten gehabt, aber die Banditen hatten schon vor langer Zeit die Schafe und die Kuh weggenommen, weil sie auch hungrig waren; und als die Saatzeit kam, hatte unser Großvater kein Saatgut.

Also beschlossen sie – unsere Großmutter beschloß es; unser Großvater machte leise Geräusche und wog sich hin und her, aber sie achtete nicht darauf –, daß wir fortgehen sollten. Uns Kinder freute das. Wir wollten da fort, wo unsere Mutter nicht war und wo wir Hunger hatten. Wir wollten irgendwohin, wo es keine Banditen gab und wo man etwas zu essen bekam. Wir waren froh über den Gedanken, daß es einen solchen Ort geben mußte; fort.

Unsere Großmutter tauschte ihre Kirchenkleider bei jemandem gegen ein paar getrocknete Maiskolben, und sie kochte sie und schlug sie in ein Tuch. Wir nahmen sie mit, als wir losgingen, und sie glaubte, daß wir Wasser aus den Flüssen trinken konnten, aber wir kamen an keinen Fluß, und wir wurden so durstig, daß wir umkehren mußten. Nicht den ganzen Weg zum Haus unserer Großeltern zurück, aber zu einem Dorf, in dem es eine Pumpe gab. Sie öffnete den Korb, in dem sie etwas Kleidung und die Maiskolben trug, und sie verkaufte ihre Schuhe, um einen großen Plastikkanister für Wasser zu kaufen. Ich sagte: *Gogo*, wie willst du jetzt zur Kirche gehen, sogar ohne Schuhe? Aber sie sagte, wir hätten einen so langen Weg vor uns und zuviel zu tragen. In diesem Dorf trafen wir andere Leute, die auch fortgehen wollten. Wir schlossen uns ihnen an, weil sie besser zu wissen schienen als wir, wo es war.

Um dahin zu kommen, mußten wir durch den Krüger-Park gehen. Wir hatten von dem Krüger-Park gehört. Er war so etwas wie ein ganzes Land für Tiere – Elefanten, Löwen, Schakale, Hyänen, Flußpferde, Krokodile, alle Arten von Tieren. Einige von ihnen hatten wir in unserem Land, vor dem Krieg (unser Großvater erinnert sich daran; wir Kinder waren noch nicht geboren), aber die Banditen schießen die Elefanten und verkaufen ihre Stoßzähne, und die Banditen und unsere Soldaten haben alle Gazellen aufgegessen. In unserem Dorf gab es einen Mann ohne Beine – ein Krokodil hatte sie ihm in unserem Fluß abgebissen; aber trotzdem ist unser Land ein Menschenland, kein Tierland. Wir hatten vom Krüger-Park gehört, weil einige unserer Männer früher zu Hause weggingen, um dort an Orten zu arbeiten, wo weiße Menschen hinkommen und eine Weile bleiben, um die Tiere anzugucken.

Also gingen wir wieder los. Es waren Frauen und andere Kinder wie ich dabei, die die Kleinen auf dem Rükken tragen mußten, wenn die Frauen müde wurden. Ein Mann führte uns in den Krüger-Park. Sind wir noch nicht da, sind wir noch nicht da? fragte ich unsere Großmutter immer wieder. Noch nicht, sagte der Mann, als sie ihn für mich fragte. Er sagte uns, daß wir einen langen Umweg machen mußten, damit wir um den Zaun herumkamen, der, erklärte er, einen umbrachte, einem die Haut abbrannte, sobald man ihn nur berührte, wie die Drähte hoch oben an den Pfählen, die das elektrische Licht in unseren Städten machen. Ich habe das Zeichen eines Kopfes ohne Augen oder Haut oder Haar auf einer eisernen Kiste in dem Missionskrankenhaus gesehen, das es bei uns gab, bevor sie es gesprengt haben.

Als ich das nächste Mal fragte, sagten sie, daß wir jetzt seit einer Stunde im Krüger-Park waren. Aber alles sah genauso aus wie der Busch, durch den wir den ganzen Tag gegangen waren, und wir hatten keine Tiere gesehen, außer den Affen und Vögeln, die auch bei uns zu Hause leben, und eine Schildkröte, die natürlich nicht vor uns weglaufen konnte. Mein erstgeborener Bruder und die anderen Jungen brachten sie dem Mann, damit er sie tötete und wir sie braten und essen konnten. Er ließ sie laufen, weil wir, sagte er uns, kein Feuer machen konnten; die ganze Zeit, solange wir im Park waren, durften wir kein Feuer machen, weil der Rauch zeigen würde, wo wir waren. Die Polizei, die Wildhüter würden kommen und uns dahin zurückschicken, wo wir herkamen. Er sagte, wir müßten uns wie Tiere unter den Tieren bewegen, den Wegen und den Camps der weißen Leute fernbleiben. Und in dem Moment hörte ich – ich bin sicher, daß ich die erste war, die es hörte – brechende Zweige und das Geräusch von etwas, das die Gräser teilte, und ich schrie fast auf, weil ich dachte, es wäre die Polizei, die Wildhüter – die Leute, vor denen wir uns in acht nehmen sollten –, die uns schon gefunden hatten. Und es war ein Elefant und noch ein Elefant und noch mehr Elefanten, große schwarze Flecken, die sich überall zwischen den Bäumen bewegten, wohin man auch sah. Sie legten die Rüssel um die roten Blätter der Mopanebäume und stopften sie sich in die Mäuler. Die Babyelefanten lehnten an ihren Müttern. Die fast ausgewachsenen rangelten miteinander wie mein erstgeborener Bruder mit seinen Freunden, nur benutzten sie Rüssel statt der Arme. Ich war so neugierig, daß ich vergaß, Angst zu haben. Der Mann sagte, wir sollten nur stillstehen und ruhig sein, während die Elefanten an uns vorbeizogen. Sie zogen sehr langsam vorbei, weil Elefanten zu groß sind, um vor jemandem Angst haben zu müssen.

Die Gazellen rannten vor uns davon. Sie sprangen so hoch, daß sie zu fliegen schienen. Die Warzenschweine blieben stocksteif stehen, wenn sie uns hörten, und brachen dann seitlich aus, so wie ein Junge in unserem Dorf mit dem Fahrrad Schlängellinien fuhr, das sein Vater ihm von den Minen mitgebracht hatte. Wir folgten den Tieren dahin, wo sie tranken. Sobald sie fort waren, gingen wir an ihre Wasserstellen. Wir waren nie durstig, fanden immer bald Wasser, aber die Tiere aßen, sie aßen die ganze Zeit. Wann immer man sie sah, aßen sie, Gras, Bäume, Wurzeln. Und für uns gab es nichts. Die Maiskolben waren aufgegessen. Das einzige, was wir essen konnten, war das, was die Paviane aßen, trockene kleine Feigen voller Ameisen, die an den Zweigen der Bäume an den Flüssen wuchsen. Es war schwer, wie die Tiere zu sein.

Am Tag, wenn es sehr heiß wurde, sahen wir schlafende Löwen. Sie hatten die Farbe der Gräser, und zuerst entdeckten wir sie nicht, aber der Mann sah sie, und er führte uns zurück und in einem weiten Bogen um den Ort herum, wo sie schliefen. Ich wollte mich hinlegen wie die Löwen. Mein kleiner Bruder wurde dünn, aber er war sehr schwer. Wenn meine Großmutter mich ansah und ihn mir auf den Rücken heben wollte, versuchte ich wegzugucken. Mein erstgeborener Bruder hörte auf zu reden; und als wir rasteten, mußte er geschüttelt werden, damit er wieder aufstand, so als wäre er unser Großvater, er konnte nichts hören. Ich sah Fliegen auf dem Gesicht unserer Großmutter herumlaufen, und sie scheuchte sie nicht weg; ich bekam Angst. Ich riß ein Palmblatt ab und wedelte sie weg.

Wir gingen nachts ebenso wie am Tag. Wir konnten die Feuer sehen, wo die weißen Leute in den Camps Essen machten, und wir konnten den Rauch und das Fleisch riechen. Wir beobachteten die Hyänen mit ihren Rükken, die gekrümmt sind, als schämten sie sich, wie sie sich durch den Busch an den Duft heranschlichen. Wenn eine den Kopf wandte, sah man, daß sie große braune Augen hatte wie unsere, wenn wir uns im Dunkeln anguckten. Der Wind trug Wörter in unserer Sprache zu uns herüber, sie kamen von den Baracken, in denen die Leute wohnten, die in den Camps der Weißen arbeiteten. Eine Frau unter uns wollte nachts zu ihnen gehen und sie um Hilfe bitten. Sie können uns was aus dem Abfall zu essen geben, sagte sie, und sie begann laut aufzuheulen, und unsere Großmutter mußte sie packen und ihr eine Hand auf den Mund pressen. Der Mann, der uns führte, hatte uns gesagt, daß wir uns von unseren Leuten fernhalten müßten, die im Krüger-Park arbeiteten; wenn sie uns halfen, verloren sie ihre Arbeit. Wenn sie uns sahen, konnten sie nur so tun, als wären wir nicht da, als hätten sie nur Tiere gesehen.

Manchmal hielten wir für eine kurze Weile in der Nacht an, um zu schlafen. Wir schliefen eng zusammengedrückt. Ich weiß nicht, in welcher Nacht es war – weil wir gingen, gingen, immerzu nur gingen –, als wir die Löwen ganz nah bei uns hörten. Nicht laut grollend, wie man sie aus der Ferne hörte. Keuchend, so wie wir es machen, wenn wir laufen, aber es ist eine andere Art von Keuchen: man hört, daß sie nicht laufen, sie warten, irgendwo in der Nähe. Wir rollten uns alle noch enger zusammen, legten uns aufeinander, die am Rand kämpften darum, in die Mitte zu kommen. Ich lag an eine Frau gequetscht, die schlecht roch, weil sie Angst hatte, aber ich war froh, daß ich mich an sie klammern konnte. Ich betete zu Gott, daß er die Löwen jemand vom Rand nehmen und weggehen lassen sollte. Ich schloß die Augen, um den Baum nicht zu sehen, von dem ein Löwe genau in unsere Mitte springen konnte, dahin, wo ich war. Statt dessen sprang der Mann, der uns führte, auf und schlug mit einem abgebrochenen Ast an einen Baum. Er hatte uns beigebracht, niemals laut zu sein, aber er schrie. Er schrie die Löwen an wie ein Betrunkener in unserem Dorf, der niemanden im

besonderen anschreit. Die Löwen gingen weg. Wir hörten sie grollen, ihn aus der Ferne zurückanschreien.
Wir waren müde, so müde. Mein erstgeborener Bruder und der Mann mußten unseren Großvater von Stein zu Stein tragen, wenn wir eine Stelle fanden, an der wir die Flüsse überqueren konnten. Unsere Großmutter ist stark, aber ihre Füße bluteten. Wir konnten den Korb nicht mehr auf dem Kopf tragen, wir konnten nichts mehr tragen außer meinem kleinen Bruder. Wir ließen unsere Sachen unter einem Busch zurück. Solange nur unsere Körper dahin kommen, sagte unsere Großmutter. Dann aßen wir irgendeine wilde Frucht, die wir von zu Hause nicht kannten, und wir bekamen Durchfall. Wir gingen an dem Tag, an dem wir die Magenschmerzen hatten, in dem Gras, das Elefantengras genannt wird, weil es fast so groß wird wie ein Elefant, und unser Großvater konnte sich nicht einfach vor den Leuten hinsetzen wie mein kleiner Bruder und verschwand im Gras, um allein zu sein. Wir mußten weitergehen, bei den anderen bleiben, der Mann, der uns führte, sagte immer wieder, wir dürften nicht zurückbleiben, aber wir baten ihn, auf unseren Großvater zu warten.
Also warteten alle darauf, daß unser Großvater uns einholte. Aber das tat er nicht. Es war Mittag; die Insekten sangen in unseren Ohren, wir konnten ihn nicht durch das Gras gehen hören. Wir konnten ihn nicht sehen, weil das Gras so hoch war und er so klein. Aber er mußte irgendwo sein in seinen weiten Hosen und dem Hemd, das eingerissen war und das unsere Großmutter nicht

nähen konnte, weil sie keinen Stoff hatte. Wir wußten, daß er nicht weit sein konnte, weil er so schwach und langsam war. Wir gingen ihn alle suchen, aber in Gruppen, damit nicht auch wir einander in dem hohen Gras verloren. Es stach uns in die Augen und Ohren; wir riefen leise nach ihm, aber der Lärm der Insekten muß den kleinen Raum gefüllt haben, den er in seinen Ohren noch zum Hören hatte. Wir suchten und suchten, aber wir konnten ihn nicht finden. Wir blieben die ganze Nacht in dem langen Gras. Im Schlaf fand ich ihn an einer Stelle zusammengerollt, wo er das Gras runtergetrampelt hatte, wie die Stellen, die wir gesehen hatten, an denen die Gazellen ihre Babys versteckten.
Als ich aufwachte, war er noch immer nicht da. Also suchten wir noch einmal, und jetzt gab es so viele Pfade im Gras, die wir beim Hin- und Hergehen gemacht hatten, daß es leicht für ihn sein mußte, uns zu finden, wenn wir ihn nicht finden konnten. Den ganzen Tag saßen wir nun da und warteten. Alles ist sehr still, wenn die Sonne auf dem Kopf ist, im Kopf, selbst wenn man, wie die Tiere, unter den Bäumen liegt. Ich lag auf dem Rücken und sah diese häßlichen Vögel mit gebogenen Schnäbeln und gerupften Hälsen über uns immer im Kreis fliegen. Wir waren oft an ihnen vorbeigekommen, wenn sie an den Knochen eines toten Tieres fraßen, da war nie etwas für uns übriggeblieben. Immer im Kreis, weit oben und dann tiefer und dann wieder höher. Ich sah, wie sie ihre Hälse erst zur einen und dann zur anderen Seite herausstreckten. Immer

im Kreis. Ich sah unsere Großmutter, die all die Zeit aufrecht dasaß, mit meinem kleinen Bruder auf dem Schoß, und sie auch sah.

Am Nachmittag kam der Mann, der uns führte, zu unserer Großmutter und sagte ihr, die anderen Leute müßten weiter. Er sagte: Wenn ihre Kinder nicht bald was zu essen kriegen, sterben sie.

Unsere Großmutter sagte nichts.

Ich bring dir Wasser, bevor wir losgehen, sagte er ihr.

Unsere Großmutter sah uns an, mich, meinen erstgeborenen Bruder und meinen kleinen Bruder auf ihrem Schoß. Wir sahen zu, wie die anderen Leute aufstanden, um wegzugehen. Ich glaubte nicht, daß das Gras leer sein würde um uns herum, wo sie gewesen waren. Daß wir an diesem Ort allein sein würden, im Krüger-Park, wo die Polizei oder die Tiere uns finden würden. Tränen liefen mir aus den Augen und der Nase auf die Hände, aber meine Großmutter achtete nicht darauf. Sie stand auf, die Füße weit auseinander, so wie sie steht, wenn sie Feuerholz hochheben will, zu Hause in unserem Dorf, schwang meinen kleinen Bruder auf den Rücken, band ihn in ihr Tuch – ihr Kleid war oben zerrissen, und ihre großen Brüste waren zu sehen, aber es war nichts für ihn in ihnen. Sie sagte: Kommt.

Also verließen wir den Ort mit dem langen Gras. Wir gingen mit den anderen und dem Mann, der uns führte. Wir begannen wieder fortzugehen.

Es gibt hier ein sehr großes Zelt, größer als eine Kirche oder eine Schule, das am Boden festgebunden ist. Ich wußte nicht, daß es das sein würde, als wir da ankamen, wo fort war. Ich habe einmal etwas Ähnliches gesehen, als unsere Mutter uns mit in die Stadt nahm, weil sie gehört hatte, daß Soldaten da waren. Sie wollte sie fragen, ob sie wußten, wo unser Vater war. In dem Zelt damals beteten die Leute und sangen. Dieses hier ist blau und weiß wie das damals auch, aber es ist nicht zum Beten und Singen, wir leben darin zusammen mit anderen Leuten, die aus unserem Land gekommen sind. Die Schwester von der Klinik sagt, wir sind zweihundert ohne die Babys, und wir haben neue Babys, einige wurden auf dem Weg durch den Krüger-Park geboren.

Drinnen ist es dunkel, selbst wenn die Sonne hell scheint, und es ist wie ein ganzes Dorf. Statt eines Hauses hat jede Familie einen kleinen Platz, der mit Säcken oder mit Kartonpappe abgeteilt ist – was immer man finden kann –, um den anderen Familien zu zeigen, das ist unseres, und niemand sollte einfach hereinkommen, obwohl es keine Tür und keine Fenster gibt und auch kein Reet. Wenn man aufsteht und kein kleines Kind ist, kann man deshalb in das Haus jeder Familie gucken. Einige Leute haben sogar aus zerriebenen Steinen Farben gemacht und damit Muster auf die Säcke gemalt.

Natürlich gibt es in Wirklichkeit ein Dach – das Zelt ist das Dach, weit oben. Es ist wie ein Himmel. Es ist wie ein Berg, und wir sind darin; durch die Risse kommt Staub und bildet Pfade, die nach unten weisen, so dick sind sie, daß man meint, man könnte hinaufklettern. Das Zelt hält den Regen ab, aber das Wasser kommt von den Seiten herein und läuft in die kleinen Straßen zwischen unseren Schlafstellen – auf den Straßen kann immer nur einer zur Zeit gehen –, und die kleinen Kinder wie mein kleiner Bruder spielen im Matsch. Man muß über sie hinwegsteigen. Mein kleiner Bruder spielt nicht. Unsere Großmutter bringt ihn in die Klinik, montags, wenn der Doktor kommt. Die Schwester sagt, etwas mit seinem Kopf stimmt nicht, sie glaubt, weil wir zu Hause nicht genug zu essen hatten. Wegen des Krieges. Weil unser Vater nicht da war. Und dann, weil er im Krüger-Park so hungrig war. Am liebsten liegt er den ganzen Tag auf meiner Großmutter herum, auf ihrem Schoß oder irgendwo an sie gelehnt, und er guckt uns an und guckt uns an. Er will etwas fragen, aber man sieht, daß er es nicht kann. Wenn ich ihn kitzel, lächelt er manchmal. Die Klinik gibt uns ein besonderes Pulver, um Brei für ihn zu machen, und vielleicht wird er eines Tages ganz gesund.

Als wir hier ankamen, waren wir so wie er – mein erstgeborener Bruder und ich. Ich kann mich kaum daran erinnern. Die Leute, die in dem Dorf in der Nähe des Zelts wohnen, brachten uns zur Klinik, dort muß man einschreiben, daß man gekommen ist – fort, durch den Krüger-Park. Wir saßen im Gras, und alles war durcheinander. Eine Schwester war hübsch mit glattem Haar und schönen hochhackigen Schuhen, und sie brachte uns das besondere Pulver. Sie sagte, wir müßten es mit

Wasser verrühren und es langsam trinken. Wir rissen die Packungen mit den Zähnen auf und leckten es ganz auf, es blieb um meinen Mund herum kleben, und ich saugte es von den Lippen und den Fingern. Einige andere Kinder, die mit uns gegangen waren, übergaben sich. Aber ich fühlte nur, daß sich etwas in meinem Bauch bewegte, daß das Zeug runterging und sich herumbewegte wie eine Schlange, und ich bekam Schluckauf, der weh tat. Eine andere Schwester sagte uns, wir sollten uns in einer Reihe auf der Veranda der Klinik aufstellen, aber das konnten wir nicht. Wir saßen überall herum, fielen gegeneinander; die Schwestern halfen jedem von uns auf, packten uns am Arm und steckten dann eine Nadel hinein. Mit anderen Nadeln zogen sie unser Blut heraus und taten es in winzige Flaschen. Das war etwas gegen Krankheiten, aber ich verstand es nicht, jedesmal wenn ich die Augen schloß, glaubte ich zu gehen, das Gras war lang, ich sah die Elefanten, ich hatte noch nicht begriffen, daß wir fort waren.
Aber unsere Großmutter war noch stark, sie konnte sich noch auf den Beinen halten, sie kann schreiben, und sie schrieb uns ein. Unsere Großmutter hat uns diesen Platz im Zelt an einer der Seiten besorgt, das ist der beste Platz hier, denn obwohl der Regen hereinkommt, können wir bei gutem Wetter die Plane umschlagen, und dann scheint die Sonne auf uns, die Gerüche in dem Zelt gehen raus. Unsere Großmutter kennt eine Frau hier, die ihr gezeigt hat, wo es gutes Gras für Schlafmatten gibt, und unsere Großmutter hat Matten

für uns gemacht. Einmal im Monat kommt der Lebensmittellastwagen zur Klinik. Unsere Großmutter nimmt eine der Karten mit, die sie unterschrieben hat, und wenn sie abgeknipst ist, bekommt sie einen Sack Maismehl. Es gibt Schubkarren, mit denen man den Sack zurück zum Zelt schaffen kann; mein erstgeborener Bruder macht das für sie, und dann fahren er und die anderen Jungs Rennen, während sie die Schubkarren zur Klinik zurückbringen. Manchmal hat er Glück, und ein Mann, der im Dorf Bier gekauft hat, gibt ihm etwas Geld, damit er es herbringt – obwohl das nicht erlaubt ist, man soll diese Schubkarre sofort zu den Schwestern zurückbringen. Er kauft sich dann ein kaltes Getränk und teilt es mit mir, wenn ich ihn dabei erwische. An einem anderen Tag in jedem Monat legt die Kirche einen Haufen alter Kleider in den Hof der Klinik. Unsere Großmutter hat noch eine Karte, die abgeknipst werden muß, und dann können wir uns was aussuchen: Ich habe zwei Kleider, zwei Hosen und eine Strickjacke, damit ich zur Schule gehen kann.

Die Leute im Dorf erlauben uns, in ihre Schule zu gehen. Ich war überrascht, daß sie unsere Sprache sprechen; unsere Großmutter hat mir gesagt: Deshalb lassen sie uns auf ihrem Land wohnen. Vor langer Zeit, als unsere Vorväter lebten, gab es keinen Zaun, der einen tötet, keinen Krüger-Park zwischen ihnen und uns, wir waren ein Volk unter unserem eigenen König, von unserem Dorf, wo wir weggegangen sind, bis hierher, wo wir hergekommen sind.

Jetzt, wo wir schon so lange in dem Zelt sind – ich bin gerade elf geworden, und mein kleiner Bruder ist beinahe drei, obwohl er sehr klein ist, nur sein Kopf ist groß, er ist immer noch nicht richtig darin –, haben einige Leute die bloße Erde um das Zelt herum umgegraben und Bohnen und Mais und Kohl gepflanzt. Die alten Männer flechten Zweige zusammen, um Zäune um ihre Gärten zu setzen. Es ist niemandem erlaubt, in den Städten nach Arbeit zu suchen, aber einige der Frauen haben im Dorf Arbeit gefunden und können sich Sachen kaufen. Unsere Großmutter findet, weil sie noch immer stark ist, Arbeit da, wo Leute Häuser bauen – in diesem Dorf bauen die Leute schöne Häuser mit Ziegeln und Zement, nicht mit Lehm wie bei uns zu Hause. Unsere Großmutter trägt Ziegel für diese Leute und schafft Körbe mit Steinen auf dem Kopf heran. Und daher hat sie Geld, um Zucker und Tee und Milch und Seife zu kaufen. Der Laden hat ihr einen Kalender geschenkt, den sie an unsere Zeltklappe gehängt hat. Ich bin gut in der Schule, und sie hat Reklamepapier, das Leute vor dem Laden wegwerfen, gesammelt und meine Schulbücher damit eingeschlagen. Sie sorgt dafür, daß mein erstgeborener Bruder und ich jeden Nachmittag, bevor es dunkel wird, unsere Hausaufgaben machen, denn danach ist kein Platz mehr in unserem Teil des Zelts, außer um sich dicht aneinandergedrängt hinzulegen, genauso wie wir es im Krüger-Park gemacht haben, und Kerzen sind teuer. Unsere Großmutter hat sich noch immer kein Paar Schuhe für die

Kirche kaufen können, aber sie hat schwarze Schulschuhe für mich und meinen erstgeborenen Bruder gekauft und Schuhcreme, um sie zu putzen. Jeden Morgen, wenn die Leute im Zelt aufstehen, wenn die Babys weinen, die Leute sich draußen um die Wasserhähne drängeln und einige Kinder schon die Breikruste von den Töpfen ziehen, aus denen wir gestern abend gegessen haben, putzen mein erstgeborener Bruder und ich unsere Schuhe. Wir müssen uns mit gerade ausgestreckten Beinen auf unsere Matten setzen, damit unsere Großmutter genau nachsehen kann, ob wir es richtig gemacht haben. Keine anderen Kinder im Zelt haben richtige Schulschuhe. Wenn wir drei die Schuhe ansehen, ist es, als wären wir wieder in einem richtigen Haus, ohne Krieg, ohne fort.
Ein paar weiße Leute sind gekommen, um Fotos von unseren Leuten hier im Zelt zu machen – sie sagten, sie machten einen Film, ich hab noch nie gesehen, was das ist, aber ich hab davon gehört. Eine weiße Frau quetschte sich in unseren Platz und stellte unserer Großmutter Fragen, die uns in unserer Sprache von jemandem weitergesagt wurden, der die der weißen Frau verstand.
Wie lange lebt ihr schon so?
Sie meint, hier? sagte unsere Großmutter. In diesem Zelt, zwei Jahre und ein Monat.
Und was erhofft ihr euch für die Zukunft?
Nichts. Ich bin hier.
Aber für deine Kinder?

Ich will, daß sie lernen, damit sie gute Jobs kriegen und Geld.
Hoffst du, nach Mosambik zurückgehen zu können – in dein Land?
Ich geh nicht zurück.
Aber wenn der Krieg vorbei ist – dann wirst du nicht hierbleiben dürfen? Willst du nicht nach Hause?
Ich glaubte, meine Großmutter wollte nichts mehr sagen. Ich glaubte nicht, daß sie der weißen Frau antworten würde. Die weiße Frau legte den Kopf auf die Seite und lächelte uns an.
Unsere Großmutter sah weg von ihr und sprach...
Da ist nichts. Kein Zuhause.
Warum sagt unsere Großmutter das? Warum? Ich werd zurückgehen. Ich werd durch diesen Krüger-Park zurückgehen. Nach dem Krieg, wenn es keine Banditen mehr gibt, wartet unsere Mutter vielleicht auf uns. Und vielleicht, als wir unseren Großvater verließen, ist er nur zurückgeblieben, hat irgendwie den Weg zurück gefunden, langsam, durch den Krüger-Park, und wird dort sein. Sie werden zu Hause sein, und ich werd mich an sie erinnern.

Ein Fund

Zur Hölle mit ihnen.

Ein Mann, der Pech mit Frauen gehabt hatte, beschloß, für eine Weile allein zu leben. Zweimal hatte er aus Liebe geheiratet. Er räumte alles aus dem Haus, was seine ergebene zweite Frau aus irgendeinem Grund vergessen hatte, als sie mit den Dingen, die sie beide geliebt und gesammelt hatten – Gemälde, seltenes Glas, sogar die besten Weine hatte sie aus dem Keller geholt –, gegangen war. Er warf die Bücher weg, auf deren Vorsatzblatt seine erste Frau als junge Braut liebevoll ihren neuen Namen gesetzt hatte. Dann machte er Urlaub, ohne irgendeine Frau mitzunehmen. Zum ersten Mal, soweit er sich erinnern konnte; aber diese Flittchen und Rumtreiberinnen, die er zu lieben geglaubt hatte, waren schließlich genauso treulos gewesen wie die braven Ehefrauen, die gelobt hatten, ihn für immer zu lieben und zu ehren.

Er fuhr allein an einen Badeort, wo die Felsen das Meer in zerrissenen Fächern hochschleuderten, wo die Gezeiten in den kleinen Teichen zischten und schmatzten. Es gab da keinen Sand. Auf Steinen, die wie Konfekt aussahen, gestreift, gefleckt und marmoriert, lagen

Leute – Frauen – auf salzgebleichten Matratzen und liebkosten sich mit duftenden Ölen. Ihre Haare waren hochgesteckt und gehalten von elastischen Blumenbändern, die Mode in dem Jahr, oder fielen naß – wenn sie mit Kristallperlen auf feuchtglänzenden Gliedern aus dem Wasser stiegen – aus vergoldeten Spangen, von denen das Licht zu großen runden Ohrringen und zurück sprang. Ihre Brüste waren entblößt. Sie trugen auf dem Kopf stehende Dreiecke aus leuchtendem Stoff über der Scham, gehalten von einem Band, das zwischen den Hinterbacken heraufkam und sich mit den zwei Bändern traf, die sich über den Bauch und um die Hüftknochen spannten. Aus seiner Perspektive wirkten sie, wenn sie zum Meer hinuntergingen, völlig nackt; wenn sie aus dem Wasser wieder heraufkamen, keuchend vor Vergnügen, seinem Blick entgegen, tanzten ihre Brüste und sanken dann pendelnd herab, wenn sie sich lachend niederbeugten, um Badelaken und Kämme und Salböl aufzunehmen. Die Körper von einigen waren gemustert wie Batikstoffe: Streifen und Flecken in Weiß oder Rot, wo Kleidung Teile von ihnen vor dem feurigen Sonnenbad geschützt hatte. Die Brustwarzen anderer waren wundrot wie Erdbeeren, man konnte sehen, daß sie es kaum ertragen konnten, sie mit Salbe zu berühren. Männer waren auch da, aber er sah keine Männer. Wenn er die Augen schloß und dem Meer zuhörte, konnte er die Frauen riechen – das Öl.

Er schwamm viel. Weit draußen in der ruhigen Bucht zwischen Windsurfern, die an ihre grellen Segel ge-

kreuzigt dastanden, näher an der Küste, wo die Brandung mit Horden schäumenden Wassers über seinen Kopf hinwegtrampelte. Ein Schwarm junger Mütter trug kleine Kinder im flachen Wasser herum. Das weiche Fleisch eindrückend, hingen die Kinder nackt an den Müttern, erst so kürzlich von ihnen getrennt, daß sie immer noch Teil dieser weiblichen Körper zu sein schienen, in die sie von Männern wie ihm gepflanzt worden waren. Er lag auf den Steinen, um zu trocknen. Er mochte das harte Stubsen der Steine, rückte hin her, bis er sie in Kuhlen gedrückt hatte, die seiner Kontur entsprachen, statt ihr zu widerstehen. Er schlief. Er erwachte und sah ihre rasierten Beine an seinem Kopf vorübergehen – Frauen. Tropfen, die sie sich aus den nassen Haaren schüttelten, fielen auf seine warmen Schultern. Manchmal fand er sich unter Wasser schwimmend unter ihnen wieder, sein harthäutiger Körper strich an ihnen vorüber wie ein Hai.
Wie es Männer tun, wenn sie allein am Meer sind, warf er Steine ins Wasser, erinnerte sich an – und meisterte wieder – die Kunst, sie auf der Oberfläche hüpfen zu lassen. Er legte sich außerhalb der Reichweite der letzten Wellenausläufer auf den Bauch, siebte mit den Händen die vom Meer polierten Steine und begann sie zu sehen, wie Erwachsene nicht mehr sehen: wie ein Kind eine Blume, ein Blatt endlos anguckt – einen Stein, seinen Schwemmlinien folgt, seinen Fragmenten geheimnisvoller Farbe, seinen Einsprengseln von Glimmer, seine Ei- oder Rhombusform fühlt (er tat das), wel-

che die geölte, streichelnde Hand der See geglättet hat.
Nicht alle Steine waren wirklich Steine. Es gab da flache bernsteinfarbene Ovale, welche der Edelsteinschleifer Ozean aus zerbrochenen Bierflaschen gearbeitet hatte. Es gab glänzende Knöpfe aus blauem und grünem Glas (irgendeine andere ertrunkene Flasche), die als Aquamarine oder Smaragde durchgegangen wären. Kinder sammelten sie in Hüten oder Eimern. Und unter diesen Schätzen, in die sich von Frachtschiffen über Bord geworfenes Styropor und das andere Plastiktreibgut mischte, das an die Küsten der ganzen Welt geworfen, davongeschwemmt, und wieder angespült wird, fand er eines Nachmittags zwischen den Steinen, mit denen er seine Hände beschäftigte, wie ein Mönch die Perlen seiner Gebetskette zählt, einen wirklichen Schatz. Zwischen den Kieseln aus buntem Glas war ein mit Diamanten und einem Saphir besetzter Ring. Er lag nicht an der Oberfläche des Steinstrandes, war also offensichtlich nicht an dem Tag von einer der Frauen verloren worden.
Irgendein Darling, der Schatz eines reichen Mannes (oder seine behaglich versorgte Frau) war von einer Jacht dort draußen ins Wasser gesprungen, mit ihrem Schmuck, wenn auch sonst modisch hüllenlos, und sie mußte gespürt haben, wie das Wasser ihr einen der Ringe vom Finger streifte. Oder sie spürte es nicht, bemerkte den Verlust erst, als sie wieder an Deck war, wo sie sich beeilte, die Versicherungspolice zu finden, wäh-

rend das Meer den Ring tiefer und tiefer hinabzog; und dann, seiner müde geworden, schob es ihn Tage, Jahre hindurch langsam dem Land entgegen, spülte ihn hinauf und ließ ihn dort zurück. Es war ein wunderschöner Ring. Der Saphir ein großes, längliches Oval, umgeben von runden Diamanten, mit je einem baguetteförmigen Diamanten, der horizontal an die Seiten des strahlenden Hügels in der Mitte gesetzt war und als Brücke zu dem gravierten Reif diente.

Obwohl er den Ring mit seinem Zufallsgriff aus gut fünfzehn Zentimeter Tiefe heraufgeholt hatte, sah er sich um, als müsse die Besitzerin über ihm stehen.

Aber sie ölten sich ein, sie trockneten ihre Kleinkinder ab, sie zupften mit Hilfe winziger Spiegel ihre Augenbrauen, sie saßen mit gekreuzten Beinen, die Brüste bewegten sich träge über den kurzbeinigen Tischen, auf welche der Kellner des Restaurants ihre Salate und die Weißweinflaschen gestellt hatte. Er ging mit dem Ring zum Restaurant hinauf; vielleicht hatte jemand den Verlust gemeldet. Die Patronne des Restaurants prallte zurück. Es war, als hätte er ihr an einer dunklen Ecke Diebesgut angeboten. Er ist wertvoll. Bringen Sie ihn zur Polizei.

Mißtrauen gebiert Wachheit; er befand sich im Ausland, vielleicht gab es Grund, mißtrauisch zu sein. Selbst der Polizei gegenüber. Wenn niemand den Ring beanspruchte, würde irgend jemand hier vom Ort ihn einstecken. Also war es egal – er steckte ihn in die eigene Tasche, genaugenommen in die Schultertasche, in der sich sein Geld, seine Kreditkarten, seine Autoschlüssel und seine Sonnenbrille befanden. Und er ging an den Strand zurück und legte sich wieder auf die Steine, unter die Frauen. Um nachzudenken.

Er setzte eine Annonce in die Zeitung des Ortes. *Ring gefunden. Blue Horizon Beach, Dienstag, 1.*, dazu Telefon- und Zimmernummer seines Hotels. Die Patronne hatte recht; es kamen viele Anrufe. Einige von Männern, die behaupteten, ihre Frau, Mutter, Freundin hätte in der Tat an dem Strand einen Ring verloren. Wenn er sie bat, den Ring zu beschreiben, riskierten sie einfach irgend etwas: ein Diamantring. Aber sie hatten nur Ausflüchte zu bieten, wenn er auf Einzelheiten drängte. Wenn eine Frauenstimme den scheinheilig zuckersüßen (bei einigen sogar weinerlichen) Ton hatte, mit dem sich eine Betrügerin mittleren Alters verriet, legte er auf, sobald sie versuchte, ihren verlorenen Ring zu beschreiben. Aber wenn die Stimme attraktiv und manchmal deutlich jung war, leise, sogar bei frechen Lügen zögernd, dann bat er die Besitzerin ins Hotel zu kommen, um den Ring zu identifizieren.

Beschreiben Sie ihn.

Er setzte sie bequem vor seinen offenen Balkon, ließ das Licht vom Meer ihre Gesichter befragen. Nur eine überzeugte ihn davon, wirklich einen Ring verloren zu haben; sie beschrieb ihn detailliert und ging mit Entschuldigungen, ihn behelligt zu haben. Andere – einige recht charmant oder sogar sehr hübsch, verführerisch gekleidet – wären auch mit einem anderen Ergebnis ihres Besuchs zufrieden gewesen, falls sie mit ihren erfundenen Beschreibungen eines Ringes nicht durchkamen. Sie schienen sich ausgerechnet zu haben, daß ein Ring ein Ring ist; wenn er wertvoll ist, muß er Diamanten haben, und eine oder zwei waren einfallsreich genug, zu sagen, ja, da seien noch andere wertvolle Steine darauf, aber der Ring sei ein Erbstück (Großmutter, Tante), und sie wüßten nicht recht, wie die Steine hießen.

Aber die Farbe, die Form?

Sie gingen, als hätte er sie beleidigt; oder sie kicherten schuldbewußt, sie seien nur als eine Art Mutprobe gekommen, aus Spaß. Und es war gar nicht so leicht, sie höflich wieder loszuwerden.

Dann war da eine mit einer Stimme, die ganz anders klang als die jeder anderen Anruferin, es war die beherrschte Stimme einer Sängerin oder Schauspielerin vielleicht, zugleich lag Scheu in ihr. Ich habe die Hoffnung eigentlich aufgegeben. Ihn zu finden ... meinen Ring. Sie hatte die Annonce gesehen und gedacht, nein, nein, es hat keinen Zweck. Aber auch bei einer Chance von eins zu einer Million ... Er bat sie, ins Hotel zu kommen.

Sie war gewiß vierzig, eine geborene Schönheit mit großen, ruhigen, graugrünen Augen, und sie brauchte keine Hilfsmittel, außer um ihr Haar pfauenschwarz zu halten. Es wuchs aus einem schnabelförmig spitzen Ansatz hoch auf ihrer runden Stirn heraus und war hochgesteckt um ihren Kopf gelegt, glänzend wie geputzte Federn. Es gab kein Zeichen einer Falte, wo ihre Brüste zusammentrafen, sie lagen fest und deutlich gezeichnet im Oberteil eines Kleides, das so schwarz war wie ihr Haar. Ihre Hände waren für Ringe gemacht; sie spreizte die langen Daumen und Finger, die Handflächen nach außen: Und dann war er weg, einen Moment sah ich ein Schimmern im Wasser –

Beschreiben Sie ihn.

Sie sah ihn mit geradem Blick an, wandte den Kopf, um diese Augen woandershin zu lenken, und begann zu sprechen. Sehr kunstvoll gearbeitet, sagte sie, Platin und Gold ... wissen Sie, es ist schwierig, einen Gegenstand präzise zu beschreiben, den man so lange getragen hat, daß man ihn gar nicht mehr wahrnimmt. Ein großer Diamant ... mehrere. Und Smaragde, und rote Steine ... Rubine, aber ich glaub, die waren schon vorher rausgefallen ...

Er ging zu der Kombination von Schreib- und Toilettentisch des Hotels, öffnete eine Lade und nahm einen Umschlag unter den Prospekten heraus, die Restaurants, Kabel-Programme und Zimmer-Service beschrieben. Hier ist Ihr Ring, sagte er.

Ihre Augen veränderten sich nicht. Er hielt ihn ihr hin.

Ihre Hand schwebte langsam auf ihn zu wie unter Wasser. Sie nahm den Ring von ihm und begann ihn auf den Mittelfinger der rechten Hand zu stecken. Er paßte nicht, aber sie korrigierte die Bewegung mit einem raschen Manöver, und er schlüpfte glatt über ihren Ringfinger.

....

Er lud sie zum Abendessen ein, und das Thema wurde nicht berührt. Nie wieder. Sie wurde seine dritte Frau. Sie leben miteinander, und es gibt nicht mehr Ungesagtes zwischen ihnen als zwischen jedem anderen Paar.

Mein Vater verläßt seine Heimat

Die Häuser wenden sich ab, kehren der Dorfstraße die Stirn, um für sich zu sein, privat. Aber sie sind mit Blumen- und Früchtegirlanden und Schnörkeln bemalt. Blühende Ranken ziehen sich wie Wäscheleinen an der kleiner werdenden Perspektive aneinandergereihter schmaler Veranden entlang. Tomaten und Gänseblümchen klettern zusammen hinter Lattenzäunen. In ein Handtuch von einem Garten sind Verschläge und Käfige für Hühner und Enten gestopft, und da gibt es ein Schwein. Aber nicht in dem Haus, aus dem er kam; sie werden kein Schwein gehabt haben.

Das Postamt ist aus Holzbrettern gebaut und hat einen geschnitzten Volant unter dem Dach – ein Postschild erkennt man überall, in jeder Sprache, obwohl es hier eines aus der Zeit vor der Luftpost ist: kein stilisierter Vogel, sondern ein gebogenes Posthorn mit Kordel und Troddeln. Von hier werden die Briefe damals abgegangen sein, welche die Überfahrt regelten. Eine Bank steht davor, und darauf sitzt eine alte Frau und bricht Bohnen. Sie trägt einen schwarzen, um den Kopf gebundenen Schal und eine Schürze, sie hat den lippenlosen geschlossenen Mund eines Menschen, der die Zähne verloren hat. Wie alt? Das Alter einer Frau ohne Östrogenpillen, Haartönungsmittel, Sonnenblocker und Antifaltencrèmes. Sie hat ihm seine Sachen gepackt. Die Kleidung eines kalten Landes, er hatte nichts anderes. Sie nähte die Risse darin und stopfte Strümpfe; und was noch? Eine Mütze, einen Mantel; ein Junge von dreizehn mag noch keinen alten Anzug seines Vaters oder anderer Verwandter gehabt haben. Andererseits hat man ihm vielleicht extra einen besorgt, für die Reise, für die Zukunft.

Von Pferden gezogene Fuhrwerke stampfen und rattern durch die Straßen. Kutschwagen schwanken in der Gangart der fransenhufigen Gespanne auf den Landstraßen, welche die Städte verbinden, verlangsamen Autos und Busse zurück in ein anderes Jahrhundert. Er wurde mit seinem Koffer auf einen dieser Wagen gehoben, er trug den Anzug, mit Gewißheit die Mütze. Stiefel, die von dem Familienmitglied noch einmal ausgebessert worden waren, dessen Handwerk dies war. Es muß einen Schuhmacher unter ihnen gegeben haben; das war die andere Möglichkeit, die ihm offengestanden hatte: er hätte das Schuhemachen lernen können, hatte sich aber für die Uhrmacherei entschieden. Sie müssen ihn mit der Lupe fürs Auge und den Miniaturschraubenziehern und Schrauben, den Unruhfedern und den Fischschuppen-Uhrengläsern ausgerüstet haben; auch die waren wohl in seinem Koffer. Und einige religiöse Notwendigkeiten. Der Schal, die Dinge, die

man sich um Arm und Stirn wand. Die wird sie nicht vergessen haben; er war dreizehn, sie hatten ihn zu Hause behalten und ernährt, zumindest bis ihre Religion sagte, er sei ein Mann.
Im Bahnhofslokal singen die Zigeuner. Es ist Abend. Der Zug schwitzt einen Nebel von Dampf in die Herbstkälte, und er könnte da irgendwo stehen, neben seinem Koffer, auf das Einsteigen wartend. Sie mag ihn bis hierher begleitet haben, aber eher nicht. Als er den Pferdewagen erklomm, das war das Ende, für sie. Sie sah ihn nie wieder. Der Mann mit dem Bart, das Familienoberhaupt, war da. Er war es, der für die Eisenbahnfahrkarte, für die Schiffsüberfahrt gespart hatte. Es gibt keinen Abschied; in der trunkenen Ausgelassenheit der Zigeuner, die das Lokal füllen, ist kein Raum für Kummer, der Schuppen glüht von ihrer Hitze, ein Herd in der nächtlichen Dunkelheit. Der bärtige Mann fährt mit seinem Sohn ans Meer, wo das alte Leben endet. Er wird in den unteren Decks des Schiffes einen Platz für ihn finden, er wird die Fahrscheine und Papierstücke übergeben, die der Zukunft erklären werden, wer der Junge war.

Wir hatten geräucherte Paprikawurst und Slibowitz für die Fahrt gekauft – die Gruppe war zu groß für einen Wagen, deshalb machte es mehr Spaß, den Zug zu nehmen. Zwischen den gepolsterten Flintenhüllen und dem geprägten Leder der Gewehrkästen sangen wir und ließen die Flasche herumgehen, fanden unsere Be-

merkungen zum Brüllen komisch. Der Franzose besaß ein Nest von fingerhutgroßen Silberbechern, und er schnitt die Wurst mit einem Hornmesser aus dem Souvenirladen des Hotels in der Hauptstadt auf, schnitt auf seinen Daumen zu. Der Engländer versuchte in Cobbetts *Rural Rides* zu lesen, aber der Band lag auf seinem Schoß, während der klare Schnaps in ihm das Unglück seiner Ehe wachrief, das er einer Frau anvertraute, der er vorher nie begegnet war. Ruhelos in ihrem Vergnügen, gingen die Leute im Abteil ein und aus, ließen plötzlich hochgedrehte Lautstärke der Bewegung und Windstöße frischer Luft herein; draußen, gesehen mit am Waggonfenster ruhender Stirn, nichts als Bäume, Bäume, die Biegung eines Flusses mit einem verrottenden Boot, der vergehende osteuropäische Sommer, fern der Sonne.
Um drinnen die Party wieder einzuholen: jemand bekam Applaus, weil er eine Flasche Wein zum Vorschein brachte, jemand anderes bekam komische Belehrungen, wie man mit einer dieser neumodischen Kameras umzugehen hatte. In den Bahnhöfen von Städten, auf die niemand einen Blick warf – dieselben industriellen Eingeweide von Fabrikhöfen und Schrotthalden, durch die Eisenbahnlinien überall in der Welt, aus der wir kamen, führen –, stiegen Einheimische zu und saßen auf Koffern in den Gängen. Ein Mann spähte ausdauernd zu uns herein, und die Stimmung ging dahin, daß man in dem Abteil irgendwie Platz für ihn finden müsse. Niemand beherrschte die Sprache, und er kannte unsere nicht, aber der Wein und die Wurst erbrachten so-

fortige, überraschte Kommunikation, wir redeten auf ihn ein, ob er den Wörtern folgen konnte oder nicht, und er zuckte die Schultern und lächelte mit den entzückten und gequälten Reaktionen eines Mannes, der angesichts von Fremden mit Stummheit geschlagen ist. Er verschaffte sich nur dadurch Respekt, daß er beim Slibowitz abwinkte – Ausländer fühlten sich natürlich verpflichtet, so was zu trinken. Und als wir ihn vergaßen, weil wir uns über eine merkwürdige Landkarte ereiferten, die der staatliche Jagdverband uns gegeben hatte, nicht ethno- oder geographisch, sondern mit der Verbreitung des Wasser- und Wildgeflügels in der Gegend, der wir uns näherten, sah ich, daß er uns prüfend musterte, einen nach dem anderen, um den Hintergrund, aus dem wir kamen, zu entziffern, unsicher – angesichts ihm unvertrauter Merkmale –, ob er beneiden, mit Zynismus betrachten oder amüsiert sein sollte. Er schlief ein. Und ich studierte ihn.
Niemand von der Jagdhütte war da, um uns an dem Dorfbahnhof in Empfang zu nehmen, der auf der Karte eingekreist war. Es war Nacht. Herbstkälte. Wir standen herum und stampften mit den Füßen in diesem Abenteuer. Einen Stationsvorsteher gab es nicht. Eine Telefonzelle, aber wen sollten wir anrufen? Alles inklusive; Sie werden von einem Führer und einem Dolmetscher überallhin begleitet – also hatten wir nicht daran gedacht, uns die Telefonnummer der Jagdhütte geben zu lassen. Da war ein Holzschuppen in der Dunkelheit, nebelhaft in dickem gelben Licht und Lärm. Eine Bar!

Die Männer unserer Gruppe gingen hinüber, um sich dem einen männlichen Klub anzuschließen, der überall Mitgliedschaft auf Gegenseitigkeit hat; die Frauen waren unsicher, ob sie erwünscht sein würden – die Sitten des jeweiligen Landes mußten beachtet werden, in einigen kann man die Brüste entblößen, in anderen ist man unanständig, wenn man Hosen trägt. Der Engländer pendelte hin und her, um zu berichten. Männer tobten sich in dem Schuppen aus, sie mußten irgendwas feiern, sie waren irgendeine Art Bruderschaft, schwarzhaarig und unrasiert, betrunken. Wir saßen im Dunst des Dampfes, den der Zug hinterlassen hatte, auf unserem Gepäck, ein trüber Streifen Sicht, erhellt von der Glut aus der Bar, und unsere Welt stürzte hinter der Bahnsteigkante steil ins Nichts. An einer unbekannten Etappe einer Reise an einen unbekannten Ort, der plötzlich unvorstellbar wurde.
Ein alter Wagen platschte in den Bahnhofsvorplatz. Der Jagdhütten-Chef fiel aus ihm heraus und auf die Füße wie ein Rennfahrer. Er trug einen grünen Filzhut mit Abzeichen und Federn rund um das Hutband. Er sprach unsere Sprache, ja. Es ist nicht gut hier, sagte er, als die Männer unserer Gruppe aus der Bar kamen. Achten Sie auf Ihre Taschen. Zigeuner. Sie arbeiten nicht, stehlen nur und kriegen Kinder, damit die Regierung ihnen jedesmal wieder Geld gibt.

Der Mond auf dem Rücken liegend.
Mit das erste, was ihm aufgefallen sein wird, als er an-

kam, war, daß der Mond in der südlichen Hemisphäre falsch herum liegt. Die Sonne geht noch immer im Osten auf und im Westen unter, aber die eine andere Gewißheit, auf die man zählen kann, daß derselbe Himmel, der sich über dem Dorf wölbt, über der ganzen Welt steht, ist verloren. Welch größere Bestätigung, wie weit fort man ist, kann es geben; wenn man aufsieht in der ersten Nacht.
Er mag auf dem Schiff ein paar Wörter gelernt haben. Jemand, der ein paar Jahre vor ihm dorthin gekommen ist, hat ihn vielleicht in Empfang genommen. Er wurde in einen Zug gesetzt, der zwei Tage lang durch Weinberge und Hügel und dann die Wüste rollte; aber lange bevor das Schiff festmachte, muß es ihm in seinem Anzug zu heiß geworden sein auf seiner Reise nach Süden. Auf der Hochebene kam er bei den Goldminen an, wo er einem Verwandten anvertraut werden sollte. Der Verwandte war zu stolz gewesen, um brieflich zu erklären, daß er zu arm war, um ihn aufzunehmen, aber seine Frau stellte dies klar. Er nahm das Uhrmacherwerkzeug, mit dem er ausgestattet worden war, und ging zu den Minen. Und dann? Er lauerte weißen Bergleuten auf und ersetzte Hemmungsräder und zerbrochene Zifferblätter an Ort und Stelle, er ging zu den Lagern, wo schwarze Kumpel stolz Uhren erworben hatten, als Handschellen ihrer neuen Sklaverei: der Schichtarbeit. In diesem, ihrem eigenen Land, waren sie Wanderer, fern ihrer Heimat, wie er. Sie kannten nur ein paar Wörter der Sprache, wie er. Während er Englisch lernte,

schnappte er auch den knappen Jargon aus Englisch und ihren Sprachen auf, der den Bergleuten beigebracht wurde, damit die Arbeitsbefehle verstanden wurden. *Fanagalo*: ›Mach dies, mach es so.‹ Ein Vokabular des Kommandos. Also wußte er von Anfang an, daß er, wenn auch arm und fremd, zumindest weiß war, er sprach seine gebrochenen Sätze aus den Rängen der Kommandeure zu den Kommandierten: ein erster Hinweis darauf, wer er war, jetzt. Und die Uhren der schwarzen Kumpel waren meistens billig, nicht wert, heilgemacht zu werden. Sie konnten für den Preis, den er für die Reparatur fordern mußte, eine neue kriegen; er kaufte eine kleine Lieferung von Zobo-Taschenuhren und bot sie als fliegender Händler in den Lagern feil. Also wurde er aufgrund der Schwarzen zum Geschäftsmann; noch ein Hinweis.
Und dann?
Zobos waren dicke Metallkreise mit einem kräftigen Ring darauf, mit lautem Tick trotteten sie die Zeit aus. Er hatte einen Wellblechschuppen mit der Uhrmacher-Werkbank in einer Ecke, er verkaufte Uhren und Verlobungs- und Eheringe. Die weißen Bergleute waren es, die die Gewohnheit hatten, Verlobungen mit Schmuck zu signalisieren, den sie auf Raten abzahlten. Sie versprachen soundso viel pro Monat zu zahlen; am letzten Freitag, wenn sie Lohn bekommen hatten, kamen sie von der Hotelbar zu ihm herein, nach Brandy riechend. Er brachte sich selbst bei, Buch zu führen, und schleppte faule Kredite bis in die Wirtschaftskrise der Dreißiger.

Zu der Zeit war er schon verheiratet und hatte Kinder. Vielleicht hatten sie angeboten, ihm ein Mädchen nachzuschicken, ein Mädchen aus der Heimat, das er in seiner Sprache lieben konnte, das nach den Regeln kochen würde. Das war unter den Dorfbewohnern üblich; die Überfahrt hätte er sicherlich bezahlen können. Aber wenn sie wußten, daß er den Blechschuppen hinter sich gelassen hatte, in dem er zunächst übernachtete, als er Geschäftsmann geworden war, so konnten sie sich bestimmt nicht vorstellen, daß er nun im Hotel des Ortes wohnte, wo die weißen Kumpel tranken und wo er Fleisch aß, das von Schwarzen gebraten wurde. Er nahm Gesangsunterricht und wurde in die Freimaurerloge eingeführt. Über dem Rollpult im Büro hinter seinem neuen Laden mit dem Schild UHRMACHER JUWELIER & SILBERSCHMIED hing eine ovale Fotografie im vergoldeten Rahmen, die ihn in der Schürze seines Freimaurerranges zeigte. Er machte einen weiteren Zug; mit Erfolg warb er um die Hand einer jungen Frau, deren Muttersprache Englisch war. Aus dem Dorf, über dem der Mond andersherum gedreht stand, kam als Hochzeitsgeschenk nur ein Stück grauen Leinens, das mit Seidenstickereien – Blumen und Schnörkeln – bedeckt war. Die alte Frau, die auf der Bank saß, mußte die Nadelarbeit schon lange zuvor gemacht, sie für den erwarteten Anlaß aufgehoben haben, denn zur Zeit der fernen Hochzeit war sie schon blind (das schrieb ihm jemand). Bei einem Pogrom verletzt – war das eine Annahme, eine Übertreibung des Leids dort oben, die jene,

die alles hinter sich gelassen hatten, benutzten, um ein Entkommen zu dramatisieren? Wahrscheinlich eher grauer Star, in diesem Dorf, und kein Chirurg erreichbar. Die Enkelinnen entdeckten das bestickte Tuch hinter lavendelduftenden Handtüchern und Kissenbezügen im Wäscheschrank ihrer Mutter und benutzten es als Teppich für ihr Puppenhaus.
Die englische Frau spielte Klavier, und die Kinder sangen um sie herum aufgestellt, aber er sang nicht. Anscheinend gab er den Gesangsunterricht auf; manchmal lachte er mit Freunden darüber, daß man ihm gesagt hatte, er sei ein lyrischer Bariton, und daß er bei Freimaurerkonzerten Tennyson-Balladen gesungen hatte. Als ob er wüßte, wer Tennyson war! Als seine jüngere Tochter alt genug war, sich zu fragen, was die Fotografie bedeutete, die in seinem Büro hinter dem nach außen gewölbten Glas heruntersah, hatte er aufgehört, zu den Logentreffen zu gehen. Als er einmal von einem solchen Anlaß nach Hause gekommen war, hatte er den Wagen in die Garagenwand gefahren; der Schaden wurde in Momenten der Spannung immer wieder erwähnt. Aber vielleicht gab er den Freimaurerrang auf, weil seine Frau sich mit ihrem machtvollen Ekel von seiner Whiskyfahne abwandte, wenn er sich nach diesen Versammlungen im Dunkeln neben sie ins Bett legte. Wenn die Phylakterien und das Käppchen irgendwo aufgehoben wurden, so sahen die Kinder sie nie. Er ging am Versöhnungstag in die Synagoge, um zu fasten, und kehrte jedes Jahr an den Todestagen der alten

Leute in jenem Dorf, die seine Frau und die Kinder nie gesehen hatten, zurück, um eine Kerze zu entzünden. Schwache Flamme: wer waren sie? In den Streitereien zwischen Mann und Frau sah sie sie als unwissend und schmutzig; sie mußte irgendwo irgend etwas gelesen haben, das dazu dienen konnte, ihn zu verhöhnen: ihr habt wie Tiere um den Ofen geschlafen, nach Knoblauch gestunken, einmal die Woche gebadet. Die Kinder wußten, wie niedrig man sank, wenn man sich nicht wusch. Und in Wut gebracht kannte er die niedrigste Kategorie von allen in ihrem Land, in diesem Land.
Du redest mit mir, als wär ich ein Kaffer.

Das Schweigen kalter Länder beim Herannahen des Winters. Auf einer Insel aus Lehm, noch immer dort stehend, wo ein Dorfweg sich teilt wie zwei Strähnen nassen Haares, wird ein Kriegsdenkmal gekrönt vom Emblem eines vergessenen Erobererreiches, dem andere folgten und wieder andere. Unter einem der anderen lebten sie, machten Schuhe und Uhren heil. Aßen Knoblauch und schliefen um den Ofen. Auf dem Friedhof lehnen die Steine aneinander und sinken von einer Besetzung und Revolution zur nächsten, die Zobos zählen sie tickend, die alte Frau, die auf der Bank Bohnen brach, und der bärtige Mann auf dem Hafenkai liegen in Grabhügeln, die alle Zenotaphen sind, weil die Inschriften, die ihre Namen festhalten, in einer Sprache sind, die er vergessen hat und seine Töchter nie gekannt haben. Ein plötzlicher Schwarm Kinder, gerade aus der

Schule, landet wie Tauben um das Denkmal. Wie ist es möglich, daß man sie verstehen kann, wie sie starren, kichern und – die mutigen – fragen. Wie mit dem Mann im Zug: der Ton, der Gesichtsausdruck, die Neugier macht die Bedeutung klar.

Wer seid ihr?

Wo kommt ihr her?

Eine Karte von Afrika wird mit einem Stock in den Schlamm gezeichnet.

Afrika! Die Kinder stoßen einander und hüpfen, sie erkennen es. Sie kommen näher. Eines von ihnen zieht kräftig an dem vergoldeten Ring im Ohr eines kleinen Mädchens, das dunkel und kurzgelockt ist wie ein Pudel. Sie zeigen: Gold.

Jene anderen damals, vor langer Zeit, wußten vom Gold; für die Armen und Verachteten gibt es immer die Vorstellung von Gold irgendwoanders. Deshalb schickten sie ihn fort, als er dreizehn war und nach ihrem Glauben ein Mann.

Um vier Uhr nachmittags blutet der alte Mond ein Strahlen in den grauen Himmel. Im Wald ist ehrfurchtsvoll ein dichtes Gefieder aus gefallenen Eichenblättern ausgelegt, während die Federn der toten Fasane an den Gürteln der Treiber schwingen. Die Treiber kommen im ersten Mondlicht über die weiten Maisfelder. Die Gewehre dringen in seinen Glorienschein. Wo ich warte, entfernt, aus dem Weg, versteckt, höre ich das Rascheln der Furcht unter den Kreaturen. Ihre Federn streifen schwirrend gegen Stiele und Blätter. Das Glukken, um die Jungen zu sammeln; das plötzlich ausbrechende Zetern des Schreckens, als die Männer mit ihren dreschenden Stöcken die Beute vorantreiben, die kopflos hier- und dorthin stürzt, keine Richtung, in der es nicht Männer und Stöcke, Männer und Gewehre gibt. Sie haben Flügel, wagen aber nicht zu fliegen und sich zu offenbaren, sie hatten nichts, wohin sie hätten laufen können vom Dorf in die Felder, mehr und mehr von ihnen, der ausschlagende Huf des Kosakenpferdes bereit, kriechende Köpfe zu treffen, der Stoß eines Bajonetts einen Mann am Herzen hochreißend wie ein Stück Fleisch auf einer Gabel. Der vorrückende Tod und keine Zuflucht. Blindheit durch Feuer oder Kugel, und kein Ausweg zu sehen, Bohnen nach dem Gefühl brechen. Das Krachen der Schüsse und wilde Agonie des Flatterns überall um mich, ich ducke mich weg von dem Geräusch und dem Anblick, nur Zuschauerin, bin nur Zuschauerin, bitte, aber die Kosakenpferde ritten diese flehenden armen Wesen nieder. Ein Vogel plumpst tot herab, schlägt an meine Schulter, bevor er auf das weiche Laubbett neben mir trifft.

Sechs Blätter aus dem Land meines Vaters.
Als ich begann, ihn in seinem Laden zu kennen, ihn als etwas von dem Schoß, auf dem ich saß, Unterschiedliches zu sehen, brüllte er den schwarzen Mann auf der anderen Seite des Ladentisches an, der den Boden fegte und Botengänge machte, und er warf ihm den Wochen-

lohn widerwillig hin. Ich merkte, daß da jemand war, dem mein Vater Angst gemacht hatte. Ein Kind versteht Angst und die Verletzung und den Haß, die sie mit sich bringt.

Ich hob die Blätter auf, weil sie hübsche Herbstfarben hatten, nicht aus sentimentalen Gründen. Dieses Dorf, in dem wir die staatliche Jagdhütte gemietet hatten, ist nicht das Dorf meines Vaters. Ich weiß nicht, wo in seinem Land es war, nur den Namen des Hafens, von dem aus er es verließ. Ich habe ihn nicht nach seinem Dorf gefragt. Er hat es mir nie gesagt; oder ich habe nicht zugehört. Ich habe die Blätter in der Hand. Ich wußte nicht, daß ich hier im Wald auf die Treiber stoßen würde, die vorrücken, vorrücken über die Welt.

Manche sind zu süßem Glück gemacht

Some are born to sweet delight
Some are born to endless night
William Blake – *Auguries of Innocence*

Manche sind zu süßem Glück gemacht
Manche für die endlose Nacht

Sie nahmen ihn als Mieter auf. Da ihr Sohn sich für achtzehn Monate auf eine Ölbohrinsel verpflichtet hatte, war die winzige Kammer, die er bewohnt hatte, frei; und das Mietgeld kam ihnen gelegen. Durch die Berührung mit den Mänteln und Aktentaschen, die der Vater den Mitgliedern des Klubs abnahm, in dem er Portier war, hatte mit der Loyalität auch das Wissen um die Gefahr von Sprengbomben, befestigt an der Unterseite von Politikerautos und Bankierswagen, auf die Tressen seiner Uniform abgefärbt. ›Dagegen ist nichts einzuwenden‹, sagte der Vater, als die Besitzer des Hauses, dessen Souterrain die Familie bewohnte, die Bedingung stellten: ›Keine Iren‹. Die Diskriminierung anderer Ausländer aus dem alten Empire jedoch war gegen die Prinzipien der Hausbesitzer, die auch die Arbeitgeber der Mutter waren – dreimal wöchentlich saubermachen und drei Jungen beaufsichtigen, die sie schon von klein auf betreute und als ihre eigenen betrachtete. So konnte man also dem Oberstock gefällig sein, wenn man das Zimmer dem jungen Mann überließ, einem Ausländer, der wahrscheinlich schon bei anderen, auf der Anschlagtafel im Supermarkt angebotenen Adressen abgewiesen worden war. Und er machte einen wirklich sauberen und gepflegten Eindruck; außerdem saß er nicht ständig in der Küche herum und wartete darauf, zum Familientisch eingeladen zu werden, wie jemand ihrer Art das wohl getan hätte. Und er liebäugelte nicht mit Vera.

Vera war siebzehn und Angestellte mit Aufstiegschancen in der Registratur eines bedeutenden Unternehmens; der Vater hatte sie dank der Freundlichkeit eines seiner Herren aus dem Klub dort untergebracht. Ein Wort am richtigen Platz; und nun lag es nur noch an ihr, zur Sekretärin aufzusteigen, eines Tages vielleicht sogar zur Privatsekretärin eines so wichtigen Herren, wie die Herren im Klub es waren, Reisen auf den Kontinent, Amerika – in alle Welt.

»Du mußt dich anständig anziehen für eine solche Firma. Überlaß es den anderen, ihren Hintern zu zeigen.«

»Dad!« Die Wohnung war klein, die Wände dünn – wenn der Mieter ihn hörte! Ihre Pupillen weiteten sich, und sie wurde rot, halb aus Scheu, halb aus Ärger. Freitag und Samstag abends trug sie T-Shirts, die über der Brust mit Pailletten bestickt waren, und ging mit Freundinnen in die Diskothek; die rosa getönte Haarsträhne auf der einen Seite hatte sie sich allerdings auswachsen lassen müssen. Sonntags saßen sie mit schäkernden Jungen aus dem Viertel auf Holzbänken vor dem Pub und tranken Bier mit Limonade. Einmal gaben sie ihr pures Bier mit einem Schuß von irgend etwas anderem und machten sie betrunken, aber ihr Vater war als Türsteher für eine Privatgesellschaft engagiert worden und die Mutter war mit den Kindern aus dem Oberstock in den Zoo gegangen, und so hörte es keiner, als sie sich im Badezimmer übergab.

Dachte sie.

Er war in der Küche, als sie hineinkam, um Wasser zu trinken, und sich noch den Schleim vom keuchenden Mund wischte. Er sprach sie immer mit ›Miss‹ an. »Guten Tag, Miss.« Er füllte sich eben selbst ein Glas.

Sie blieb stehen, wo sie stand: der saure Geschmack und Geruch, den sie in Mund und Nase hatte, strömte in Richtung des fremden Ausländers, sie durfte keinen Schritt näher treten. Brennende Scham legte sich über Übelkeit und Tränen. Die Scham drehte ihr den Magen um, ihre Kehle öffnete sich, und sie erreichte gerade noch rechtzeitig den Ausguß, um die letzten Reste einer in Bier schwimmenden, von ihren Zähnen und den Verdauungssäften zerkleinerten Pizza von sich zu geben. »Gehen Sie weg. Gehen Sie weg.« Abwehrend streckte sie eine Hand nach hinten. Dann öffnete sie beide Wasserhähne, um ihre Schande hinunterzuspülen. »Gehen Sie raus!«

Aber er stand neben ihr, in ihrem widerlichen Gestank, und er hatte ein Geschirrtuch angefeuchtet und wischte ihr damit das Gesicht, den schmutzigen Mund, die Tränen ab. Er stützte sie mit dem Arm, führte sie zum Küchentisch und drückte sie in einen Stuhl. Und sie wußte, daß Leute wie er überhaupt nie tranken, daß er wahrscheinlich noch nie Alkohol gerochen hatte. Es hätte weniger ausgemacht, wäre es jemand aus ihrer Clique gewesen.

Sie begann wieder zu weinen. Ganz ruhig, langsam, legte er seine Hand auf ihre Hände, griff nach dem Handgelenk wie ein Arzt, der am Pulsschlag den Takt des Herzens mißt. Langsam – sein Tempo – wurde sie ruhiger; ohne den Kopf zu bewegen blickte sie hinunter auf die Hand. Langsam zog sie die ihre darunter hervor, schon im Gehen.

Als sie die Küche verließ, fielen noch ein paar bedeutungslose Worte – ein Nachhall dessen, was passiert war – zwischen ihnen: Alles in Ordnung, ja, alles in Ordnung, sind Sie sicher, ja, alles in Ordnung.

Sie verschlief die Rückkehr ihrer Eltern und erklärte am nächsten Morgen, sie hätte sich erkältet.

Sie konnte nicht mehr so tun, als bemerkte sie seine Anwesenheit in dem Haus nicht, als wäre er ein Außenstehender, der nichts zu tun hatte mit ihrer Welt: ihrem Beruf und den Freunden, die sie unter den gleichaltrigen Arbeitskollegen fand, ihrer Freizeit, die sie in der

Diskothek und im Kino verbrachte, wo das Händchenhalten und Knutschen mit den Jungens aus dem Viertel stattfand. Er sagte ›Guten Tag‹, wenn sie einander in dem Gang zwischen dem Wohnbereich der Familie und seinem Zimmer begegneten, oder wenn sie es nicht vermeiden konnten, am Tor des kleinen Souterrainvorgartens zusammenzutreffen, wo die Geranien ihrer Mutter blühten und die leeren Milchflaschen standen. Er sagte nicht ›Miss‹; es war, als wolle er ihr mit dieser Unterlassung versichern: Machen Sie sich keine Sorgen, ich sage es niemandem, *obwohl ich über alles Bescheid weiß, was Sie tun*, alles. Ich rede nicht über Sie mit meinen Freunden – hatte er überhaupt Freunde? Ihre Mutter erzählte ihr, daß er in der Küche irgendeines schicken Restaurants beschäftigt sei – ihre Mutter mußte sich vergewissern, daß ein Mieter ein regelmäßiges Einkommen hatte, bevor man ihn ins Haus lassen konnte. Vera sah andere Ausländer seiner Art in lockeren Gruppen in der Gegend beisammenstehen, als wüßten sie nicht, wohin; natürlich kamen sie nicht in die Disko, und man sah sie auch nie in der Menge vertrauter Gesichter im Kino. Sie waren zusammen, aber sie wirkten allein. Sie bemerkte es, ohne sich weiter darüber den Kopf zu zerbrechen, wie sie vielleicht den seltsamen Ausdruck eines Tieres bemerkt hätte, das fern, von wo immer es hingehörte, in einem Käfig gehalten wurde.

Sie schuldete ihm ein Zeichen zum Dank für seine Vertrauenswürdigkeit. Als sie sich das nächste Mal zufällig im Haus trafen, sagte sie: »Ich heiße Vera.«

Als wüßte er das nicht, als hätte er ihre Mutter und ihren Vater sie nie rufen hören. Wieder tat er das Richtige, nickte bloß höflich.
»Ich habe Ihren Namen nie richtig mitgekriegt.«
»Unsere Namen sind schwer für die Menschen hier. Nennen Sie mich einfach Rad.« Sein Englisch war steif, Silbe für Silbe mit leiser Stimme ausgesprochen.
»Ist das eine Kurzform?«
»Was ist das?«
»Wie man gerufen wird. Bob für Robert.«
»So etwas Ähnliches.«
Sie beendete dieses erste Zusammentreffen auf einer neuen Ebene auf die einzige Weise, die sie kannte: »Dann also bis später«, die vage Abschiedsformel, die beiläufig im Kreis ihrer Freunde benutzt wurde und nichts Vertrauliches besagte. Eines Sonntags aber, als sie das Haus verließ, um hinunterzugehen und zu schauen, wer alles im Pub war, sah sie ihn im Vorgarten sitzen, als sie die Kellerstiege heraufkam. Er las Zeitungen – drei oder vier lagen übereinandergestapelt in dem schlammverspritzten Gras neben ihm. Sie benutzte zum ersten Mal seinen Namen, griff ihn auf wie einen Schlüssel, der sich im geölten Schlüsselloch dreht.
»Hallo, Rad.«
Er erhob sich aus dem Stuhl, den er aus seinem Zimmer herausgetragen hatte. »Ich hoffe, Ihrer Mutter macht es nichts aus? Ich wollte fragen, aber sie ist nicht zu Hause.«
»O nein, Ma bestimmt nicht, wir haben diesen alten

Stuhl schon ewig, von ein bißchen frischer Luft wird er auch nicht mehr Sprünge kriegen, als er schon hat.«
Sie stand auf dem kurzen Weg, er stand neben dem alten Rattanstuhl; setzte sich dann wieder, damit sie gehen konnte, ohne unhöflich zu sein – sie zu ihren Freunden, er zurück zu seiner Lektüre.
Sie sagte: »Ich werd nichts sagen.«
Und damit war es ausgesprochen, was nur zwischen ihnen war in diesem Haus. Und sie lachten, lächelten, beide. Sie ging hinüber zu seinem Stuhl. »Haben Sie heute frei? Sie arbeiten doch in irgendeinem Restaurant, wie ist es denn?«
»Ich habe heute Abendschicht.« Er legte eine kleine Pause ein, den Kopf zur Seite geneigt, mit gelangweilter Zurückhaltung. »Naja. Es ist eben ein Job. Man nimmt, was man kriegt.«
»Ich weiß. Aber wahrscheinlich kriegen Sie wenigstens das Essen gratis, wenn Sie in einem Restaurant arbeiten.«
Er blickte einen Augenblick über den Zaun, weg von ihr. »Ich esse dieses Essen nicht.«
Langsam überkam sie ein heftiges Widerstreben, durch dieses Gartentor, um die Ecke herum und die Straße hinunter zum Pub zu gehen, um sich in ihren neuen geblümten Bermudas von anerkennenden Pfiffen begrüßen und in den Po kneifen zu lassen, seine schwarzen Augen die ganze Zeit im Rücken, auch wenn er sich längst wieder seinen Zeitungen zugewandt und sie vergessen hätte. Um Zeit zu gewinnen, sah sie sich die

Zeitungen an. Das Blatt in seiner Hand war ein englisches Blatt. Die am Boden liegenden waren mit fließenden Schriftzeichen bedeckt, die aus Schwänzen und schwungvollen Schnörkeln bestanden; das Geheimnis der Sprache eines anderen. Sie konnte nicht ins Pub gehen; sie konnte ihn nicht wissen lassen, daß sie dort hatte hingehen wollen. Die kleinen Mogeleien, die für Eltern gut waren, taugten nicht für ihn. Aber sie brauchte ja gar nicht zu mogeln: *sie ging nicht* ins Pub, auf einmal ging sie nicht.

Sie setzte sich auf den Motorsportteil der englischen Zeitung, den er weggelegt hatte, und kreuzte die Beine von den nackten runden Knien abwärts zu einem X.

»Gute Nachrichten von daheim?«

Er deutete mit dem Fuß auf die Zeitungen in seiner geheimnisvollen Sprache; sein nackter Fuß war ein intimes Objekt, ein weiteres Geheimnis.

»Aus meiner Heimat gibt es keine guten Nachrichten.«

Sie begriff, daß das etwas mit der Politik da drüben zu tun haben mußte – Politik flößte ihr ehrfürchtige Scheu ein, sie hatte keine Ahnung davon, es hatte nichts mit ihr zu tun. »Deshalb sind Sie also weggegangen.«

Er brauchte nicht zu antworten.

»Wissen Sie, ich kann mir das nicht vorstellen, weggehen.«

»Sie wollen Ihre Freunde nicht verlassen.«

Sie verstand die Anspielung, verzog das Gesicht wie ein Kind und ging über das Thema hinweg.

»Mum und Dad ... alles.«
Er nickte, als könne er ihre Trauer über den vorgestellten Verlust nachempfinden, ließ aber kein Wort darüber verlauten, was er verloren haben mußte.
»Obwohl ich wahnsinnig gern reisen möchte. Deshalb hab ich nämlich diesen Job angenommen. Andere Länder sehen – nur als Besucher, wissen Sie. Wenn ich tüchtig bin und so, könnte ich mal so weit kommen. Wir haben eine Sekretärin im Büro, die begleitet ihren Chef überallhin, und sie bringt uns immer allen was mit, sie ist sehr großzügig.«
»Sie möchten gern die Welt sehen. Aber jetzt warten Ihre Freunde auf Sie.«
Sie schüttelte diese Beharrlichkeit mit einem Lachen ab. »Und Sie wollen nach Hause!«
»Nein.«
Er betrachtete sie mit dem abwesenden Ausdruck eines Erwachsenen angesichts der Unschuld eines Kindes. »Noch nicht.«
Die Macht seiner Stimmung über die ihre, die damals in der Küche schon hergestellt worden war, erschien wieder. Sie war eher zögernd und demütig als kokett, als sie das Thema wechselte. »Sollen wir – möchten Sie mit mir Tee trinken, wenn ich ihn mache? Ist das in Ordnung?« Er hatte noch nie im Haus gegessen; vielleicht war das, was die Familie aß und trank, nach seiner Religion tabu für ihn wie das Zeug, das er gratis im Restaurant hätte essen können.
Er lächelte. »Ja, das ist in Ordnung.« Und er stand auf

und tappte auf seinen schlanken Füßen hinter ihr her in die Küche. Wie mit einem Wischen über die sauberen Flächen von Ausguß und Tisch ihrer Mutter wurde jener andere Augenblick in der Küche durch die alltäglichen Handhabungen des Teeaufgießens und Bereitstellens der Tassen beseitigt. Sie forderte ihn auf, den Ingwerkuchen aufzuschneiden: »Na los, kosten Sie, hausgemacht von meiner Mutter.« Neugierig und mit einem ängstlichen Lächeln sah sie zu, wie seine schönen Zähne sich in die bröselige weiche Masse gruben. Er nickte, mit vollem Mund, ernsthaft Zustimmung bekundend. Sie ahmte ihn nach, nickend und lächelnd; und wie ein Reh, das sich einem Blatt nähert, nahm sie die duftende Schnitte mit dem von seinen Zähnen geformten Halbkreis aus seiner Hand entgegen und biß davon ab.

Vera ging nicht mehr ins Pub. Zuerst kamen sie, um nach ihr zu sehen – die Freunde, die Kollegen –, und keiner glaubte ihre Ausflüchte, als sie nicht mitging. Sonntags lungerte sie im Haus herum und half ihrer Mutter. »Hast du Ärger gehabt oder so was?«

Wie sie ihren engsten Freundinnen immer sagte, hatte sie Glück mit ihrer Mutter, die nicht streng und mißtrauisch war wie andere. »Nein, Ma. Sie sind schon in Ordnung, aber es ist immer dasselbe, man redet immer über dasselbe, jedes Wochenende.«

»Naja ... zeigt, daß du erwachsen wirst, dich weiterentwickelst – ist nur natürlich. Du wirst neue Freunde finden, interessantere, mehr dein Typ.«

Vera lauschte, um zu hören, ob er in seinem Zimmer war oder zur Arbeit hatte gehen müssen – seine Schichten in dem Restaurant waren unregelmäßig, wie sie aus der Beobachtung seiner An- und Abwesenheiten geschlossen hatte. Er war sehr ruhig, spielte weder Radio noch Kassetten, aber sie spürte immer, ob er da war, in seinem Zimmer. Dieser Sommer war zur Abwechslung mal ein richtiger Sommer; wenn er frei hatte, kam er mit dem alten Rattanstuhl in den Garten und las, oder er streckte die Beine aus, lehnte sich zurück und hielt das Gesicht der feuchtschwülen Sonne entgegen. Er mußte an das Land denken, aus dem er kam; sehr heiß stellte sie es sich vor, Wüste und dick geweißte Häuserwürfel mit Palmen davor. Sie ging mit einer Decke hinaus – nichts Ungewöhnliches, wenn man in seinem eigenen Garten ein Sonnenbad nehmen will –, und plauderte mit ihm, als täte sie es nur, weil er eben auch da war. Sie sah zu, wie seine Augen von rechts nach links über die verschnörkelten Druckzeilen seiner Zeitungen liefen, und wenn er innehielt, gähnte, den Kopf zurücklehnte und zum Schutz gegen das Licht die Lider senkte, konnte sie ihn nach der Heimat fragen – seiner Heimat. Er beschrieb Straßen und Städte und Cafés und Basare – es entsprach gar nicht ihrer Vorstellung von Wüste und Oasen. »Aber es gibt doch auch Palmen?«
»Ja, und Nachtklubs und Paläste reicher Leute, die den Touristen gezeigt werden, aber es gibt auch Fabriken und Gefangenenlager und Arme, die von einer Handvoll Bohnen am Tag leben.«

Sie zupfte am Gras: »Ich verstehe. – Waren Sie – war Ihre Familie – mögen Sie Bohnen?«

Er ließ sich nicht locken; er ließ sich nie locken.

»Wenn man sie richtig zubereitet, sind sie gut.«

»Wenn wir welche besorgen, sagen Sie uns, wie man sie kochen muß?«

»Ich werde sie für Sie zubereiten.«

Und so sagte Vera ihrer Mutter eines Sonntags, daß Rad, der Mieter, eine Mahlzeit für die Familie zubereiten wollte. Ihre Eltern waren gerührt; wie nett, eine feinfühlige Geste der Dankbarkeit, wo er sonst ein so finsterer Kerl war, nie hatte er bisher auch nur eine Miene verzogen. Ihr Vater machte sich auf etwas gefaßt, was ihm wahrscheinlich nicht bekommen würde. »Andere Leute, andere Sitten. Vielleicht ist das ein Brauch bei ihnen, wie wenn bei uns einer einen Blumenstrauß mitbringt.« Das Essen war ein Erfolg. Das Gericht war köstlich und nicht zu stark gewürzt; Ingwerbrot ist schließlich auch gewürzt. Als ihr Vater eine Flasche Bier öffnete und an Rads Platz stellte, nahm Vera sie rasch weg. »Er trinkt nicht, Dad.«

Freundlichkeit mußte mit Freundlichkeit erwidert werden; Veras Mutter sprach eine Gegeneinladung aus. »Sie müssen einmal zum Sonntagsessen zu uns kommen! – Huhn auf meine spezielle Art, und zum Nachtisch *Apple pie.*«

Aber die Einladung gehörte in die Kategorie des ›Dann-also-bis-später‹. Sie wurde nicht wieder erwähnt. Eines Sonntags schüttelte Vera das Gras von ihrer Decke. »Ich geh ein Stück.« Und der Mieter erhob sich langsam aus seinem Stuhl, legte die Zeitungen beiseite, und sie gingen miteinander durch das Gartentor. Die Nachbarn mußten sie mit ihm gesehen haben. Das Paar ging, wohin sie führte, Seite an Seite, aber lose, wie sie junge Männer seiner Art zusammen gesehen hatte. Lange gingen sie so dahin, durch Straßen und dann in einen Park. Sie sah gerne zu, wenn die Leute Drachen steigen ließen; jetzt war er derjenige, der zusah, wie sie zusah. Es schien seine Art, sie kennenzulernen; alles kennenzulernen. Es war nicht die Art der Jungen, die sie sonst kannte – Jungen ihresgleichen –, aber er war schließlich ein Fremder hier, es mußte so vieles geben, was er entdecken mußte. An einem anderen Wochenende hatte sie die Idee, ein Picknick zu machen. Das bedeutete einen Ausflug über den ganzen Tag. Unter den Blicken ihrer Mutter packte sie Äpfel, Brot und Käse ein – und vergaß auch nicht, den Schinken wegzulassen! Ein Schweigen war zwischen ihnen. In ihm lag der Vorwurf, den Vera sich, wie sie wohl wußte, selbst machen müßte: Vera ›lief einem Mann nach‹; diesem Mann. Aber alles, was ihre Mutter sagte, war: »Trefft ihr euch mit anderen Freunden?« – Sie log nicht. »Nein. Er ist noch nie den Fluß hinaufgefahren. Ich dachte mir, wir könnten eine Bootsfahrt machen.«

Mit der Zeit begann ihr das Kino zu fehlen. Arglos fragte sie ihn, ob er diesen oder jenen Film gesehen hätte; sie nahm an, daß er ins Kino ging, wenn sie ihn abends weggehen hörte mit Freunden – Freunden seinesgleichen –, die sie nie sah. Was taten sie denn, wenn sie nicht ins Kino gingen? Sicher gingen sie in keine Bar, und in einer Disko war er bestimmt auch nicht zu finden, das wußte sie instinktiv. Sie konnte sich nicht vorstellen, daß er sich unter zuckenden bunten Lichtern schüttelte und zur Musik stampfte.

Er hatte keinen der Filme gesehen, die sie erwähnte. »Wollen wir nicht mal hingehen?« Es geschah wie der erste Spaziergang. Er sah sie an, wie er sie damals angesehen hatte. »Meinen Sie?«

»Warum denn nicht. Alle gehen doch ins Kino.«

Aber sie wußte, warum nicht. Feierlich saß sie im Kino neben ihm. Es war anders als all die anderen Male an diesem vertrauten Ort der Unterhaltung. Er griff nicht nach ihrer Hand; nur damals, damals in der Küche. Sie gingen nun regelmäßig miteinander ins Kino. Das Schweigen zwischen ihr und ihren Eltern wuchs; ihre Mutter war wie ein fröhlicher Vogel, über dessen Käfig man ein Tuch gehängt hatte. Was immer ihre Mutter und ihr Vater dachten, was immer sie befürchteten – es war nichts geschehen, es geschah nichts bis zu einem Feiertag, an dem Vera und der Mieter frei hatten und einen ihrer langen Spaziergänge aufs Land machten (sie konnten sonst nichts tun, er trieb keinen Sport, er hatte an nichts Freude, was sie mit anderen jungen Leuten hätten unternehmen können). An diesem Tag, an dem irgendein königlicher Geburtstag oder ein religiöses Fest gefeiert wurde, das ihm nichts bedeuten konnte, liebte er Vera zum ersten Mal im tiefen Gras unter dichten Bäumen. Er hatte sie nicht einmal geküßt bisher, an keinem der Abende, wenn sie vom Kino heimgegangen waren, nicht, wenn sie allein im Haus waren und die Gelegenheit so offenkundig war wie die Verschwiegenheit der Küchenuhr, deren Schlagen durch den leeren Gang tönte, und das blinde Auge des Fernsehers im Wohnzimmer. Alles, was er nie mit ihr getan hatte, wurde nun begonnen und zu Ende geführt mit unaufhaltsamer Leidenschaft, ausgelöst wie durch einen bloßen Befehl an sich selbst; es war Monate her, daß er in der Küche seine Hand auf die ihre gelegt hatte, und nun dies, und dazwischen nichts. Nun gehörten ihr die Lippen des Mannes, von dem sie, wie ein Reh, einen Bissen entgegengenommen hatte, an dem sein Speichel haftete, nun gehörte ihr der nackte Körper, den der erste flüchtige Blick auf die nackten Füße ihr versprochen hatte. Sie hatte ihre Jungfräulichkeit wie alle ihre Schulfreundinnen mit vierzehn oder fünfzehn verloren, sie war ein- oder zweimal, mit halbem Sträuben, von irgendeinem ungeschickten Kerl in einem Auto oder einem Hinterzimmer gebumst worden. Aber nun war sie hingerissen, voll des Staunens, überwältigt von einer Sinnlichkeit, von der sie nicht geahnt hatte, daß sie in ihr war; ein reiches Talent, unerwartet und ungeahnt wie Gesang, der plötzlich aus der Kehle eines Menschen bricht, der weiß, daß er keine Stimme hat. Sie weinte vor Liebe für diesen Mann, der vielleicht nie, nie zu ihr gekommen wäre, nie zu ihr gefunden hätte von so weit her. Sie weinte, weil der Gedanke, wie leicht es hätte niemals geschehen können, ihr Angst machte. Er wischte ihr die Tränen fort und zog sie wieder an, tröstend und ihren Gefühlsausbruch geduldig über sich ergehen lassend wie eine Mutter mit einem überreizten Kind.

Sie hoffte nicht, vor ihrer Mutter verbergen zu können, was sie taten; sie wußte, daß ihre Mutter es wußte. Ihre Mutter spürte, wie sie, spät nachts, leise aus ihrem Zimmer durch den Gang zum Zimmer des Untermieters schlich, dem Zimmer, das immer noch nach ihrem Bruder roch, und sehr früh am Morgen wieder zurückkehrte. In der Dunkelheit kannte Vera jedes Bodenbrett, das knackte, wußte es zu vermeiden, mit dem Pyjama gegen die Wand zu streifen; im Morgengrauen sah sie den zwinkernden Strahl der aufgehenden Sonne schräg durch ein Fenster fallen, von dem sie nie gewußt hatte, daß es so lag, daß es irgendeine Phase der Sonne auf ihrem Weg über den Himmel einlassen konnte. Alles war anders geworden.

Was hätte ihre Mutter sagen können? Vielleicht hatte er andere Wörter in seiner Sprache; die einzigen, die sie und ihre Mutter hatten, würden nicht passen, waren nicht gemacht für eine Situation, die in ihrer beider Leben nicht vorgesehen war. *Weißt du, was du tust? Weißt du, was er ist? Wir haben nichts gegen sie einzuwenden, aber trotzdem. Was ist mit deinem Leben? Was ist mit der guten Firma, in der dein Vater dich untergebracht hat? Wie wird man das dort aufnehmen?*

Die unschuldige Entfesselung von Sinnlichkeit in dem Mädchen gab ihr eine Macht, die sich durchsetzte in dem

Haus. Sie brachte ihn jetzt zum Mittagstisch; er aß, was er konnte. Ihre Eltern deuteten diese Anwesenheit nach ihrem Kodex: eine »verlobte« Tochter, die ihren Zukünftigen nach Hause brachte. Aber nach außenhin wurde zwischen Vera und ihren Eltern die Form aufrechterhalten, daß er immer noch der »Untermieter« war, ein Untermieter, der irgendwie begonnen hatte, zum Haushalt zu gehören. Er selbst hatte es nicht nötig, irgendeine Rolle zu übernehmen oder zu spielen; er nahm sich nicht das Geringste heraus gegenüber ihrer Tochter, sprach zu ihr mit derselben Zurückhaltung, die er, ein Fremder, den Eltern gegenüber an den Tag legte. Wenn er und das Mädchen sich vom Tisch erhoben, um miteinander fortzugehen, war es immer so, als begleite er sie, ohne Interesse, ihrem Wunsch und Willen folgend.
Da ihr Vater ein Mann war, wenn auch ein alter und ihr Vater, erkannte er die Macht der Sinnlichkeit in einer Frau und war besiegt, eingeschüchtert von der Hartnäkkigkeit dieser Macht. *Er* konnte nicht mit ihr darüber reden; das mußte ihre Mutter tun. Er zankte sich deshalb mit seiner Frau. Und so stellte sie ihre Tochter schließlich zur Rede. *Wo wird das enden?* Beide, sie und das Mädchen, verstanden: Er wird dorthin zurückgehen, woher er kommt, und wo bleibst du? Er wird dich fallenlassen, wenn er genug hat von dem, was er von dir wollte.
Wo würde es enden? Rad bekannte sich jetzt gelegentlich zu ihr im Kreis seiner Freunde – es stellte sich heraus, daß er doch Freunde hatte, ja, junge Männer sei-

nesgleichen, aus seiner Heimat. Sie begegneten ihnen auf der Straße, und anstatt sich zu entschuldigen und sie gehorsam warten zu lassen wie einen Schoßhund, den man vor dem Supermarkt anbindet, wie er es meistens getan hatte, wenn er zu Freunden hinüberging, um mit ihnen zu sprechen, nahm er sie jetzt mit und unterbrach sich nach ein oder zwei Minuten des Gesprächs, als erinnere er sich ihrer Gegenwart: Das ist Vera. Die Art, wie sie sie grüßten, sie anschauten, gab ihr das Gefühl, daß er ihnen schließlich doch von ihr erzählt hatte, und sie war glücklich. Sie machten Bemerkungen in ihrer Sprache, und sie war sicher, daß sie sich auf sie bezogen. Wenn sie sich wegentwickelt hatte vom Pub, von der Disko, den Eltern, so wurde sie nun akzeptiert, gehörte anderswo dazu.

Und dann stellte sie fest, daß sie schwanger war. Sie hatte keine Freundin, an die sie sich wenden konnte, ohne damit rechnen zu müssen, daß sie Dinge sagen würde wie: Er wird dorthin zurückgehen, wo er herkommt, er wird dich fallenlassen, wenn er genug von dem gehabt hat, was er von dir wollte. Nach dem zweiten Monat kaufte sie einen Schwangerschaftstest in der Apotheke und untersuchte ihren Urin. Dann ging sie zu einem Arzt, weil man sich auf dieses Do-it-yourself-Zeug nicht verlassen konnte.

»Hast du nicht gesagt, es kann nichts passieren?«

Das war alles, was er nach einem Augenblick des Nachdenkens sagte, als sie es ihm erzählte.

»Mach dir keine Sorgen, ich werd eine Lösung finden.

Ich werd was unternehmen. Es tut mir leid, Rad. Vergiß es.« Sie hatte Angst, er könnte aufhören, sie zu lieben – ihre Formulierung dafür, daß er mit ihr schlief. Als sie in dieser Nacht zaghaft zu ihm kam, liebkoste er sie mit mehr Zärtlichkeit und Ernst als je zuvor, während er sie besaß. Sie erinnerte sich, daß sie in irgendeiner Frauenzeitschrift gelesen hatte, daß es nach dem dritten Monat gefährlich sei, selbst etwas zu tun, um ›es‹ loszuwerden (sie gab ihrer Schwangerschaft keine andere Identität). Sie fragte im Bekanntenkreis herum und fand einen Arzt, der Abtreibungen machte, vereinbarte einen Termin und nahm einen Vorschuß auf ihr Urlaubsgeld, um das geforderte Honorar bezahlen zu können.

»Übrigens, nächsten Samstag wird alles vorbei sein. Ich hab jemanden gefunden.« Schüchtern brachte sie das Thema zur Sprache, das sie die ganze Zeit über vermieden hatte.

Er betrachtete sie, bevor er zu sprechen begann, als denke er sehr sorgfältig nach, für sich allein, in seiner eigenen Sprache, wie er das ihrer Überzeugung nach oft tat. Vielleicht hatte er es vergessen – es war wirklich ihre Angelegenheit, ihr Fehler, sie wußte es. Dann sprach er aus, was keiner von ihnen beiden bisher ausgesprochen hatte: »Das Baby?«

»Naja . . .« Sie wartete, zustimmend.

Er nahm sie nicht in die Arme, er berührte sie nicht.

»Du wirst es bekommen. Wir werden heiraten.«

Es rutschte ihr heraus, ungeschickt, ungläubig, entgeistert vor Glück: »Du willst mich heiraten!«

»Ja, du wirst meine Frau werden.«
»Deshalb – weil ich ein Baby bekomme?«
Er sah sie lange an, intensiv, sein Blick wanderte über sie. »Weil ich dich erwählt habe.«
Natürlich sagte er als Ausländer die Dinge nicht so, wie ein Mann sie in ihrer Muttersprache ausgedrückt hätte.
Und ich liebe *dich*, sagte sie, ich liebe dich, ich liebe dich – unter Tränen gestammelte Schwüre. Er legte eine Hand auf ihre, wie er es in der Küche im Haus ihrer Mutter getan hatte; einmal und seither nie wieder.

Sie sah ein Paar aus einer Miniserie vor sich, Hand in Hand, wie sie es ihnen sagten: »Wir werden heiraten« – Umarmungen und Lachen.
Aber sie sagte es ihren Eltern allein, ohne ihn. Es war sicherer so, für ihn, dachte sie. Und sie formulierte es zum Beweis für seine guten Absichten als triumphierende Antwort auf die ausgesprochenen und unausgesprochenen Warnungen ihrer Mutter. »Rad wird mich heiraten.«
»Er will dich heiraten?« korrigierte ihre Mutter. Es brach aus ihr wie ein hoher Schrei. Der Vater warf seiner Frau einen zornigen Blick zu.
Jetzt war es Zeit für die Szene nach dem Vorbild der Fernsehserie. »Wir werden heiraten.«
Ihr Vater riß den Kopf hoch und ließ ihn langsam wieder sinken, drehte sich weg.
»Willst du ihn denn heiraten?« Die Mutter hielt sich die

gespreizte Hand vor die Brust, wie um den Schlag zu bedecken.

Das Mädchen, in einem Übermaß von Gefühl, streckte innerlich die Hände nach ihnen aus.

Der Vater schüttelte den Kopf wie ein kranker Hund.

»Und ich bin schwanger, und er ist glücklich darüber.«

Die Mutter wandte sich an den Vater, aber es kam keine Hilfe von dort. Mit ungeduldig flacher Stimme sagte sie: »Deshalb also.«

»Nein, nicht deshalb. Überhaupt nicht deshalb.« Sie würde ihnen nicht sagen: »Ich liebe ihn«, sie würde es sich nicht von ihnen verderben lassen, indem sie sich dazu bringen ließ, sich zu schämen. »Ich will es.«

»Sie will es.« Die Mutter sagte es an den Vater gewandt.

Er mußte etwas sagen. Er deutete auf den Körper seiner Tochter, dem noch nichts von dem darin wachsenden Leben anzumerken war. »Dann ist da nichts zu machen.«

Als das Mädchen das Zimmer verlassen hatte, stierte er seine Frau an. »Verdammter Schweinehund.«

»Schsch. Schsch.« – Ein Baby war unterwegs, armes unschuldiges Wesen.

Und es war tatsächlich das neue Leben in Veras Bauch, auf das der Vater gewiesen hatte, das alles änderte. Der Fremde, der Untermieter – man mußte ihn jetzt als den künftigen Schwiegersohn betrachten, Veras Verlobten –

erklärte Vera und ihren Eltern, daß er sie in seine Heimat schicken würde, damit sie dort seine Eltern kennenlernte. »In dein Land?«
Er antwortete mit dem feierlichen Ernst, mit dem die Ehe, wie ihnen klar wurde, dort betrachtet wurde, woher er kam. »Die Braut muß die Eltern kennenlernen. Sie müssen sie kennen, so wie ich ihre Eltern kenne.«
Wenn irgend jemand die Ernsthaftigkeit seiner Absichten bezweifelt hatte – nun, jetzt konnten sie sich ihrer Zweifel schämen; er schickte sie nach Hause, offen und stolz, seine Ausländerin, damit seine Eltern sie bei sich aufnahmen. »Aber hast du ihnen von dem Kind erzählt, Rad?« Sie sprach diese peinliche Frage nicht vor ihrer Mutter und ihrem Vater aus. »Was denkst du denn? Deshalb sollst du ja fahren.« Er zögerte, sprach dann weiter. »Es ist ein Kind unserer Familie.«
So sollte sie also endlich doch reisen! Zu all den Freuden noch eine Freude mehr! In einem Zustand beständiger Erregung, hin und her gerissen zwischen ihrem Verlangen nach Rad – der nun ganz offen ihr Zimmer mit ihr teilte – und dem stolzen Bedürfnis, ihren Arbeitskolleginnen zu erzählen, warum sie ihren Jahresurlaub gerade jetzt nahm, suchte sie wieder die Begegnung mit früheren Freundinnen, die sie gemieden hatte. Um ihnen zu sagen, daß sie verreisen würde, um die Familie ihres Verlobten kennenzulernen; in ein paar Monaten würden sie heiraten, und ein Baby war unterwegs – ja – der Beweis dafür: die Rundung unter dem geblümten Overall, den sie trug, um es stolz vorzuzei-

gen. Auch für ihre Mutter wurde ein Schwiegersohn, der nicht einer der ihren war, eher eine Auszeichnung als eine Schande. »Unsere Vera hat immer schon gewußt, was sie will. Die Welt ändert sich eben. Sie ist nicht der Typ, der sich damit zufriedengibt, das Leben zu wiederholen, das wir gehabt haben.« Das einzige, was nicht anders geworden war auf der Welt, war die Freude über bevorstehenden Nachwuchs. Vera war hingerissen, sie waren alle hingerissen bei dem Gedanken an das Kind, das erste Enkelkind. Oh, wie sie es verwöhnen würden! Die werdende Großmutter strickte, obwohl Vera lachte und sagte, daß man Babys längst nicht mehr so anziehe, ihr Kind würde diese kleinen bunten Unisex-Strampelanzüge tragen. Sie leisteten eine Anzahlung für einen Kinderwagen, eines kleinen Prinzen oder einer Prinzessin würdig.
Es wurde stillschweigend angenommen, daß der Zukünftige trotz der Nachteile, die junge Männer wie er in einem wenig gastfreundlichen Land hatten, seine Position in dem Restaurant verbessert haben mußte, wenn er es sich leisten konnte, sein Mädchen den weiten Weg nach Hause zu schicken, nur damit es vor der Hochzeit seine Eltern kennenlernte.
Der Oberstock war erfreut über die Neuigkeiten; der Oberstock kam eines Abends mit einer Flasche Sekt herunter, um auf Vera, die sie seit ihrer Kindheit kannten, und ihren jungen Mann anzustoßen – es gab viel freundliches Gelächter, als der künftige Ehemann allen die Gläser füllte und sich dann selbst Orangensaft ein-

goß. Sogar der Portier war nun zuversichtlich genug, um einem seiner Herren im Klub zu erzählen, daß seine Tochter heiraten, vorher aber noch ins Ausland reisen würde, um die Eltern des jungen Mannes kennenzulernen. Die Kinder der Herren aus dem Klub waren immer auf Reisen; jeden Tag schnappte er Bruchstücke von Gesprächen auf, in denen von irgendwelchen Reisezielen die Rede war – ›mit dem Rad in China, stell dir das vor‹ ... ›zwei Monate in Peru, nicht schlecht‹ ... ›auf dem Wallriff zum Schnorcheln, war das letzte, was ich von ihm gehört hab‹. *Auf Besuch bei ihren künftigen Schwiegereltern, in einem Land, wo es Wüste und Palmen gibt;* nicht übel!

Die Eltern wollten eine kleine Party geben, bevor sie abreiste, ein Verlobungs- und Abschiedsfest zugleich. Vera dachte daran, ein paar von ihren alten Freunden mit einigen seiner Freunde zusammenzubringen, denen er sie vorgestellt hatte und mit denen er sich, wie sie wußte, immer noch hin und wieder traf – sie erwartete nicht, mitgenommen zu werden, das war nicht üblich bei ihnen für Frauen, außerdem verstand sie ihre Sprache ohnehin nicht. Aber er schien nicht viel zu halten von so einer Party. Sie hatte ihr Urlaubsgeld (wenn sie daran dachte, wofür sie es ursprünglich abgehoben hatte, konnte sie es kaum glauben, wenn sie spürte, wie das Baby in ihrem Inneren mit leisen Stößen seine Gegenwart kundtat), und sie fragte ihn immer wieder, welche Geschenke sie für seine Familie kaufen könnte – seine Eltern, die Geschwister, sie hatte nach ihren

Namen gefragt und sie alle gelernt. Er sagte, er würde die Sachen besorgen, er wisse schon was. Als der Tag ihrer Abreise näherrückte, hatte er es noch immer nicht getan. »Aber ich möchte packen! Ich muß wissen, wieviel Platz ich lassen soll, Rad!« Er brachte einige Männerbekleidung, die sie nicht beurteilen konnte, und ein paar Kleider und Schals, die ihr nicht gefielen, aber das wagte sie nicht zu sagen – wahrscheinlich waren die Kleider, an denen seine Schwestern Gefallen fanden, ganz anders als das, was sie gerne trug – gut, daß sie ihm das Aussuchen überlassen hatte.

Sie wollte nicht, daß ihre Mutter zum Flughafen kam; sie würden sich zu sehr aufregen, alle beide. Rad zu verlassen, war auf seltsame Weise anders: es war kein Verlassen, es war ein Zugehen auf Rad, mit seinem Baby in ihr, ein Zugehen auf das Geheimnis, das Rad ausmachte, das in Rads Schweigen lag, seinen blinden Liebkosungen, der Art, wie er sie betrachtete und dabei in seiner eigenen Sprache dachte, so daß sie nichts von dem, was er dachte, in seinen Augen lesen konnte. All das würde sich ihr offenbaren, wenn sie dort war, wo er herkam.

Am Tag ihrer Abreise mußte er arbeiten, bis es Zeit war, sie zum Flughafen zu bringen. Zwei von seinen Freunden, die sie kaum von den anderen aus der Gruppe, die sie gelegentlich getroffen hatte, unterscheiden konnte, kamen mit ihm, um sie mit dem Taxi abzuholen, das einer von ihnen lenkte. Sie hielt Rads Hand und machte eine feste Doppelfaust aus ihren Händen auf seinem

Schenkel, während die Männer sich in ihrer Sprache unterhielten. Am Flughafen ließen die anderen ihn mit ihr allein hineingehen. Er gab ihr noch ein Geschenk für daheim in letzter Minute. »Oh Rad, wo soll ich es nur hintun? Auf dem Ticket steht: nur ein Stück Handgepäck!« Aber sie drückte seinen Arm, um zu zeigen, wie es sie freute, daß er so an seine Familie dachte. »Es hat schon noch Platz – keine Sorge.« Er öffnete den Reißverschluß ihrer Reisetasche, während sie in der Schlange vor dem Schalter aufs Einchecken warteten. Sie hockte sich hin, die Knie gespreizt, um für ihren Bauch Platz zu machen, und half ihm. »Was ist es überhaupt? – hoffentlich nichts Zerbrechliches?« – Er machte Platz für das Päckchen. »Nur Spielsachen für die Kinder meiner Schwester. Plastik.« »Ich hätte es in den Koffer tun können – oh Rad... ich hab überhaupt keinen Platz mehr, um was im Dutyfree einzukaufen!« In ihrer Aufregung sprach sie zu der Schlange vor dem Schalter der amerikanischen Luftlinie, mit der sie die erste Etappe ihrer Reise zurücklegen würde. Diese Mitreisenden waren auch Ausländer, Amerikaner, aber sie hatte das Gefühl, sie alle zu kennen; sie würden in ihrer Glückseligkeit reisen, sie nahm sie mit.
Sie umfing ihn mit all ihrer Kraft, und er hielt sie fest an seinen Körper gedrückt; sie konnte sein Gesicht nicht sehen. Er stand da und sah ihr nach, als sie durch die Paßkontrolle ging, und sie blieb immer wieder stehen, um zu winken, aber sie sah, daß Rad nicht winken konnte, nicht winken konnte. Nur ihr nachschauen, bis

sie nicht mehr zu sehen war. Und sie sah in Gedanken seinen Blick immer noch ihr folgen, wie am Anfang, als sie sich vorgestellt hatte, wie sie seinen Blick im Rücken gespürt hätte, wenn sie hinuntergegangen wäre ins Pub, an einem Sonntagmorgen.

Über dem Meer explodierte das Flugzeug in der Luft. Alle an Bord starben. Der Flugschreiber wurde vom Grund des Meeres geborgen, es wurde festgestellt, daß es in der Touristenklasse eine Explosion gegeben hatte und danach ein Feuer; und dort endeten die Botschaften; Schweigen, das Auseinanderbersten des Flugzeuges. Niemand weiß, ob alle sofort starben, oder ob einige den Absturz überlebten, um zu ertrinken. Ein Jahr lang wurde nach den Ursachen der Katastrophe geforscht. Die Herkunft und die familiären Verhältnisse aller Passagiere wurden untersucht und die Umstände, die zu ihrer Reise geführt hatten. Es gab einige Festnahmen; die Leute wurden eine Weile in Haft gehalten, verhört, und dann wieder freigelassen. Sie waren unschuldig – aber sie waren natürlich Ausländer. Dann kam es zu einer Katastrophe gleicher Art und zu einer Erklärung einer Gruppe mit einem apokalyptischen Namen, die eine Fraktion von Benachteiligten dieser Welt repräsentierte und die Verantwortung für die Zerstörung beider Flugzeuge beanspruchte, irgendeine komplizierte Geschichte aus Rache für heilige Kriege, der Annektierung von Gebieten, Invasionen, Gefangennahmen, Grenzzwischenfällen, territorialen Streitigkeiten. Bombenabwürfen, der Versenkung von Schiffen, Entführungen, lauter Dinge, die außer Eingeweihten niemand verstehen konnte. Ein Mitglied der Gruppe, ein junger Mann, bekannt unter mehreren Decknamen, einer davon Rad, hatte im Handgepäck der Tochter seiner Vermieter, die ein Kind von ihm erwartete, eine Bombe versteckt. Plastik. Eine Bombe aus einem Typ Plastiksprengstoff, auf den die Detektoren bei der Sicherheitskontrolle nicht ansprechen.

Vera war erwählt.

Vera hatte sie alle mitgenommen, das Baby in ihrem Leib, hatte sie mit hinuntergenommen, zusammen mit ihrem Glück.

Genossen

Als Mrs. Hattie Telford auf das elektronische Gerät drückte, das die Alarmanlage in ihrem Auto deaktivierte, kam eine Gruppe Jugendlicher hinter ihr heran. Schwarz. Aber es gab keinen Grund, Angst zu haben; dies war keine Straße in der Stadt. Dies war eine nichtrassische Enklave der Bildung, ein Ort, wo gepflegte Blumenbeete und Bäume, die botanische Namensschilder trugen, wilde Erinnerungen an Campuswachen und Hunde zivilisierten. Die Jugendlichen waren wie sie ein Teil der Menge, die sich nach einer Universitätskonferenz über Volkserziehung auflöste. Sie waren das Volk, das erzogen werden sollte; sie gehörte zu dem Komitee von weißen und schwarzen Aktivisten (ein bequemer Oberbegriff für Revolutionäre, weltliche und christliche Linke, Mitläufer und Liberale), das oben auf dem Podium saß.

»Genossin...« Sie setzte sich gerade im Fahrersitz zurecht, als einer, der so zierlich und schlank war, daß er wie eine Gestalt im Profil erschien, zum Fenster herantrat. Die freundlich gehobenen Augenbrauen der Frau, ihr zur Seite gelegtes, sommersprossiges Gesicht ermutigten ihn: »Genossin, fährst du in die Stadt?«

Nein, sie fuhr in die entgegengesetzte Richtung, nach Hause ... aber sofort, im Geiste der Halle, in der diese jungen Leute irgendwo, irgendwie mit ihr zusammen gewesen waren (ah, nein, sie mit ihnen), stampfend und Freiheitslieder singend, bot sie an, die Jungen zur Bushaltestelle mitzunehmen, die ihr Sprecher genannt hatte. »Steigt ein!«
Die anderen setzten sich nach hinten, der Sprecher neben sie. Sie sah das nervöse Weiß seiner Augen, als er sie an- und dann wegblickte. Sie suchte nach einem Gespräch, das sie entspannen würde. Fragen natürlich. Ältere fangen immer mit Fragen an Jüngere an. Kamen sie aus Soweto?
Sie kamen aus Harrismith, Phoneng Location.
Sie rechnete: ungefähr zweihundert Kilometer von hier. Wie kamen sie hierher? Wer hatte ihnen von der Konferenz erzählt?
»Wir sind Jugendkongreß in Phoneng.«
Eine Delegation. Sie waren mit dem Bus gekommen; eine der Nachzüglergruppen, die lange, nachdem die Konferenz begonnen hatte, immer noch ankamen. Sie hatten dann das Gratis-Mittagessen verpaßt?
Hinten schien niemand auch nur zu atmen. Der Sprecher mußte irgendeine stille Verständigung mit ihnen haben, irgendeine Verpflichtung, für sie zu sprechen, die sich aus der Reise oder einer anderen gemeinsamen Erfahrung ergeben hatte in der geheimnisvollen Bruderschaft der Jungen – dieser Jungen. »Wir haben Hunger.« Und auf dem Rücksitz rief das eine Zustimmung

hervor wie ein Luftzug in einem lastenden Schweigen.

Für einen Atemzug oder zwei schwieg sie zur Antwort. Diese großen Versammlungen erregten sie und gaben ihr zugleich das Gefühl, offen und verletzlich, allem schutzlos ausgesetzt zu sein, dem Gewühl und der Unruhe der Masse, die sich durch die Reihen zwängte und die Gänge heraufschlurfte, dem Wedeln der schokoladenbraunen weichen Beine der Babys, deren Windeln auf Mutterschößen gewechselt wurden, den kleinen Mädchen mit geflochtenen Zöpfen auf dem Kopf, die zuhörten wie alte Weiber, den dicken Frauen, die sich zu den Gesängen hin und her wiegten, den Männern mit grimmigen, undeutbaren schwarzen Gesichtern, die plötzlich in tiefen, zarten harmonischen Singsang ausbrachen und Gott singend um seinen Schutz für Umkhonto weSizwe baten, wie Menschen auf beiden Seiten immer, überall, göttlichen Schutz für ihre Soldaten, ihre Kriege beanspruchten. Am Ende eines solchen Tages wollte sie einen Drink, sie wollte den verkommenen Luxus des Alleinseins und der Ruhe, in dem sie (bereichert durch den Tag, o ja!) den vertrauten Grenzen ihres eigenen Seins zurückgegeben wurde.

Hunger. Nicht nach Whisky auf Eis und hochgelegten Beinen. Es schien, als hätte sie kaum gezögert: »Schaut, ich wohne in der Nähe, kommt mit zu mir und eßt was. Dann fahr ich euch in die Stadt.«

»Das ist sehr nett. Wir sind froh.« Und auf dem Rücksitz entspannte sich das dichte Vakuum.

Sie folgten ihr durch das Tor, zuckten vor dem Hund zurück – sie versicherte ihnen, daß er harmlos sei, aber er war groß und trug ein besonderes Halsband, an dem sie ihn festhielt. Sie trieb sie durch die Küche ins Haus, weil sie selbst immer so hineinging, etwas, das sie nicht getan hätte, wenn sie Erwachsene gewesen wären – wie ihre schwarzen Freunde, deren Bildung sie vielleicht dazu verleiten mochte zu glauben, der Eintritt durch die Küche sei eine gedankenlose historische Mißachtung. Da sie ihnen zu essen geben wollte, führte sie sie nicht in ihr Wohnzimmer mit den Sofas und Blumen, sondern in ihr Eßzimmer, damit sie sich gleich an den Tisch setzen konnten. Es war ein Raum, der mit sicherem Geschmack eingerichtet war und es sich leisten konnte, kahl zu sein: abgezogene Bodenbretter, eine dazu passende goldbraune Holzdecke, ein alter Messingkronleuchter, Bambusjalousien statt muffiger Vorhänge. Eine afrikanische Holzschnitzerei stellte einen Löwen dar, der sich wundervoll aus seiner Matrix mit der Maserung eines Mukwa-Baumstammes löste. Sie zog die Stühle heran und ließ die vier jungen Männer allein, während sie in die Küche zurückging, um Kaffee zu machen und zu gucken, was der Kühlschrank für belegte Brote hergab. Sie hatten das Mädchen in der Sprache, die sie teilten, gegrüßt, als sie durch die Küche hereingekommen waren, aber als das Mädchen und die Hausherrin kalten Braten und Brot hergerichtet hatten und der Kaffee fertig war, wollte sie plötzlich nicht, daß sie sahen, daß das Mädchen sie

bediente. Sie selbst trug das schwere Tablett ins Eßzimmer.
Sie sitzen um den Tisch, schweigend, und sie hat keineswegs den Eindruck, daß sie leise Bemerkungen abgebrochen haben, als sie sie hereinkommen hörten. Sie verteilt Teller, Tassen. Sie starren auf das Essen, aber ihre Augen scheinen auf etwas gerichtet, das sie nicht sehen kann; etwas, das überwältigend ist. Sie bittet sie zuzugreifen: »Ist leider nur kalter Braten, aber da ist Chutney, wenn ihr mögt ... alle Milch in den Kaffee? ... ist er zu stark, ich mach das immer, ich weiß. Soll ich bei jemandem heißes Wasser dazutun?«
Sie essen. Wenn sie versucht, mit einem der anderen zu reden, sagt er *Schuldigung*? Und sie begreift, daß er kein Englisch spricht, von den Sprachen des weißen Mannes kennt er vielleicht nur ein paar Wörter der Buren in der ländlichen Kleinstadt, aus der er kommt. Ein anderer sagt seinen Namen so, als wäre es ein zarter Dank für das Essen. »Ich bin Shadrack Nsutsha.« Sie wiederholt den Nachnamen, um ihn richtig auszusprechen. Aber er sagt nichts mehr. Ein dringlicher Austausch von Blicken, und der Sprecher hält ihr die leere Zuckerdose hin. »Bitte.« Sie eilt in die Küche und bringt sie gefüllt zurück. Sie brauchen Kohlehydrate, sie sind hungrig, sie sind jung, sie verbrennen sie. Sie ist unglücklich, daß sie ihnen so wenig anbieten kann, und ihr fällt die Obstschale ins Auge, ihre große kupferne Obstschale, gefüllt mit Äpfeln und Bananen, und vielleicht sind da ein oder zwei Pfirsiche unter den Wein-

blättern, mit denen sie gerne ein eßbares Stilleben vervollständigt. »Ein bißchen Obst? Bedient euch.«
Sie stellten ihre Teller und Tassen übereinander, sie wissen nicht, was sie in diesem Zimmer damit tun sollen, ein Zimmer, in dem Leute offenbar nur essen, nicht kochen, nicht schlafen. Während sie die Bananen und Äpfel aufessen (Shadrack hat den einzigen Pfirsich gesehen und schnell als erster zugegriffen), redet sie mit dem Sprecher, nach dessen Namen sie gefragt hat: Dumile. »Gehst du noch zur Schule, Dumile?« Natürlich geht er nicht zur Schule – sie gehen nicht zur Schule; Jungen in ihrem Alter gehen schon seit Jahren nicht mehr zur Schule, sie sind die Kinder, die zu jungen Männern und Frauen heranwachsen, für die die Schule ein Schlachtfeld ist, ein Ort des Boykotts und der Demonstrationen, der Bildung in politischer Rhetorik, der Erziehung zur Revolte gegen den Zwang, so zu leben, wie ihre Eltern leben. Sie tragen pompöse Titel einer Verantwortung jenseits der Kindheit: er ist Vorsitzender seiner Ortsgruppe des Jugendkongresses, er ist vor zwei Jahren von der Schule verwiesen worden – weil er einen Boykott angeführt hat? Steine auf Polizisten geworfen hat? Vielleicht die Schule niedergebrannt hat? Er nennt es alles – ruhig, abstrakt, kennt wenige normale, konkrete Wörter, kennt aber diese Euphemismen – »politische Aktionen«. Keine Schule seit zwei Jahren? Nein. »Was hast du denn die ganze Zeit gemacht?«
Sie läßt ihm keine Chance, seinen Apfel zu essen. Er schluckt einen großen Bissen herunter, schüttelt den

Kopf auf seinem dünnen Kleinen-Jungen-Hals. »Ich war drin. Von diesem Juni an sechs Monate in Haft.«
Sie sieht die anderen an. »Und ihr?«
Shadrack scheint leicht zu nicken. Die anderen beiden sehen sie an. Sie sollte es wissen, sie hätte es wissen müssen, es ist eine ziemlich gewöhnliche Antwort von Jugendlichen wie ihnen, Jugendlichen ihrer Hautfarbe. Sie wird sie nicht sagen hören, daß sie in der ersten Mannschaft eines Cricketvereins spielen oder daß sie in den Schulferien eine Schülerreise nach Europa machen.
Der Sprecher, Dumile, erzählt ihr, daß er einen Fernkurs belegen will, den Abschluß machen, auf den er sich vor zwei Jahren vorbereitet hat; vor zwei Jahren, als er noch ein Kind war, als er die Haare noch nicht hatte, die jetzt auf seinem Gesicht erscheinen, ihn zum Mann machen, die Kindlichkeit verschwinden lassen. Im Zögern, in den Pausen des Schweigens am Tisch, auf dem nervös verschütteter Kaffee Flecken neben den mit Bananenschalen gefüllten Tellern gemacht hat, wächst die Gewißheit, daß er niemals die Papiere für das Fernstudium, niemals die zwei Jahre zurückbekommen wird. Sie sieht sie alle an und kann nicht glauben, was sie weiß: daß sie, die so plötzlich hier in ihrem Haus sind, die AK-47-Sturmgewehre tragen werden, von denen sie jetzt nur singen, den Tod im Gesang spielend. Ihre Karriere wird darin bestehen, Bomben unter dem Boden von Autos anzubringen, sie werden fortgehen und durch den Busch zurückkommen und Löcher graben,

nicht um Bäume zu pflanzen, die ihren Häusern Schatten geben, sondern um Landminen zu legen. Sie kann sehen, daß sie schrecklich verletzt worden sind, kann aber nicht glauben, daß sie verletzen könnten. Sie wischen sich ihre obst-klebrigen Hände verstohlen Handfläche an Handfläche ab.

Sie bricht das Schweigen; sagt etwas, irgend etwas.

»Wie findet ihr meinen Löwen? Ist er nicht schön? Ein Künstler aus Simbabwe hat ihn gemacht, ich glaub, er heißt Dube.«

Aber die alberne Unterbrechung wird zu einer Offenbarung. Dumile verrät durch seinen Blick – distanziert, zögernd, dieses Mal sprachlos –, was ihn überwältigt hat. Dieses Zimmer, der Raum, der teure alte Kronleuchter, die bewußt einfach gehaltenen Bambusjalousien, der geschnitzte Löwe: alle sind auf derselben Wirkungsebene, nicht unterschiedene, nicht zu entziffernde Phänome. Nur die Nahrung, die ihren Hunger stillte, war real.

Teraloyna

Ein Ort für Ziegen – wir müssen alle fort von hier.

Othello war mal hier.

Das ist alles, wofür sie geeignet war, unsere Insel. Für Ziegen. Seit wie langer Zeit, wissen wir nicht; weil wir nicht wissen, wann oder wie wir dahingekommen sind: ein Schiffbruch muß den Anfang gemacht haben, wir besitzen nur einen Familiennamen – Teraloyna. Aber Othello ging hier an Land; und sie kamen in kleinen Booten herüber, schwarze Männer mit Speeren. Sie haben uns nichts getan. Wir hatten immer mit aus Baumrinde gewobenen Netzen gefischt; sie lehrten uns, die großen Fische, die unsere Netze zerrissen, mit Speeren zu erlegen. Sie kehrten nie wieder dahin zurück, von wo immer sie gekommen waren. Und daher hatten wir, als wir die Insel verließen, nur hier und da ein Kind unter uns, das rotwangig und blauäugig war; unsere Farbe war weder sehr dunkel noch sehr hell.
Wir wissen nicht, wie die Ziegen auf die Insel kamen. Vielleicht gab es an Bord ein Ziegenpaar, wegen der Milch, und die beiden schwammen nach dem Schiffbruch an Land. Unsere Ziegen waren groß und stark,

sie hatten sehr viele Junge. Sie hatten viel mehr Junge als wir; und letztlich fraßen sie die Insel auf – das Gras, die Bäume, nachts in unseren Häusern konnten wir diese langen Schneidezähne hören, wie sie alles stutzten. Als die Regen kamen, hielt nichts unsere Krume fest, obwohl wir Steinterrassen angelegt hatten. Der Boden wurde weggewaschen und verschwand in der schimmernden See. Wir erlegten und aßen eine Menge Ziegen, aber sie zogen sich in einige Teile der Insel zurück, wo wir mit unseren Seilen und Messern nicht an sie herankamen, und jedes Jahr gab es mehr von ihnen. Dann erinnerte sich irgend jemand an uns – vielleicht erzählte ein Seemann von einem Volk, das niemals das Festland dieser Welt erblickt hatte? – und wir konnten im Dienst anderer Leute die Insel verlassen. Wir nahmen unsere Großmütter und die Überlebenden unserer Paarungen von Vater und Tochter, Bruder und Schwester (wir erlaubten nie Paarungen von Mutter und Sohn, auf unsere Weise waren wir Christen, nach der Sitte, die uns seit dem Schiffbruch überliefert war), und wir wanderten in diese weiten, offenen Länder aus – Amerika, Australien, Afrika. Wir fegten die Straßen und bauten die Dämme und bettelten und stahlen; wurden wie alle anderen. Die Kinder vergaßen die wenigen letzten Wörter des Schiffbruch-Dialektes, den wir einst gesprochen hatten. Unsere Mädchen heirateten und trugen unseren Namen nicht mehr. Im Laufe der Zeit gingen wir in die Armeen, bemannten die Eis- und Würstchenstände in den Straßen, verstreuten uns über das Festland, das die Welt ist.

Die Ziegen starben den Hungertod. Sie konnten vom Schiff ans rettende Land schwimmen, aber sie konnten den Ozean nicht durchqueren. Die Vegetation und das Wildleben, für immer durch die Erosion verwandelt, kroch zurück: Halm um Halm, Schritt um Schritt. Statt der Menschenbabys schrien die Seevögel. Nichtsdestoweniger war die Insel ein Besitz; unter den Überbleibseln bei den territorialen Dispositionen der Sieger in dem einen oder anderen großen Krieg, der auf dem Festland geführt wurde, wechselte sie den Besitzer. Aber weder die Vereinigten Staaten noch Großbritannien noch die Sowjetunion waren an ihr interessiert; nutzlos, wenn man sich die Lage ansah, für die Verteidigung irgendeines Seeweges. Dann fanden Meteorologen des Landes, dem die Insel überlassen worden war, diese Lage ideal für eine Wetterstation. Sie ist nun seit vielen Jahren von Meteorologenteams bemannt, welche die lange Reise zuerst mit dem Schiff und in jüngerer und bequemerer Zeit mit dem Flugzeug machten.

Die Dienstzeit eines Teams auf der Insel beträgt ein Jahr, während dessen der Glanz der See sie für das Festland blind macht, wie er jene blendete, die einst die Insel bewohnten. Ein langes Jahr. Einmal im Monat bringt das Flugzeug Nachschub, und man kann sich über Sprechfunk mit der Außenwelt verständigen, aber mit der Ausnahme von Ziegen – die Inselbewohner müssen Ziegen gehalten haben, überall liegen Ziegenknochen herum – hat das Team weder mehr noch weniger Gesellschaft, als die Insulaner sie hatten. Dies sind natürlich gebildete Menschen, Wissenschaftler, und es gibt eine ganz anständige Bibliothek und Musikaufnahmen auf Tonband; sogar Aufnahmen ganzer Theaterstücke, irgend jemand aus einem früheren Team hat Kassetten von Gielguds Lear und Oliviers Othello zurückgelassen – die Legende sagt, daß Othello hierher verschlagen wurde und vor der Insel ankerte. Das Personal ist denselben Plagen ausgesetzt, unter denen schon die ursprünglichen Bewohner litten – Zecken, Moskitos, immer wieder auftretende plötzliche Vermehrung kleiner Mäuse. Wahrscheinlich um die Mäuse zu jagen, aber vielleicht (durch den Fehler einer zu nachgiebigen Frau?) um etwas Warmes zum Streicheln zu haben, während die Winterstürme die Wetterstation in der See zu ertränken versuchen, die sie vom Rest der Menschheit abgeschnitten dahintreiben läßt, hat jemand aus einem früheren Team zwei Kätzchen vom Festland auf sein Dienstjahr mitgebracht. Sie schliefen ein Jahr im Bett dieses Teammitglieds. Sie wurden von allen mit den Resten jenes Tisches gefüttert, der so weit entfernt von jedem anderen war, an dem Menschen sich für eine Abendmahlzeit versammeln.

Die Insel ist keinem Land nahe. Aber da sie Afrika am nächsten liegt, gingen einige Insulaner dorthin, als sie gegen Ende des letzten Jahrhunderts die Insel verließen. Schon gab es Minen unten im Süden des Kontinents und die Gemeinden von Fremden, welche von Gold und Diamanten angezogen werden; nicht nur

Bergleute, sondern Gasthaus-, Bar- und Bordellwirte, Ladenbesitzer und Handwerker. Also wurden die meisten der Insulaner, die nach Afrika gingen, nach Süden gebracht und fanden, da sie nichts konnten, außer Netze zu knüpfen und Ziegen zu hüten – beides überflüssig, da den Fischereiflotten, die von Menschen gemischten weißen Blutes, Malaien, Indern und Khoikhoi, bemannt waren, industriell produzierte Netze zur Verfügung standen, und nur die Schwarzen, die sich selbst um ihre Herden kümmerten, Ziegen hielten – einfache Arbeit in diesen Gemeinden. Exogame Ehen machten das Haar ihrer Nachkommen krauser oder glatter, ihre Haut dunkler oder heller, je nachdem, ob sie sich auf diese Weise schwarzen Menschen näherten, weißen oder jenen, die man bereits für sich betrachtete und als Mischung aus beiden bezeichnete. Die Rotwangigen, Blauäugigen verschwanden natürlich unter den Weißen; und dunkelten manchmal in der folgenden Generation nach, fielen in eine dunklere Farbe und Kategorie zurück – schon gab es Kategorien, Gesetze, die bestimmten, welche Farbe und Schattierung wo leben durfte. Die Insulaner, welche in die dunkelhäutigeren Gemeinden absorbiert wurden, bekamen Namen wie die Khans und Abramses und Kuzwayos, jene, die unter die Generationen von Weißen schlüpften, wurden die Bezuidenhouts, Cloetes, Labuschagnes und sogar die Churches, Taylors und Smiths.

Die Teraloyner sind eine obskure Kuriosität in den Fußnoten der Ethnologen. Der Nachname überlebt hier und dort; die Menschen, die ihn tragen, sind, so nimmt man allgemein an – ohne jeden Beweis außer einer vagen Übereinstimmung von Vokallauten –, spanischer oder portugiesischer Abstammung. Linguisten, die sich für die Verzerrung von Eigennamen in vielsprachigen, kolonisierten Ländern interessieren, haben die Ansicht geäußert, daß der Name wahrscheinlich aus einer Pidgin-Zusammenziehung zweier Wörter stammt, welche die Schiffbrüchigen, die wahrscheinlich Französisch sprachen, zur Beschreibung der Insel gebrauchten: »Terre« – Erde, »loin« – fern: die ferne Erde.

Die Teraloyner besetzen keinen Zweig in den Familienbäumen weißer Menschen. Die Weißen in jenem Land haben sich noch nicht den Weitblick zugelegt, eine Spur Schwarz in ihren Genen zu behaupten, und Schwarze, die im Stolz auf ihre Herkunft und in der Suche nach Einheit unter den verschiedenen Schwarzschattierungen eine Blutbeimischung von nicht-negroiden Eingeborenen, den Khoikhoi und San, beanspruchen, machen sich nie die Mühe, eine Verwandtschaft mit solch kaum identifizierbaren Bastardgruppen wie den St. Helenern (Napoleon hatte einen Zwangsaufenthalt auf ihrer Insel) oder den Teraloynern herzustellen. Jene von teraloynischer Abstammung, deren Blut so gemischt ist, daß jemand – am wenigsten sie selbst – aus ihrer Mund- oder Nasenform, der Art, wie sich ihre Haare legen, aus ihren Namen oder ihrer Aussprache schließen könnte, daß sie solche Vorfahren haben, fliegen manchmal in der Business-Klasse über ihre Insel hinweg: dort unten, in faltiger und verworfener Erosion, zerklüftet (die Schluchten, in denen sich die Ziegen so lange hielten) und mit dunklen Fjorden, die Mündung vom Speichel des Meeres umrissen – auf der farbigen Flugrouten-Karte im Flugmagazin, das in jeder Sitztasche steckt, ist sie nicht eingezeichnet. Ihre Insel; sie emigrierten von diesem unerkannten, aus dem Meer aufragenden Stück Erde in die weiten, offenen Länder – Amerika, Australien, Afrika. Sie dösen in ihren Sitzen.

Wenn ein gewisser schwarzer Schreiner einen Splitter aus dem Nagelbett zieht, sind die Blutstropfen, die ihm folgen, Teraloyna. Und wenn ein gewisser junger weißer Mann, der direkt nach der Schule zum Militär einberufen wurde, eine Tränengasbombe in einen Schulhof voller schwarzer Kinder wirft und von einem geschleuderten Stein an der Wange getroffen wird, sickert Teraloyna-Lebensblut aus den zerrissenen Haargefäßen.

Der Stein hat ihn nur getreift, er hat Glück gehabt, er hätte auch ein blaues Auge verlieren können.

In diesem Jahr gibt es sechshundert Katzen auf der Insel. Eine Schätzung: es mögen viel mehr sein, sie vermehren sich in den Schluchten. Ihr Paarungsgeschrei gellt erschreckend über die nächtliche See. Othello würde sich mit Grauen von einer Insel der Dämonen abwenden. Überlebende eines Schiffbruches würden lieber ertrinken, als jenem anderen Tod entgegenzuschwimmen.

Aber sie sind wirklich nur Katzen – die Dämonen. Nachkommen zweier Kätzchen, einer hübschen schwarzen Katze mit einem weißen Schönheitsfleck an der Wange und eines ingwerfarbenen, getigerten Katers, welche die Kissen eines Mitglieds eines der Meteorologenteams in seinen einsamen Nächten kneteten und welche am einzigen Eßtisch im Umkreis von Tausenden von Seemeilen mit Resten gefüttert wurden.
Die Meteorologen haben es mit vergiftetem Fleisch versucht, und, da sie wissenschaftlich denken, mit Katzengrippe-Infektionen, die für Haustiere auf dem Festland so tödlich sind. Aber diese wildlebenden Geschöpfe kennen kein Festland. Die weichen Betten und die Essensreste sind schon aus der Erinnerung ihrer Vorfahren verschwunden. Sie haben die Bequemlichkeit und die Abhängigkeit von Menschen, die für sie natürlich waren, vergessen; den Ausrottungsformen zu unterliegen, welche sich Menschen ausgedacht haben, wäre für sie eine Form von Atavismus. Ihre Schreie sind die einzigen Tierlaute, die man noch auf der Insel hört; sie haben alle Eier der Seevögel gefressen. Sie haben die Riesenschildkröten dazu gebracht, mit amphibischer Weisheit dem Imperativ ihres langsamen Heraufschleppens auf die Strände, um ihre Eier abzulegen, nicht länger zu gehorchen; die Schildkröten haben etwas gelernt, was sie vorher in den Tausenden von Jahren der Kette ihrer Existenz nicht zu wissen brauchten: daß Katzen, die Klauen von Katzen, ihre Eier ausgraben werden, egal wieviel Atem – und wie quälend es ist, außerhalb

des Wassers zu atmen! – daran gewandt wird, sie im Sand zu vergraben. Die Hasen nähern sich schnell der Ausrottung; und selbst die Schmetterlinge – die Raupen sind milchig und nahrhaft.
Die Meteorologen haben keinen Ärger mit Mäusen, natürlich nicht. Aber zwei Kätzchen, so weich und klein, haben die Ökologie der Insel fast zerstört, und dies ist (ganz abgesehen von dem infernalischen Geheul der Katzenbrunft) peinlich für das Team. Als der Tierschutzverein gegen die Grausamkeit protestiert, mit der Tieren ein qualvoller Tod durch biologische Kriegführung bereitet wird, antworten die Meteorologen mit Verweisen auf die Fast-Ausrottung des Wildlebens durch ortsfremde Tiere. Aber das unterstreicht nur die leichtsinnige Unachtsamkeit, die man dem ökologischen Gleichgewicht schon zu Beginn entgegengebracht hat; warum wurden die Kätzchen nicht unfruchtbar gemacht, im Fall der Katze, und kastriert, im Fall des Katers (damit er sich nicht mit einer wild lebenden Katze paaren konnte, die sich auf der Insel hätte befinden können)? Na ja, sie waren Schoßtiere, und niemand hat daran gedacht, niemand hätte sich die Folgen auch nur im Traum vorstellen können: solch grimmige Fruchtbarkeit an einem Ort, wo es keine Frauen gab. Es war ihren Gedanken fern; fern vom Festland.
Eine neue Lösung soll versucht werden.
Denn es gibt tatsächlich einen Notstand auf der Insel.
Da die Lösung ein sportliches Element enthält – wie könnte man auf andere Weise jemanden überreden, sie

auszuführen? –, sollte sie nie in die Zeitungen geraten, aber aufgrund einer weiteren Indiskretion von irgend jemandem ist genau das geschehen. Nur eine oder zwei Zeilen: die Katzen sollen geschossen werden. Wenn die Jäger gute Schützen sind, wird der Tod schneller und weniger qualvoll sein als Tod durch Arsen oder Katzengrippe. Die Meteorologen sind natürlich keine Männer, die Schießen als Sport betrachten, sie haben keine Erfahrung mit Feuerwaffen, also müssen andere gefunden werden, um es zu tun. Die Armee wäre eine offensichtliche Möglichkeit, aber auf dem Festlandteil des Staates gibt es eine andere Art von Notstand, und alle Truppen werden gebraucht, um die Grenzen zu bemannen, an Präventivschlägen über sie hinweg teilzunehmen, und die riesigen Landstriche, in denen Schwarze leben, mit Tränengas, Hunden und Gewehren zu besetzen. Jeder junge Rekrut wird benötigt: es gibt Boykotte, Streiks und Verweigerungen, was alles Schwarze auf die Straßen bringt – mit Steinen und hausgemachten Benzinbomben und manchmal Handgranaten und Sturmgewehren, die irgendwie an den Grenztruppen vorbeigeschmuggelt wurden.

Aber es gibt Tausende junger weißer Männer außerhalb der Armee, die gut mit Feuerwaffen umgehen können. Sie sind nur vorübergehend nicht in der Armee: all diese gesunden Männer haben ihren anfänglichen Grundwehrdienst abgeleistet, werden aber für kurze Dienstzeiten wieder einberufen, wann immer sich ein Notstand innerhalb des großen Notstands erhebt. Keiner von ihnen hat im Zivilleben Zeit genug gehabt, das Gefühl für ein automatisches Gewehr zu verlieren, keiner braucht Übung, um genau zielen zu können. Unter Befehl und manchmal auch aus Panik haben sie auf singende schwarze Schulkinder geschossen, auf schwarze Trauernde, die sich nach den Bestattungen dieser Kinder zerstreuten, auf fliehende schwarze Aufrührer, auf schwarze Männer und Frauen, die zufällig gerade dabei waren, sich einen Liter Milch oder eine Packung Zigaretten zu holen, und den Weg einer Armeepatrouille in den Straßen kreuzten. Schießt sie ab. Sie sind alle schwarz. Wir haben keine Zeit – es ist nicht die Zeit –, zwischen Zuschauern und Revolutionären zu unterscheiden.

Eine große Gruppe dieser gesunden jungen weißen Männer von einer Universität der Hauptstadt ist auf einen Urlaub eingeladen worden, der zugleich einem nützlichen Zweck dient. Nicht gerade ein Studienurlaub, obwohl man den Studenten die Wetterstation zeigen und ihnen das komplizierte und hochentwickelte Wettersatelliten-System erklären wird. Eher etwas wie ein Ausflug, der sie an ein ungewöhnliches und wenig bekanntes Ziel führt. Sie werden auf die Insel gebracht, um die Katzen zu schießen. Sie haben Lust dazu. Unter ihnen ist der junge Mann, der ein blaues Auge durch einen von einem Schwarzen geworfenen Stein hätte verlieren können, der aber von dem Stein nur gestreift wurde und ein wenig von seinem Teraloyna-Blut verlor. Bald wird er durch das Oval des Flugzeugfensters sehen (zwischen schiebenden und stoßenden Kameraden): »Guck! Guck, da unten.«

Die Insel, die wir verließen, um auf das Festland zu gehen, ganz faltig und verworfen vor Erosion, sich gerade aus dem Meeresdunst erhebend: die dunklen Schluchten, in denen sich die Ziegen hielten, lange bevor die Katzen dasselbe taten, die dunklen Küsten von heller Brandung gesäumt, ihre Bewegung in der vertikalen Entfernung von zweitausend Metern erstarrt, bevor das Flugzeug langsam an Höhe verliert.

Er kehrt heim auf die Insel.

Er freut sich auf den Spaß, den seine Kumpel und er haben werden, das Singen und Stampfen der Armeestiefel im Flugzeug, das Zeltlager, das sie aufbauen, das Bier, das sie trinken, und die Beute, die sie verfolgen werden – dieses Mal grau, gestreift, ingwerfarben, buntscheckig, getigert, schwarz, weiß – alle Farben, jede Menge Ziele, egal welches, tötet sie, tötet sie alle.

Der Moment, bevor der Schuß fiel

Marais Van der Vyver hat einen seiner Farmarbeiter erschossen. Ein Unfall, an jedem Tag der Woche geschehen Unfälle mit Schußwaffen – Kinder, die ein tödliches Spiel mit Vaters Revolver spielen, in den Städten, wo Pistolen heutzutage Haushaltsgegenstände sind, Jagdunfälle wie dieser auf dem Lande –, aber die werden nicht in die ganze Welt hinaustrompetet. Van der Vyver weiß, daß seinem Unfall genau das geschehen wird. Er weiß, daß die Geschichte des Burenfarmers – des örtlichen Parteiführers und Kommandanten des Sicherheitskommandos –, der einen schwarzen Mann erschießt, welcher für ihn arbeitete, ganz genau in *ihre* Version Südafrikas passen wird, es ist wie für sie gemacht. Sie werden es in ihren Boykott- und Sanktionskampagnen gebrauchen können, es ist ein weiteres Mosaiksteinchen in ihrer Wahrheit über das Land. Die Zeitungen hier werden die Geschichte so zitieren, wie sie in der Auslandspresse erschienen ist, und in dem Hin und Her werden er und der schwarze Mann zu diesen grobgezeichneten Figuren auf Anti-Apartheid-Spruchbändern werden, Teil der Statistik über weiße

Gewalt gegen die Schwarzen, die vor den Vereinten Nationen zitiert wird – er, den sie triumphierend »ein führendes Mitglied« der herrschenden Partei werden nennen können.

Die Leute in der Landgemeinde verstehen, wie er sich fühlen muß. Schlimm genug, einen Mann getötet zu haben, ohne dazu auch noch den Feinden der Partei, der Regierung, des Landes zu helfen. Sie sehen, daß es wirklich so ist. Wenn sie die Sonntagszeitung lesen, wissen sie, daß keiner dieser Amerikaner und Engländer und keiner dieser Leute hier im Lande, welche die Macht des weißen Mannes zerstören wollen, Van der Vyver glauben, wenn er sagt – das ist in der Zeitung wiedergegeben –, daß er »schrecklich schockiert« ist und daß er sich um die Frau und die Kinder kümmern wird. Und wie diese Leute höhnisch auflachen werden, wenn er über den Farmboy sogar sagt (einer Zeitung nach, wenn man diesen Reportern überhaupt trauen kann): »Er war mein Freund, ich habe ihn immer zur Jagd mitgenommen.«

Die Leute in Übersee und in den Städten hier wissen das nicht, aber es ist wahr: die meisten Farmer haben jemand Besonderen unter den Schwarzen, einen Jungen, den sie gerne bei sich haben, wenn sie hinausfahren auf ihr Land; man könnte ihn eine Art Freund nennen, ja Freunde sind nicht nur die Weißen, wie man selbst einer ist, Leute, die man in sein Haus einlädt, mit denen man in der Kirche betet und im Parteikomitee zusammenarbeitet. Aber wie sollen sie das wissen, diese

Leute? Sie wollen es gar nicht wissen. Sie glauben, alle Schwarzen sind wie die großmäuligen Unruhestifter in den Städten. Und Van der Vyvers Gesicht auf den Fotos, so seltsam bloßgelegt vom Schmerz – jeder im Distrikt erinnert sich daran, wie der kleine Marais Van der Vyver immer fortlief und sich versteckte, wenn er bemerkte, daß man ihn anlächelte, und alle kennen ihn jetzt als einen Mann, der sich hinter seinem vollen, weichen Schnurrbart versteckt, damit keiner es sieht, wenn der Ausdruck um seinen Mund sich verändert, und der den Blick immer auf etwas gesenkt hält, womit seine Hand sich beschäftigt – einen Getreidehalm, einen Kugelschreiber, einen Stein –, während er sich auf das konzentriert, was er sagt oder was ihm gesagt wird. Da sieht man, was der Schock anrichten kann; wenn man die Fotos in den Zeitungen betrachtet, hat man fast das Gefühl, sich entschuldigen zu müssen, als hätte man einen Blick in ein Zimmer getan, in dem man nichts zu suchen hat.

Es wird eine Untersuchung geben, und das ist auch besser so, um jeden Verdacht im Keim zu ersticken, es könnte sich hier um einen weiteren Fall von Brutalität gegenüber Farmarbeitern handeln, obwohl es nicht den geringsten Zweifel gibt – ein Unfall, und Van der Vyver hat den Hergang des Geschehens genau zu Protokoll gegeben. Gleich als er mit dem Toten in seinem Wagen bei der Polizeiwache ankam, hat er seine Aussage gemacht. Captain Beetge kennt ihn natürlich gut; er gab ihm einen Brandy. Er zitterte, dieser große, ruhige, kluge Sohn Willem Van der Vyvers, der die beste Farm des alten Mannes geerbt hat. Der Schwarze war mausetot, dem war nicht mehr zu helfen. Beetge wird niemandem erzählen, daß Van der Vyver nach dem Brandy geweint hat. Er schluchzte, und der Rotz tropfte ihm auf die Hände wie einem schmutzigen kleinen Jungen. Der Captain schämte sich für ihn und ging hinaus, um ihm Gelegenheit zu geben, sich wieder zu fassen.

Marais Van der Vyver verließ sein Haus um drei Uhr nachmittags, um einen Bock aus der Herde Kudus auszuschießen, die er in den Buschzonen seiner Farm hegt. Er interessiert sich für das Wildleben und betrachtet es als die heilige Pflicht des Farmers, nicht nur Rinder zu züchten, sondern auch für den Fortbestand des Wildes zu sorgen. Wie gewöhnlich fuhr er bei seinem Werkzeugschuppen vorbei, um Lucas mitzunehmen, einen zwanzigjährigen Landarbeiter, der eine Begabung für technische Dinge gezeigt hatte und den Van der Vyver selbst in der Wartung von Traktoren und anderen landwirtschaftlichen Geräten unterwiesen hatte. Er hupte, und Lucas sprang wie gewohnt auf den offenen Lastwagen auf. Es machte ihm Freude, auf das Fahrerhaus gestützt und nach vorn gebeugt, da oben mitzufahren, von wo er das Wild noch vor seinem Arbeitgeber erspähte.
Van der Vyver hatte ein Gewehr und 12-mm-Patronen neben sich im Fahrerhaus. Es war eines der Gewehre seines Vaters, weil sein eigenes beim Büchsenmacher in

der Stadt war. Seit dem Tod seines Vaters (Beetges Sergeant schrieb »seit dem Hinscheiden«) hatte niemand das Gewehr benutzt, und daher war er sicher, daß es nicht geladen war, als er es aus dem Schrank nahm. Sein Vater hatte nie ein geladenes Gewehr im Haus geduldet, ihm selbst war schon als Kind eingeschärft worden, daß man niemals eine geladene Waffe im Fahrzeug mit sich führen darf. Dieses Gewehr aber war geladen. Auf der Fahrspur im Gelände schlug Lucas dreimal mit der Faust auf das Dach des Fahrerhauses, um zu signalisieren: Augen links. Als Van der Vyver eine weißwellig gezeichnete Flanke erspähte und die schönen Hörner eines Kudu durchs deckende Geäst brechen sah, fuhr er ziemlich schnell durch ein Schlagloch. Der Ruck löste den Schuß aus. Das Gewehr stand senkrecht, und die Mündung wies durch das Dach des Fahrerhauses direkt auf Lucas' Kopf. Die Kugel bohrte sich durch das Dach und drang Lucas durch die Kehle ins Gehirn.

Das ist die Aussage zum Hergang des Geschehens. Trotz seines hohen Ansehens im Distrikt mußte Van der Vyver dem Ritual gehorchend beschwören, daß sie der Wahrheit entsprach. Sie wurde zu Protokoll genommen und wird in der Wache bei den Akten liegen, solange Van der Vyver lebt, und darüber hinaus, solange seine Kinder Magnus, Helena und Karel leben – es sei denn, die Lage im Land verschlimmert sich, und das Beispiel des schwarzen Mobs in den Städten macht auch in ländlichen Gebieten Schule, und die Wache wird eines Tages niedergebrannt wie so viele Polizeiwachen in den

Städten. Denn nichts, was die Regierung tun kann, wird die Agitatoren und die Weißen, die sie ermutigen, beschwichtigen. Sie sind mit nichts zufrieden in den Städten: Schwarze können dort jetzt in weißen Hotels sitzen und trinken, das Gesetz, der Immorality Act ist aufgehoben, Schwarze können mit Weißen schlafen... Es ist nicht mal mehr ein Verbrechen.

Van der Vyver hat einen hohen Sicherheitszaun um sein Farmhaus und seinen Garten, der nach Ansicht seiner Frau Alida die Wirkung ihres künstlichen Bachs mit den Farnen unter den Jakarandabäumen völlig verdirbt. Im Hinterhof ragt eine Antenne wie ein Flaggenmast in die Höhe. Alle seine Fahrzeuge, auch der Lastwagen, auf dem der Schwarze starb, sind mit Antennen ausgerüstet, die wie Peitschen hin- und herschnellen, wenn der Wagen durch ein Schlagloch fährt: sie sind Teil des Sicherheitssystems, das die Farmer des Distrikts eingerichtet haben. Jede Farm ist vierundzwanzig Stunden am Tag mit jeder anderen über Funk in Verbindung. Es ist schon vorgekommen, daß von jenseits der Grenze eingeschleuste Agenten abgelegene Feldwege vermint haben und weiße Farmer mit ihren Familien bei einem Sonntagspicknick auf ihrem eigenen Land ums Leben kamen. Als der Wagen durch das Schlagloch rumpelte, hätte eine Mine explodieren können, und dann wäre Van der Vyver mitsamt seinem Farmboy gestorben. Wenn Nachbarn sich über das Funksystem melden, um zu sagen, daß ihnen »diese Sache« mit Van der Vyvers Boy leid tue, schwingt unaus-

gesprochen der Satz mit: Es hätte schlimmer sein können.
Die Qualität und Ausstattung des Sarges läßt erkennen, daß der Farmer Geld für das Begräbnis zur Verfügung gestellt hat. Und ein aufwendiges Begräbnis bedeutet Schwarzen sehr viel; sparen sie sich doch zu Lebzeiten von dem Wenigen, das sie haben, die Raten für ein Bestattungsinstitut ab, um nicht in einem einfachen Sarg aus Buchsbaumholz in ein namenloses Grab gesenkt zu werden. Die junge Frau des Toten ist schwanger (natürlich), und unter ihrem gewölbten Bauch drückt sich ein kleiner Junge mit roten Schuhen, die ihm um einige Nummern zu groß sind, an sie. Er ist zu jung, um zu verstehen, was geschehen ist, was er an diesem Tag sieht, aber er quengelt nicht und spielt nicht herum; er ist sehr ernst, ohne zu wissen warum. Die Schwarzen halten kleine Kinder von nichts fern, sie ersparen ihnen den Anblick von Angst und Schmerz nicht, wie die Weißen das mit ihren Kindern tun. Die junge Frau ist diejenige, die weint wie ein Kind, den Kopf hin und her wirft und an der Brust des einen oder anderen Verwandten schluchzt.
Alle Anwesenden arbeiten für Van der Vyver oder sind Angehörige derjenigen, die für ihn arbeiten; und in der Jahreszeit, wenn gejätet oder geerntet wird, arbeiten auch die Frauen und Kinder für ihn. Ein Lastwagen bringt sie, singend und in ihre Tücher gehüllt, bei Sonnenaufgang auf die Felder hinaus. Die Mutter des Toten kann nicht viel älter als Ende dreißig sein (sie fangen

schon in der Pubertät mit dem Kinderkriegen an), aber sie wirkt wie eine schwere, reife Frau, wie sie da in ihrem schwarzen Kleid zwischen ihren Eltern steht, die bereits für den alten Van der Vyver gearbeitet haben, als Marais und ihre Tochter noch Kinder waren. Die Eltern halten sie, als wäre sie eine Gefangene oder Verrückte, die gebändigt werden muß. Aber sie sagt nichts, tut nichts. Sie blickt nicht auf; sie blickt Van der Vyver nicht an, dessen Gewehr in dem Lastwagen losging, sie starrt auf das Grab. Nichts kann sie dazu bringen, aufzublikken; er braucht keine Angst zu haben, daß sie aufblikken, ihn ansehen könnte. Neben ihm steht seine Frau Alida. Um den nötigen Respekt zu zeigen, wie für jedes weiße Begräbnis auch, hat sie den Hut in Marineblau und Beige aufgesetzt, den sie in diesem Sommer zum Kirchgang trägt. Sie steht ihm immer zur Seite, auch wenn er es nicht zu bemerken scheint; diese Kälte und Distanz – seine Mutter sagt, er hat sich schon als Kind schwer an andere angeschlossen –, sie akzeptiert das für sich persönlich, aber sie bedauert, daß seine Partei ihn deshalb nicht, wie es hätte sein sollen, als Kandidat des Distrikts für einen Parlamentssitz aufgestellt hat. Er vermeidet es, von ihrer Kleidung oder der anderer Umstehender berührt zu werden. Auch er starrt auf das Grab. Die Mutter des Toten und er starren auf das Grab, in einer Weise miteinander verbunden, wie der Schwarze auf dem Wagen und der Weiße im Fahrerhaus miteinander verbunden waren, in dem Moment, bevor der Schuß fiel.

Der Moment, bevor der Schuß fiel, war ein Moment hoher Erregung, den der junge Schwarze auf der Ladefläche mit dem weißen Farmer in dem Wagen durch das Dach des Fahrerhauses hindurch teilte, durch welches sich gleich darauf die Kugel bohren sollte. Es gab solche unerklärlichen Augenblicke zwischen ihnen, obwohl der Farmer auf seinem Grundstück oft an dem jungen Mann vorüberging, ohne seinen Gruß zu erwidern, als erkennte er ihn nicht. Als der Schuß sich löste, sah Van der Vyver den Kudu stolpern und vom Knall erschreckt davongaloppieren. Dann hörte er das Poltern hinter sich, schaute durchs Fenster und sah den jungen Mann vom Wagen fallen. Sicher war er aufgesprungen und hinuntergepurzelt – vor Schreck, wie der Bock. Der Farmer lachte fast auf vor Erleichterung, bereit, den Jungen aufzuziehen, als er die Tür öffnete; es schien unmöglich, daß eine Kugel, die durchs Dach gegangen war, etwas angerichtet haben konnte.

Der junge Mann lachte nicht mit ihm über seinen eigenen Schreck. Der Farmer trug ihn in den Armen zum Wagen. Er war sicher, sicher, daß er nicht tot sein konnte. Aber das Blut des jungen Schwarzen floß ihm über die Kleider und sickerte ihm während des Fahrens durch bis auf die Haut.

Wie werden sie es je wissen, wenn sie die Zeitungsausschnitte ablegen, das Protokoll, das Beweismaterial, wenn sie sich die Fotos anschauen und sein Gesicht sehen – schuldig! schuldig! sie haben recht! –, wie werden sie es je wissen, wenn die Polizeiwachen niederbrennen mit all den Beweisen für das, was geschehen ist, und dem, was das Gesetz in der Vergangenheit zum Verbrechen erklärte. Wie können sie wissen, daß *sie nichts wissen.* Gar nichts. Der junge Schwarze, der auf grausame Weise durch die Nachlässigkeit des weißen Mannes erschossen wurde, war nicht der Boy des Farmers; er war sein Sohn.

Zuhause

Erleuchtete Fenster: Ausgeschnittenes Zuhause in der Nacht. Als er von seinem Treffen zurückkam, drehte er den Schlüssel, aber die Tür wurde schnell von innen geöffnet – sie war da, Teresa, ein schrecklich bewegtes Gesicht. Ihre dünnen nackten Füße krallten sich in die Fußbodenbretter, sie trug ihr Baumwollnachthemd, das er im Bett zärtlich hochschob, der Vorhang ihres süßen Körpers.

»Sie haben meine Mutter abgeholt. Robbie und Francie und meine Mutter.«

Er mußte etwas gesagt haben – »Nein! Großer Gott!« –, war aber sofort von ihr eingeschüchtert, von dem, was ihr zugestoßen war, während er nicht dagewesen war. Die Fragen waren wie eine Steinlawine, die auf sie niederging: Wann? Warum? Wer hatte es ihr gesagt?

»Jimmy hat gerade aus einer Telefonzelle angerufen. Er hatte nicht genug Kleingeld, das Gespräch wurde unterbrochen, ich bin fast verrückt geworden, ich wußte die Nummer nicht, konnte nicht zurückrufen. Dann hat er noch mal angerufen. Sie sind ins Haus gekommen und haben meine Mutter und Francie und auch Robbie mitgenommen.«

»Deine Mutter! Das ist ja nicht zu fassen. Wie können sie so eine alte Frau mitnehmen? Sie weiß nicht mal, was Politik bedeutet – mit welcher Begründung wollen sie sie denn festhalten?«

Seine Frau stand da im Hauseingang und versperrte ihm wie sich selbst den Weg hinein. »Ich weiß es nicht... sie ist die Mutter. Robbie und Francie waren bei ihr im Haus.«

»Naja, Francie lebt noch bei ihr, nicht. Aber warum war Robert da?«

»Wer weiß. Vielleicht ist er einfach nach Hause gegangen.«

In der Nacht, in Schwierigkeiten scheint die Küche der Raum zu sein, in den man geht; das Schlafzimmer ist zu sehr ein Raum des Glücks und zu intim, und das Wohnzimmer mit seinen Büchern und dem großen Schreibtisch, den sie teilen, und den Bildern und den Blumen, die er jede Woche bei demselben indischen Straßenverkäufer für sie holt, drückt zu sehr das Leben aus, das sie beide sich geschaffen haben, nur für sich.

Er setzt den Kessel auf, um einen Kräutertee zu machen. Sie kann nicht sitzen, aber er tut es, um sie zu ermutigen. Sie zieht unablässig an den Ohrläppchen, eine Travestie der ihm liebgewordenen Geste, mit der sie sich oft versichert, daß die Ohrringe, die er ihr geschenkt hat, noch da sind. »Sie sind gestern morgen um vier Uhr früh gekommen.«

»Und du hast es erst heute abend erfahren?«

»Nils, wie sollten sie Jimmy erreichen? Erst als die

Nachbarn jemanden aufgetrieben haben, der wußte, wo er arbeitet, konnten sie es ihm sagen. Er ist den ganzen Tag rumgelaufen, um rauszufinden, wo sie festgehalten werden. Und jedesmal, wenn er auch nur in die Nähe eines Polizeireviers kommt, hat er Angst, daß sie ihn auch festnehmen. Mein Bruder ist nicht gerade der tapferste Mann, den man sich vorstellen kann...«
»Der arme Teufel. Kann's ihm nicht verdenken. Wenn sie deine Mutter schon einsperren – dann kann's jeden in der Familie treffen.«
Ihre Nase und ihre Ohrläppchen sind rot angelaufen, wie im Zorn, aber es ist ihre Art grimmigen Weinens. Immer härter streichelt sie den engstirnigen Kopf des Afghanen, ihres Dudu. Im Haus ihrer Mutter durfte sie nie einen Hund halten; ihre Mutter sagte, sie seien unsauber. »Der Winter in der Stadt da oben ist so kalt. Was wird meine Mutter heute nacht in der Zelle zum Schlafen haben?« Er steht auf, um sie in die Arme zu nehmen; der Kessel schreit und schreit, wie nach ihr.

Im Bett, im Dunkeln, redete Teresa, weinte, sicher in der Wärme des Afghanen an einer Seite und der ihres Liebhaber-Ehemannes an der anderen. Sie brauchte ihm nicht zu sagen, daß sie weinte, weil sie warm war und ihre Mutter kalt. Sie konnte nicht schlafen – beide konnten nicht schlafen –, weil ihre Mutter, die sie mit dicken Kleidern, erstickender Fürsorge, erdrückender Frömmigkeit überschüttet hatte, fror. Einer der

Gründe, warum sie ihn liebte – nicht der Grund, warum sie ihn geheiratet hatte –, war, sich von ihrer Mutter zu lösen. Ihn zu lieben, jemanden von der anderen Seite der Welt, einer Welt, die ihrer Mutter fremd war, hieß Schnee und Eis zu umarmen, Dinge, die ihre Mutter nicht kannte. Er befreite sie von der Familie, der brütenden Sonne.

Für ihn war sie das Wesen, welches die harten, kalten Ränder seiner Existenz abschmolz, die langen schwarzen Nächte, welche die Hälfte seiner Kindheitstage auslöschten, den scharfen Schnitt des Eises, dessen Strenge sich – durch irgendeine Mimesis der Umwelt – in seiner Kinnlinie wiederholte. Sie kam aus dem Gewimmel des Hauses, der Straße zu ihm, einem Gewimmel, in dem sich die Leute so zusammendrängten, wie sich das Blut verschiedener Rassen in ihren Arterien mischte. Er kam zu ihr aus den stillen Zimmern des Einzelkindes, ein Stich des Linnaeus, seines Landsmannes, im Lampenlicht; und aus den einsamen Streifzügen eines Forschers in einer Glasglocke unter Fischen am Grund des Meeres – er selbst war Ichthyologe geworden, nicht Botaniker. Sie begehrten einander, weil sie sich immer fremd bleiben würden. Sie hatten die besondere Nähe eines Paares, das sonst niemandem gehörte.

Und in dieser Nacht durchlebte sie – indem sie ihm davon erzählte – noch einmal die Demut ihrer Mutter, die Servilität einem gefühllosen zornigen Mann gegenüber (dem Vater, der inzwischen gestorben war), die Annahme der Wohnung im Ghetto, welche das Gesetz der Mutter und ihren Kindern zuwies, sogar die Versuche, sie mit Gardinen und Raumspray ein wenig erträglicher zu machen – alles Dinge, die Teresa angeekelt hatten und sie nun quälten, denn: »Wie soll eine Frau wie meine Mutter mit dem Gefängnis fertigwerden? Was können sie ihr alles antun?«

Er wußte, sie kämpfte mit der furchtbaren Entdeckung, daß sie ihre Mutter liebte, ihre Mutter, die sie verachtete; daß sie nun im Gefängnis saß, änderte doch sicherlich nichts an der Tatsache, daß ihre Mutter zu verachten war, was so viele Versäumnisse und Jahre bewiesen? Er kannte Teresa zu gut, um ihr zu sagen, daß diese Entdeckung alles andere als schändlich war – dann wäre es offen ausgesprochen, und sie würde sich der Sentimentalität bezichtigen. Ihre *Mutter* war sentimental: diese aufbewahrten bronzebesprühten Babyschuhe der Männer und Frauen, die nicht erwachsen genug geworden waren, um vorsichtig zu sein und Schwierigkeiten aus dem Weg zu gehen, die einen blonden Ausländer mit einem seltsamen Akzent geheiratet hatten oder tranken oder Bankrott machten oder sich in die Politik einmischten – geheime Polizeidossiers, Festnahmen in den frühen Morgenstunden. Er hörte zu und streichelte ihr übers Haar, hielt ihre gefalteten Hände zwischen Hals und Schulter, während sie weinte und wütete, mit ihrer Mutter litt und sie anklagte; und fluchte – sie, die sich von der Vornehmheit ihrer Mutter zumindest die Abneigung gegen Kraftwörter erhalten hatte –, diese Scheißkerle von Polizei und Regierung, diese Arschlöcher, sie verfluchte für das, was sie getan hatten, nicht nur um vier Uhr morgens in jenem Haus mit seinem Geruch nach Bratöl und Mottenkugeln, sondern seit Generationen, sie, die mit ihren Befehlen auf Papierfetzen Leben zerstörten, Türen einschlugen in ihrer Macht, Menschen zu verhaften, um sie dann in ihren Zellen vom Leben abzuschneiden.

Später in der Nacht, als er glaubte, sie wäre endlich eingeschlafen, setzte sie sich gerade auf: »Was wird sie ihnen sagen? Was weiß sie?«

Sie meinte: von Robbie. Teresa und ihr Bruder Robbie waren die, die sich in die Politik eingemischt hatten. Teresa und ihr schwedischer Mann, die in diesem provinziellen Küstenstädtchen in der Gesellschaft von Meeresbiologen lebten, von Menschen, die damit zufrieden waren, daran zu glauben, daß alle Spezies interessant seien, und die den Fragen der Gleichheit nicht weiter nachhingen, gehörten zu progressiven Organisationen, die sich an der Grenze der Legalität bewegten, sie aber nicht überschritten. Sie gingen zu Protestversammlungen, weiter nicht. Dies war ein respektabler Deckmantel für die gelegentliche geheime Unterstützung, die sie Robbie zukommen ließen. Robbie, der sich wirklich einmischte, nicht nur in die Erklärungen, sondern in die Taten der Revolution. Manchmal ging es um Geld; manchmal stand er unangekündigt mitten in der Nacht vor der Tür, weil er einen oder zwei Tage untertauchen mußte.

»Robbie wird ihr nichts erzählt haben. Selbst wenn er's gewollt hätte, du weißt doch, daß sie sich immer die Ohren zugehalten hat.«

»Es geht nicht um das, was sie *weiß*. Sie hat nie was von uns gewußt. Aber sie werden das nicht glauben! Sie werden sie immer weiter verhören.«

»Glaubst du nicht, daß sie's schnell merken werden – daß sie nie was gewußt hat, was ihnen nützlich sein könnte?«

Seine langsame Stimme war der Anker, von dem gehalten sie in den Wellen auf und ab trieb. Plötzlich strömte ihr Zorn in eine andere Richtung über. »Was zum Teufel ist in ihn gefahren? Warum ist Robbie dahin gegangen? Wie konnte er es *wagen*, in dieses Haus zu gehen? Er muß doch gewußt haben, daß sie, wenn irgendwo, da auf ihn warten würden! Die Idiotie! Wie kann man sich so gehenlassen! Was wollte er denn da, mal wieder *bei Muttern essen*? Ich weiß nicht, was mit der Bewegung los ist, wie können die ihre Leute so undiszipliniert, so kindisch handeln lassen... Wie können wir jemals hoffen, das alles zu Ende zu bringen, wenn die sich so benehmen... der Idiot! Sich praktisch auf dem Tablett anzubieten – ja, treten Sie ein, *darf ich meine Mutter und meine Schwester vorstellen*, ein richtiges Familienfest, alle sind soweit, Sie können uns gleich in den Knast bringen. Ich hoffe nur, er weiß, was er angerichtet hat. Das ist mir 'ne Revolution, wenn sie Leuten wie ihm überlassen ist... wie *konnte* er diesem Haus auch nur *nahe kommen*?«

Sie benutzten die Kosenamen nicht, die inzwischen jeder joviale Vertreter und jede affektierte Schauspielerin gebrauchte – ›love‹ und ›darling‹ –, sie hatten ihre eigenen, in seiner Sprache. »*Min lille loppa*, wir wissen doch nicht, aus welchem Grund er's getan hat.« Sein ›kleiner Floh‹ trommelte mit den Fäusten auf dem Kissen herum, scheuchte damit den Hund aus dem Bett. »*Dafür kann es gar keinen Grund geben.* Außer daß sie sie alle so verwöhnt hat, daß sie zu nichts mehr zu gebrauchen sind, zu nichts, schon gar nicht zu einer Revolution – er ist letztlich nicht anders als seine Brüder. Kriecht unter Mamis Röcke – du kennst diese Leute nicht, diese Familie.«
Er ging in die Küche und machte ihr ein Glas heiße Milch – morgens um vier. Während die Milch auf dem Herd warm wurde, stand er am Küchenfenster und legte die Handfläche an die Scheibe, spürte die Dunkelheit draußen, die Stunde, in der die Nacht endete, in die achtundvierzig Stunden vorher Mutter, Bruder und Schwester hinausgetreten waren, um zu Polizeiautos geführt zu werden.

Am Morgen ging sie nicht zur Arbeit. Die Hilflosigkeit machte sie ungepflegt und wirr. Er war in den sieben Jahren, die sie nun zusammen waren, nur einige wenige verlegene Male im Haus ihrer Familie gewesen, aber er sah jetzt zum ersten Mal, daß sie ihrer Mutter ähneln würde, wenn sie je alt und ängstlich werden sollte. Mit den im Schmerz zurückgezogenen Lippen wirkten ihre

Zähne lang – sie hatte das Gesicht eines Opfers. In ihrem Kummer verzog sich ihre Schönheit, und es zeigte sich der Rückfall in den physischen Typus, der mit dem Alter einsetzt; eines Tages würde auch er der schiefe skandinavische Riese sein, wie jetzt sein Vater oder sein Onkel. Er bat sie, eine seiner Beruhigungstabletten zu nehmen, aber sie wollte nicht – sie verabscheute Drogen, Alkohol, alles was anderen, wie sie es erlebt hatte, Macht über die individuelle Persönlichkeit gab; er hatte insgeheim immer geglaubt, daß dies ein unbewußter Einfluß ihres Hintergrunds war, einer Welt, in der Menschen einer Hautfarbe denen einer anderen Hautfarbe ihren Willen aufzwangen.
Er ging für eine Stunde ins Institut, gab seinem Team dort die Aufgaben für den Tag und erklärte, warum sie beide nicht da sein konnten – sie war dort auch angestellt, in einer bescheideneren Funktion, nachdem sie aufgrund ihrer Heirat und von ihm ermutigt ihr Bedürfnis nach einer gewissen Form wissenschaftlicher Ausbildung befriedigt hatte. Als seine Kollegen ihn fragten, was er tun wolle, wurde ihm klar, daß er das nicht wußte. Wenn sich herausstellte, daß Teresas Familie unter ›Section 29‹ festgenommen worden war, würde ihnen jeder Kontakt zu Anwälten und zu Verwandten untersagt sein. Zwischen den Sympathieerklärungen und Tröstungen seiner Kollegen lagen die (das sah er) stillen Blicke, die sie einander zuwarfen: Es hatte ja so kommen müssen, sie hätten eine solche Katastrophe voraussagen können, eine Katastrophe, die in ihrem

Leben unvorstellbar war, da sie auf seine eigenartige Heirat zurückging.
Als er nach Hause kam, war sie am Telefon. Sie umklammerte den Hörer mit beiden Händen, ihre Füße waren nackt und feucht, und der Hund – der Hund war auch verwandelt, er war zu einem knochigen Skelett geschrumpft, an dem die nassen Strähnen seines Fells klebten.
Sie hatte den Hund gebadet? An diesem Tag?
Sie sah sein Gesicht an, aber sie konzentrierte sich hysterisch auf das, was sie hörte; sie signalisierte ihm: laß mich, sei still! Er legte den Arm um sie, und eine Hand ließ den Hörer los, suchte nach seiner und hielt sie fest. Sie unterbrach das Geschnatter am anderen Ende: »Aber ich muß dich erreichen können! Kann ich nicht irgendwo anrufen? Wenn ich von dir nichts höre, wer soll mir dann sagen, was los ist? ... Hör zu, Jimmy, Jimmy, hör zu, ich weiß, daß du keine Schuld hast... Aber wenn ich dich nicht anrufen kann... im Büro dann... Nein! Nein! Das reicht nicht, hörst du, Jimmy...«
Einen Augenblick lang versuchte er mit seinem Blick ihre herumirrenden Augen ruhig zu halten. Sie legte auf. »Aus 'ner Telefonzelle. Und ich hab die Nummer vergessen, die er mir gerade gegeben hat. Ich hab den ganzen Vormittag darauf gewartet, daß er zurückruft, und jetzt... Ich wußte nicht, was ich tun sollte, damit ich nicht immer hier rumsaß und das Telefon anstarrte... um was zu tun, irgendwas... Als du gerade weg warst,

hat er angerufen und gesagt, er hat einen Anwalt, irgendeinen Freund eines Freundes, ich hab nie von dem gehört, der würde Genaueres rausfinden, sie wollen irgendeinen Justizbeamten fragen.«
Das Telefon meldete sich wieder, und sie starrte es an; er nahm ab: da war die Stimme ihres Bruders, zögernd, stotternd: »Ma und die anderen, sie sind drin, unter ›Section 29‹.«
Sie saß neben dem Telefon, während er versuchte, den Haushalt in Gang zu bringen, als wäre er eine stehengebliebene Uhr. Damit sie weitermachen konnten, brauchten sie was zu essen (er machte es), später schaltete er das Licht ein, achtete auf die Zeit für die Nachrichten im Fernsehen. Aber sie konnte nichts essen, solange sie nicht wußte, ob ihre Mutter das essen konnte, was auf dem Teller war, der unter der Zellentür durchgeschoben wurde, sie konnte nicht bei Lampenlicht lesen, weil es in der Zelle dunkel war, und die Nachrichten – es gab keine Nachrichten, wenn Leute unter ›Section 29‹ festgehalten wurden. Sie rief Freunde an und konnte sich dann nicht erinnern, was sie gesagt hatten. Sie rief einen Arzt an, weil ihr plötzlich einfiel, daß ihre Mutter niedrigen Blutdruck oder hohen Blutdruck hatte – sie war sich nicht sicher, was –, und sie wissen wollte, ob ihre Mutter im Gefängnis von dem einen einen Schlaganfall bekommen und sterben oder aufgrund des anderen zusammenbrechen könnte? Sie wollte nicht schlafen gehen. Sie holte ein kleines zerknittertes Foto heraus, auf dem ihre Mutter ein Baby hielt, Robbie,

sagte sie nach genauem Hinsehen, daneben stand ein winziges Mädchen mit mißmutigem Gesicht (sie selbst). Ein Stück vom Ärmel eines Mannes war noch zu sehen, wo der Rest des Fotos grob abgeschnitten worden war. Die fehlende Gestalt war ihr Vater. Erschöpft blieben die beiden bis nach Mitternacht auf, während sie ihm von ihrer Mutter erzählte. Sie war erfüllt von Neugier und plötzlichen Eingebungen über ihre Mutter, von der Monotonie und Enge ihres Lebens. »Und es kann nicht anders sein: das einzig Große, das ihr je zugestoßen ist, muß dies sein.« Ein Zittern lief über ihr ganzes Gesicht. Er litt mit ihr. Es war nicht ungewöhnlich, das wußte er, daß Menschen liebevoll über einen Verstorbenen reden, auch wenn sie ihn vorher immer verachtet und abgelehnt haben. Und unter ›Section 29‹ im Gefängnis zu sein, niemand wußte, wo, hieß für die Welt gestorben zu sein, in der man Liebe nicht verdient hatte.
Im Bett wollte sie keine Schlaftablette nehmen (natürlich nicht), aber sie hatten einander. Er liebte sie, während ihre Tränen beide benetzte, und das ließ sie zum Glück schließlich einschlafen. Ab und zu stieß sie wie ein getröstetes Kind seufzend auf, und er erwachte sofort und hob den Kopf, wachte über sie. Ein Geruch sauberen Hundefells lag in dieser dritten Nacht über dem Bett.

Teresa.
Er wachte auf, und sie war schon gewaschen und angekleidet. Sie wandte ihm von der Tür der Schlafzimmers

aus den Kopf zu, als er ihren Namen aussprach; ihr Haar war straff von ihren Wangenknochen und Ohren weg nach hinten gezogen, von Kämmen gehalten. Wieder war in seiner Abwesenheit etwas mit ihr geschehen; dieses Mal, während sie neben ihm lag, sie aber im Schlaf getrennt waren. Sie wollte, lange bevor es Zeit war, zur Arbeit zu gehen, das Haus verlassen: zuerst um eine indische Anwältin zu sprechen, von der sie bei Protestversammlungen Reden gegen Haftstrafen ohne Gerichtsverfahren gehört hatten. Er stimmte ihr zu, es war eine gute Idee. Das mußte ihr in der Nacht eingefallen sein, unter diesen anderen Dingen: Wenn sie recht hatte, daß ihre Mutter unter hohem Blutdruck litt (oder was immer es war), mußte Jimmy sich mit dem Arzt, der sie behandelte, in Verbindung setzen und von ihm eine Bestätigung für ihren schlechten Gesundheitszustand holen – damit könnten sie sie rausholen oder zumindest erreichen, daß sie drinnen Diät und eine Sonderbehandlung bekam. Und etwas mußte mit dem Haus geschehen – in der Gegend würde es in einer Woche völlig ausgeplündert sein. Irgend jemand Zuverlässiges mußte gefunden werden, um hinzugehen und sicherzustellen, daß es vernünftig abgeschlossen war – und es mußte aufgeräumt werden, ja, die Polizei hatte sicher alles auf den Kopf gestellt; wenn sie jemanden verhaften, durchsuchen sie auch gleich das Haus, in dem sie verhaften.
»Soll ich mitkommen?«
Nein, sie hatte schon Fatima angerufen, sie wartete im Büro. Teresa blieb einen Moment stehen, bereits im Ge-

hen, übte noch mal ein, das sah er, was sie der Anwältin sagen wollte; warf ihm einen Kuß zu.
Keine Tränen mehr, kein Zittern. Sie kam direkt von der Anwältin ins Institut, berichtete ihm, was die Frau ihr geraten hatte, zog ihren weißen Kittel an und machte ihre Arbeit. Es fiel ihr in diesen ersten Tagen sehr schwer, sich zu konzentrieren, sie hatte einen betäubten Ausdruck an sich, als sie sich zum Mittagessen trafen, es war die Anstrengung. Sie suchten sich in der Kantine einen Tisch weit weg von den anderen, wie ein heimliches Liebespaar. Aber sie tauschten mit leiser Stimme keine süßen Geheimnisse aus. Sie erörterten, was sie tun konnten, was getan werden sollte – und ab und zu sah einer der beiden auf und erwiderte das Winken oder den Gruß eines Kollegen, sah auf in den schwülen, fröhlichen Raum mit seiner Tafel, auf der die Tagesgerichte mit Kreide verzeichnet waren, mit Leuten, die sich um die Kaffee-, Tee- und Colaautomaten sammelten, sah hinaus durch die weiten Fenster dorthin, wo das Meer auf die Collage von Flamboyants und grellen Weihnachtssternen im Institutspark atmete – und ihre Mutter, ihr Bruder, ihre Schwester waren irgendwo in Zellen. Die ganze Zeit. Während sie aßen, während sie arbeiteten, während sie den Hund ausführten. Denn diese Folge von Wiederholungen, die man Alltag nennt, ging weiter; nur mit der Erkenntnis, wie seltsam dieser Alltag in seiner verbissenen Hartnäckigkeit ist: wie konnte man ihn daran hindern, zu verdecken, was wirklich geschah? In den Zellen; und hier?

Während er für diesen Alltag sorgte (sie hatte zuviel im Kopf, um sich auch noch um den Einkauf zu kümmern oder Kleider zur Reinigung zu bringen), verbrachte sie ihre ganze freie Zeit bei Anwälten, besorgte sich Anträge, füllte sie aus und schickte sie an Richter, Polizeichefs, Regierungsbeamte und Hilfsorganisationen, die sich mit dem Schicksal von Gefangenen befaßten. Sie war nicht mehr betäubt; die Haare aus dem Gesicht, war sie nie abgelenkt, die Entschlossenheit härtete ihre Gesten, verwandelte ihre Sanftheit in Mut, sie warf sie ab wie eine Haut. Sie bedrängte alle, die sie gebrauchen konnte – das war ihr Ausdruck: »Vielleicht können wir Soundso gebrauchen. Er soll ein guter Liberaler sein. Wollen mal sehen, was er macht. Fatima sagt, er ist ein alter Freund des Polizeichefs, noch von Stellenbosch her.« Um Hilfe zu bitten, war offenbar eine zu schwache Position, die Leute sagten dann: ›Ich würd euch ja helfen, wenn ich könnte, aber…‹; »Wir müssen Leute finden, auf die man Druck ausüben kann, wie auch immer.«

Er fragte sich verwundert, wie sie zu diesen Kenntnissen gekommen war; sie, die immer so liebenswert steif ihren Prinzipien treu geblieben war, suchte nun sogar einen früheren Parlamentsabgeordneten der Nationalpartei auf, dem immer noch eine gewisse Nähe zum Justizminister nachgesagt wurde. Sie, die immer so aufrichtig gewesen war, belebte nun alte Bekanntschaften, die er und sie als materialistisch, nicht zu ihnen passend, aufdringlich vermieden hatten, weil deren Verbindungen jetzt nützlich sein könnten. Sie dachte nur noch in Strategien. Als sie es – durch Fatimas Gespräche mit Anwälten in der Stadt, wo Mutter, Bruder und Schwester festgehalten wurden – geschafft hatte, ihnen ein Paket mit Decken und Kleidung zukommen zu lassen, verlagerte sie den Druck auf den Arzt ihrer Mutter, rief ihn spät nachts zu Hause an, um dafür zu sorgen, daß der Gefängnisarzt sich um ihre Mutter kümmerte. Als das gelungen war, setzte sie sich mit dem Freund eines Freundes in Verbindung, der in der Stadt lebte. Er sollte Lebensmittel ins Gefängnis bringen – getrocknete Früchte, Joghurt, das war es, wie sie sich von früheren politischen Gefangenen hatten versichern lassen, was man drinnen am dringendsten brauchte –, und er sollte versuchen, den Gefängnisdirektor dazu zu bringen, es für ihre Mutter, Robbie und Francie anzunehmen. Sie war immer am Telefon; er trug ihr den Teller von ihren ständig unterbrochenen Mahlzeiten nach, dorthin, wo sie, die Ellenbogen auf die Knie gestützt, auf einem Hocker saß – das war jetzt ihre Ecke, genau wie Dudu seinen besonderen Platz unter dem Tisch hatte. Dieses schreckliche Efeu, das tägliche Leben. Wie konnte man es wegziehen, um – was? – zu sehen.

Sie war ständig am Telefon, weil das, was in den Zellen geschah, weit weg war, in Johannesburg. In ihrer Ungeduld wurde sie streng – Sympathie irritierte sie, und er mußte erkennen, daß er trotz all ihrer Nähe, trotz der Tatsache, daß ihre Unterschiedlichkeit sie so eng zusammengebracht hatte, nicht wirklich beanspruchen

konnte, das zu empfinden, was sie empfand. Jede Nachfrage und jeder Auftrag mußte über eine dritte Person laufen. Jimmys Ängstlichkeit machte ihn sogar noch weniger intelligent, sagte sie, als sonst schon. Man konnte sich nicht auf ihn verlassen, und er war das einzige Familienmitglied, das *dort* war. Wo sie sein sollte; jedesmal, wenn irgendeiner ihrer Stellvertreter patzte, kam es hoch: sie sollte dort sein. Und dann war er es, der verzweifelt war, der sich auf nichts konzentrieren konnte außer auf die kalte Angst, daß sie dorthin gehen könnte, direkt in den wartenden Wagen der Sicherheitspolizei hinein, er hatte sie vor Augen, wie sie da standen, darauf zählten, daß sie in das Haus kommen würde, in das Gefängnis, in dem ihre Mutter, ihr Bruder und ihre Schwester saßen. Hatte er ihr nicht gesagt, als sie von Jimmys Ängsten sprachen, daß *jeder* in der Familie...? Und sie war diejenige, die über die Blutsverwandtschaft hinaus Verbindungen mit Robbie unterhalten hatte.
»*Genau!* Sie könnten jederzeit hier auftauchen und dich und mich mitnehmen. Uns beide. Was wissen wir, was da drin rausgekommen ist... was er vielleicht meiner Mutter oder meiner armen verschreckten Francie erzählt hat – meine Schwester ist erst neunzehn, weißt du... Die beiden Frauen werden die Verhöre dieser Tiere nie aushalten, sie können ja nicht mal beurteilen, was für sie gefährlich ist und was nicht.«
Ihm schien es nun, als behinderte ihn seine körperliche Größe, wenn er sich dem Willen widersetzte, der ihren zierlichen Körper härtete. Er redete, und es war, als

machte er eine klobige und unangemessene Bewegung auf sie zu. »Aber sie sind nicht gekommen. Ich mein, Gott sei Dank nicht. Vielleicht wissen sie gar nichts von dir.« Sie gab einen abfälligen Laut von sich, halb Grunzen, halb Lachen.

»Vielleicht hat niemand was von uns... von dir gesagt. Aber wenn du dahin gehst, werden sie auf der Stelle beschließen, daß sie ruhig mal rausfinden könnten, was du weißt. Und bei dir ist ja was zu holen, oder?«

Mit einer Geste schob sie die Male weg, als ihr Bruder bei ihnen Zuflucht gesucht hatte; die Pakete mit Papieren, die im Schreibtisch des schwedischen Institutsexperten unter Forschungsberichten über das Verhalten von Fischen versteckt worden waren.

»Teresa, ich laß dich nicht gehen!« Nie zuvor hatte er in diesem Ton mit ihr gesprochen, wahrscheinlich war es die häßliche Stimme ihres Vaters – er hatte das Gefühl, sie geschlagen zu haben, obwohl seine Faust nur die eigene Brust getroffen hatte. Er brüllte. »*Ich erlaube es nicht!* Ich geh, wenn jemand gehen muß, ich geh, ich gehör nicht zur Familie!«

Der Streit war wie ein Blatt Zeitungspapier, das Feuer fängt, sich in der Flamme bläht und verdreht und schnell zu einer Handvoll schwarzer Membran verfällt. Sie ließ den Gedanken fallen. Vor Erleichterung wurde er durstig; sie beobachtete ihn, wie er zur Anrichte ging und sich einen Whisky einschenkte, sie brauchte so etwas nicht. Alle paar Tage geschah etwas, das diese Nervenprobe aufs neue auslöste. Sie hatte nun Verbindungen hergestellt, über die Nachrichten aus dem Gefängnis herausgeschmuggelt wurden: Robbie war in einem Hungerstreik, ihre Mutter und Francie waren in ein anderes Gefängnis verlegt worden. Warum? Sie sollte dort sein, um es herauszufinden. Das Gesuch der Anwältin beim Minister, ihre Mutter und Francie freizulassen, stand vor der Entscheidung. Sie sollte da sein, um herauszufinden, ob man nicht etwas tun konnte, es zu beschleunigen. Ihr Mann brachte Freunde ins Spiel, um Unterstützung zu finden; er, sie wollten nichts davon hören, daß sie dahin ging.

Sie ließ sich beim Institut beurlauben. Er war sich nicht sicher, ob *das* eine gute Idee war oder nicht. Zumindest war die Arbeit eine Ablenkung, sie dachte an andere Dinge, sprach mit Leuten, die andere Sorgen hatten. Bei einem war alles gestohlen worden – ein Einbruch, nichts war ihm geblieben – *Sachen*? Er sah die Frage in ihrem Gesicht, die sie dem Beraubten zurückwarf. Die Frau eines anderen lag im Sterben – *Tod*? Selbstverständlich, der Tod war etwas Natürliches; er überlegte sich, daß sie es akzeptiert hätte, wenn ihre über sechzigjährige Mutter in dem Haus krank geworden und gestorben wäre.

So wurden die praktischen Fragen, die mit der Haft ihrer Mutter und ihrer Geschwister verbunden waren, auch zu ihrer Arbeit. Sogar ihre wenigen Freuden – nein, falsches Wort –, ihre wenigen kleinen Genugtuungen waren Teil der Katastrophe: da war die Nachricht, daß ein Spruchband, das die Freilassung ihrer Mutter, ihres Bruders und ihrer Schwester forderte, bei einer Versammlung der Befreiungsbewegung gezeigt worden war. Die Versammlung wurde von Polizisten mit Hunden auseinandergetrieben. Es kamen Botschaften von der Exilbewegung, für die Robbie arbeitete: sie wollten lieber diesen Anwalt als jenen mit seinem Fall betraut sehen. Und die Tatsache, daß sie in der Lage waren, Verbindung zu ihr aufzunehmen, zog sie in eine andere Art von Zelle, in den Kreis neuer Verbündeter, für die Verhaftung ein Risiko war, das sie nicht höher einschätzten als einen Verkehrsstrafzettel, und für die Geheimhaltung einen Code des Überlebens darstellte, ob nun im Gefängnis oder draußen.

Auf deren Rat hin begann sie, nicht mehr zu Hause zu schlafen. Na ja, das war eine objektive Bestätigung seiner Angst um sie; und gleichzeitig ihrer Überzeugung, daß sie bei ihm genauso leicht verhaftet werden konnte wie dort, wo das Haus ihrer Mutter stand, oder am Ort des Gefängnisses. Sie besuchte die eine oder andere gute Freundin. »Ich bin wahrscheinlich heut nacht bei Addie, wenn ich nicht zu Stephen und Joanna geh.« Sie nahm ihn einen Augenblick lang fest in die Arme, drückte Dudus schlanke Schnauze an sich, bevor sie hinausschlüpfte, und sie kam morgens zum Frühstück zurück. Aber er lag voller Sehnsucht nach ihr in ihrem Bett, verlassen, obwohl sie schon seit Wochen nicht mehr miteinander geschlafen hatten, nicht seit der Nacht, nachdem die Nachricht gekommen war. Er spürte, daß sie sich ihrer Freuden schämte, während die anderen – diese Familie – ohne jede menschliche Berührung im Gefängnis saßen. Einmal gab er der Versuchung nach und rief dort an, wo sie, wie sie gesagt hatte, die Nacht verbringen würde, aber sie war nicht da; und natürlich hätte es den ganzen Sinn ihrer Abwesenheit zerstört, wenn die Freundin, die den Anruf beantwortete, ihm gesagt hätte, wohin sie gegangen sei; es war mehr als wahrscheinlich, daß das Telefon, das neben seinem Bett stand, abgehört wurde. Er schämte sich zu sehr, als daß er ihr am nächsten Tag seinen kindischen Impuls hätte eingestehen können.

Sie trug ihr Haar nun nie mehr offen. Zweifellos weil sie es nicht fertigbrachte, Zeit damit zu verschwenden, es einzulegen und dann auszubürsten, mit unschuldiger Freude an dem Anblick im Spiegel, wie sie es früher getan hatte. Sie sah anders aus, aber dennoch schön; eine Frau wird eine andere Frau, wenn sie ihr Haar ändert. Die Kämme rissen es von ihren Wangenknochen und Augenhöhlen weg. Sie sah aus wie eine dunkle Greta Garbo (sie war gerade alt genug, sich an Greta Garbo zu erinnern). Wenn die Haustür schlug und sie morgens zum Frühstück hereinkam, hatte er das Gefühl – und es war wie Furcht –, sich in sie zu verlieben. Aber wie unangebracht und lächerlich war das, er liebte sie seit sieben Jahren, Teresa, Teresa – es gab keinen Grund, das aufzugeben, etwas Neues anzufangen.

Und dann kam ihm der wahnsinnige Gedanke – wahnsinnig! –, daß nicht er es war, der sich in sie verliebte; es war ein anderer. Sie trug das Zeichen an sich, in ihrer neuen, anderen Schönheit. Sie war so, wie *ein anderer* sie sah. Das war es, was er sich vorhielt, wenn sie morgens eintraf.

Dann kam ein Tag, an dem das Haar naß war, ungeordnet hochgesteckt, die Kämme kreuz und quer darin.

»Das Wasser sah so kühl aus, ich konnte einfach nicht widerstehen und bin auf dem Weg hineingesprungen.«

»Wunderbar, *min lille loppa*, war's schön?«

In dem Moment war er zärtlich erfreut, als wäre dies ein Anzeichen der Erholung bei einem Invaliden, die Rückkehr zu einem normalen Interesse am Leben. Aber als er durch das Aquarium des Instituts ging und die Fische ihn mit geöffneten Mäulern ansahen, überfiel ihn das, was nicht gesagt werden konnte: wer war es, der mit ihr geschwommen war, und sie mußte nackt gewesen sein oder nur in ihrem Schlüpfer, weil sie sicherlich keinen Badeanzug mit sich nahm, wenn sie nachts wegging, um der Sicherheitspolizei auszuweichen.

Ein oder zwei Stunden später konnte er nicht glauben, daß er etwas so Billiges von ihr gedacht hatte, Teresa, Teresa. Es gab einen kleinen Strand, wo er und sie oft nackt schwimmen gegangen waren, von den Felsen abgeschirmt; es war ihr Strand, an dem sie gewesen sein mußte, allein, ohne ihn.

Weil er solche Momente hatte, in denen er schlecht von ihr dachte, wurde er in ihrer Gegenwart schüchtern. Sie hatten die Unannehmlichkeiten kleiner Verstimmungen immer miteinander geteilt – ihre Menstruationsschmerzen und seine gelegentlichen Verstopfungen, wenn er zu lange gekrümmt über dem Mikroskop gesessen hatte. Nun litt er ganz sich selbst überlassen an einer peinlichen Unpäßlichkeit, einem ziehenden leichten Schmerz rund um den Anus. Ihm schien es, als müsse dies eines der Anzeichen mittleren Alters sein, der Beginn des Verfalls seines Nervensystems. Was konnte ihr ein solch abstoßendes Detail bedeuten, zu dieser Zeit? Älter zu werden, zu verfallen, war natürlich. Und sie war jung: warum sollte sie auch nur einen Gedanken an seinen Hintern verschwenden, während ihre Mutter und ihr Bruder und ihre Schwester immer noch im Gefängnis saßen – nun schon neun Wochen. Und sie hatte einen jungen Liebhaber.

Oh, warum kamen solche Gedanken!

Warum sollte sie keinen Liebhaber gefunden haben, einen so jung wie sie selbst, einen Genossen, arm aufgewachsen wie sie, jemand, der schon im Gefängnis gewesen war, dessen Metier – diese Hunde von Polizisten, Wärtern, Beamten zu überlisten – neuerdings auch das ihre war?

Und nun konnte er natürlich jeden Anhaltspunkt in dieser Richtung deuten. Sie, die immer so liebeshungrig, leidenschaftlich gewesen war, hatte sich ihm nun schon seit Wochen nicht mehr genähert, hatte um sich eine Atmosphäre geschaffen, die es ihm gefühllos erscheinen ließ, sich ihr zu nähern. Wenn sie woanders geschlafen hatte und früh morgens zurückkam, hätte sie zu ihm ins Bett schlüpfen können; sie tat es nicht. Jene Nacht, in der er in Stellas Wohnung angerufen hatte –

sie war nicht da gewesen; und wie hatte Stella geklungen; war ihre Stimme nicht angestrengt gewesen? Hatte sie gelogen? Etwas gedeckt? Teresa, Teresa. Er dachte all dies *auf schwedisch*. Was hatte das zu bedeuten? Er war auf dem Rückzug, wurde wieder zu dem, was er gewesen war, bevor sie sich ein Leben geschaffen hatten, das von der Vergangenheit abgeschnitten war, zusammen ... sie stieß ihn dahin zurück, sie verließ ihn, hatte einen Liebhaber. Er begann zu versuchen herauszufinden, wer es war. Wenn sie von anderen Mitgliedern in der Gefangenenhilfe erzählte, wartete er auf das Wiederauftauchen bestimmter Namen: und da lag noch mehr Schrecken für ihn verborgen – es konnte sogar sein, daß sie eine Affäre mit einem verheirateten Mann hatte. Teresa! Wenn sie in den vergangenen sieben Jahren gelegentlich auf Partys gegangen waren, hatte sie nicht einmal mit irgendeinem Mann getanzt, weil er nicht tanzte; sie hatte seine Hand gehalten und zugesehen.

Und dann eines Nachts – nein, es wurde hinter den Vorhängen schon Morgen – sprang der Hund vom Bett und winselte, und er hörte, wie der Haustürriegel klickte. Er wartete, aber sie kam nicht ins Schlafzimmer; er mußte wieder eingeschlafen sein, während er wartete, und als er erwachte, spürte er die Stille eines leeren Hauses um sich. In der Küche lag eine Notiz: ›Ich bin ein paar Tage weg. Mach dir keine Sorgen. *Lille loppa.*‹ Es war die Art von Notiz, die in diesen Tagen Leute wie Robbie hinterließen, Leute, mit denen sie jetzt verkehrte. Wenn sie verschwinden mußten, wollten sie nicht, daß jemand, der verhört werden konnte, in Schwierigkeiten geriet: Je weniger man wußte, desto besser für einen. Aber er wußte es. Er war sich jetzt sicher. Vielleicht war dies sogar ihre Art, es ihm mitzuteilen. Wenn die Polizei kam, konnte er ihnen sagen: Sie ist mit ihrem Liebhaber fortgegangen.

Er konnte sie sich ohne ihn nicht vorstellen – genau wie sie, als das alles begann, sich nicht vorstellen konnte, ob ihre Mutter im Gefängnis essen oder schlafen konnte. Teresa am Tisch jemandem gegenüber, der ihr totes Fleisch auf den Teller legte (sie waren beide Vegetarier), und sie würde es essen. Teresa in einem ihrer Baumwollnachthemden; wenn sie in ihrer Handtasche einen Badeanzug für ein heimliches Rendezvous am frühen Morgen mitnahm, würde sie auch nicht zögern, ein Nachthemd mitzunehmen. Er trank Whisky und nahm Schlaftabletten – etwas, das Teresa nie gemacht hätte –, um nicht weiterdenken zu müssen. Aber er träumte nach dieser Mischung schrecklich. In dem Traum hatten sie ein Kind, das auf ihrem Strand am Wasser spielte, während er Teresa liebte, und er versuchte hitzig, seinen Höhepunkt zu erreichen, während er zugleich wußte, daß die Brandung das Kind ins Meer hinausriß. Er erwachte wie ein Schuljunge, naß von dem Traum.

Vor seinen Becken im Institut stehend, verfolgte er die Bewegungen, Strömungen und langen Fahnen aus rosafarbenen, violetten, gelben und blauen Tropenfischen dieser südlichen Gewässer, die den ertrunkenen Körper des Kindes verzehrt hätten, und er dachte an die gescheuerten sanftglänzenden Holzböden, die weißen Leinenvorhänge und die weißstämmigen Birken des Hauses mit den stillen Räumen, das er außerhalb von Stockholm geerbt hatte. Er hatte nicht geglaubt, daß er jemals wieder dort werde leben müssen.

Drei Tage später rief sie kurz vor zwölf Uhr mittags im Institut an.

»Wo bist du?«

»Hier. Dudu hat mir den Kopf in den Schoß gelegt.« Sie lachte.

Er ging sofort, und die Tür wurde wieder, als er den Schlüssel ins Schloß steckte, von innen geöffnet. Sie streckte ihm die Hände entgegen, Handflächen nach oben; er mußte sie ergreifen und tat es zögernd. Sie gingen in die Küche, wo sie, wie er sah, Brot und Avocado gegessen und auf ihre hungrige Art Krümel verstreut hatte.

Der Hund schnüffelte an ihr herum, um zu wittern, wo sie gewesen war und was sie getan hatte, und auch er wünschte sich, auf eine Fährte ihres Betrugs zu stoßen, fürchtete es zugleich. Jedes Dezibel ihrer Stimme erfüllte ihn mit tiefer Angst.

Sie lehnte sich im Küchenstuhl zurück und sah ihn an.

»Ich hab sie gesehen. Und ich hab Nachrichten von Francie und Robbie, herausgeschmuggelt. Es geht ihr gut. Ich wußte, du hättest mich gestoppt, wenn ich's dir gesagt hätte.«

Sie hob die Schultern, schüttelte den Kopf, lächelnd, damit war das Thema abgeschlossen.
Vielleicht gab es keinen Liebhaber? Er begriff, es war so, sie hatte ihn verlassen, aber für sie – für jenes Haus, für die dunkle Familie, deren Mitglied er nicht war, für ihr Land, dem er nicht angehörte.

Eine Reise

Auf dem Weg von Europa nach Hause sah ich eine schöne Frau mit einem sehr kleinen Baby und einem Sohn von etwa vierzehn Jahren. Sie saßen im Flugzeug auf der anderen Seite des Ganges. Das Baby kann nicht älter als zehn Wochen gewesen sein. Es hatte dichtes, feines schwarzes Haar, das ihm vom Kopf abstand, so wie Haar, das unter Wasser vom Schädel gehoben wird; als wäre das Haar vom Wasser im Mutterleib fließend gekämmt worden. Die schwachen gebogenen Beinchen waren noch nie gebraucht worden. Die Augenlider waren dick und hoben sich langsam, ein Muskelimpuls, der noch erprobt wurde, und sie gaben einen alten und fragenden Blick frei: die Augen waren dunkel, aber von keiner Farbe, die man als schwarz oder blau hätte beschreiben können. Vielleicht hat Farbe etwas mit Fokus zu tun, und das Baby sah nur ab und zu konzentriert – das war das Fragende – ins Gesicht seiner Mutter. Oder besser in den Blick der Mutter. Sie sah ihm ins Gesicht, und seine Augen öffneten sich dann wie Knospen. Die seltsame Konzentration zwischen ihnen wurde oft von der des Jungen geteilt.

Der Junge war schön wie seine Mutter. In Wörtern kann

Schönheit nur durch ihr unmittelbares Signal angedeutet werden. Ihres war Klarheit. Ihre identischen runden Brauen waren klare Horizonte, ihre Nasenflügel und Ohrläppchen wirkten durchscheinend, ihre Haut, Lippen und Augen hatten die Kolorierung von Glasmalerei. Das Baby ähnelte keinem von beiden. Es war die Präsenz von jemandem, der abwesend war; und dennoch war es so intensiv das ihre. Sie zog ihre Kleider auseinander (modisch, teuer, diskret gekleidet war sie), und obwohl ich ihre Brust nicht sehen konnte, war aus der Lage des Babykopfes in ihrer Armbeuge und dem leichten Auf und Nieder des haarigen Kopfes zu erkennen, daß es gestillt wurde. Der Junge und die Mutter beugten sich ehrfurchtsvoll darüber – über diesen Vorgang. Einmal sah ich, wie sie ihre tüchtige, aber schöne Hand um den Hinterkopf des Jungen legte und sie dort einen Moment liegen ließ. Eine Dreifaltigkeit.

Von Zeit zu Zeit wurde der Junge plötzlich das Kind, das er war; er arbeitete an einem Puzzle oder Spiel, das Kindern zusammen mit den üblichen Dingen, die man in Flugzeugen bekommt, Kopfhörern und Pantoffeln, gegeben wurde. Dann war er abgelenkt; aber er wurde immer wieder in die Kontemplation zurückgezogen, in der er diente. Buchstäblich: während der Nacht stand er wiederholt auf, nahm die schmutzigen Babywindeln, um sie in die Toilette zu bringen, holte die Plastiktassen mit Wasser, die seine und die Lippen seiner Mutter unterschiedslos berührten. Dann schlief das Baby in seinem tragbaren Bettchen auf dem Boden, und die beiden schliefen, die Armlehne zwischen ihren Sitzen zurückgeklappt, zu einer einzigen Form verschmolzen unter den Decken der Fluggesellschaft. Sogar die trennende Identität ihrer Gesichter hatten sie bedeckt – zweifellos gegen das Kabinenlicht.

Sie verließen das Flugzeug, als es mitten in Afrika landete, um aufzutanken. Noch vor kurzem war dieser Flughafen während eines Putschversuches im Lande geschlossen gewesen; durch das gewölbte Flugzeugfenster verzerrt, konnte ich ausgebrannte Militärfahrzeuge sehen, zwei der großen Lettern, die den Namen des Präsidenten des Landes als den Namen des Flughafens quer über die Fassade des Terminals buchstabierten, fehlten, und Hunde suchten am Rand der Landebahn nach Nahrung.

Sie hatte das Baby in den Armen. Der Junge trug ihr sperriges Handgepäck, hielt sich beschützend nahe hinter ihr, als sie durch die Tür auf die Gangway trat, die an ihren Platz gerollt worden war. Mein Fenster war eine Linse mit einem begrenzteren Blickfeld als das menschliche Auge: meines konnte ihnen nicht über den Asphalt in die Ankunftshalle folgen, ich weiß nicht, ob sie erwartungsvoll eilten, aufgeregt dem entgegen, was sie dort erwartete, ich weiß nicht, wo sie gewesen waren, warum sie fortgegangen waren und wozu sie zurückkehrten. Ich weiß nur, das Baby war so jung, daß es woanders geboren sein mußte, sie brachten es zum ersten Mal an diesen Ort, es war seine erste Reise. Ich setzte meine fort; sie waren verschwunden. Sie existieren nur in den alternativen Leben, die ich erfinde, in dem Unbekannten, was mit ihnen vor der Reise, und dem Unbekannten, was mit ihnen nach ihr geschah.

Ich bin dreizehn. Ich hatte Geburtstag, als ich mit meiner Mutter wegfuhr, damit sie das Baby in Europa bekam. In dem Land, wo mein Vater stationiert ist – er ist Wirtschaftsattaché an der Botschaft –, gibt es kein gutes Krankenhaus, also flogen wir dahin zurück, wo meine Eltern herkommen, in das Land, das er repräsentiert, wo immer wir leben. Ich kenne es nur von den Ferien bei meiner Großmama, weil ich geboren wurde, als sie woanders stationiert waren.
Ich war schon so lange das Kind meiner Eltern – das einzige. Ich wollte immer Brüder und Schwestern, hatte aber keine. Und dann, so um meinen zwölften Geburtstag herum, bemerkte ich, daß etwas in unserem Haus falsch lief – ich meine das Haus, in dem wir auf dieser Station wohnen. Meine Mutter und mein Vater waren fast ganz still bei den Mahlzeiten. Die besondere Sprache, die wir untereinander gebraucht hatten – Katzensprache –, sprachen wir nicht mehr. Ich darf nämlich Katzen als Haustiere haben, aber keine Hunde, weil Katzen fast ganz für sich selbst sorgen können, wenn wir versetzt werden und sie zurücklassen müssen; wir haben eine unterschiedliche Stimme für jede der drei Katzen, die ich hier habe, und wir taten immer so, als machten die Katzen Bemerkungen über uns. Wenn ich zum Bei-

spiel beim Essen die Ellenbogen auf den Tisch stützte, sprach mein Vater mit einer Katzenstimme, um mir zu sagen, daß ich schlechte Manieren habe, und wenn mein Vater vergaß, das Weinglas meiner Mutter aufzufüllen, benutzte sie ihre besondere Katzenstimme, um sich darüber zu beklagen, daß sie nichts abbekam. Aber die Katzen hörten auf zu reden; sie wurden zu einfachen Katzen. Ich konnte nicht als einziger mit ihren Stimmen sprechen. Ein Kind kann nicht einmal eine Katzenstimme gebrauchen, um zu fragen: Was ist los? Das kann man die Erwachsenen nicht fragen.

Wir drei gingen auch nicht mehr zusammen schwimmen. Wir mochten sehr gerne schwimmen, und vorher waren wir oft zum Swimming-pool des Generalkonsuls gegangen. Aber mein Vater brachte mir Squash bei, und wir gingen mit anderen Männern zusammen zum Fischen mit der Harpune. Die See ist sehr rauh hier, es ist schrecklich, von den Brandungswellen voller Plastikstücke und verfaultem Obst aus dem Hafen herumgeworfen zu werden, bevor das Boot an die Stelle hinauskommt, von der aus man taucht. Dies waren Dinge, die meine Mutter nicht tat: Squash spielen, mit der Harpune Fische jagen. Ich erzählte ihr vom Meer, aber sie sagte nichts zu meinem Vater, sie übernahm meine Rolle nicht. Es war ein bißchen wie das, was mir passierte: als könnte sie keine Katzenstimme benutzen, um ihm etwas zu sagen.

Er – mein Vater – umarmte mich ab und zu, ganz plötzlich, ohne Grund; nicht wenn er irgendwohin wegfuhr, sondern einfach, wenn er das Zimmer verließ oder wenn wir uns oben an der Treppe trafen. Und meine Mutter redete mir zu, die Wochenenden bei Freunden zu verbringen. Nicht bei ihnen zu schlafen, bei meiner Mutter und meinem Vater. Einmal weinte ich, alleine, weil sie mich anscheinend aus dem Haus haben wollte. Dabei war es gar nicht so, daß sie allein sein mußten, um reden zu können, ohne ein Kind um sie herum, so wie Erwachsene das manchmal tun, auch wenn sie einen lieben; sie saßen bei den Mahlzeiten da und hatten nichts, über das sie miteinander sprechen konnten, schweigend. Die Katzen kriegten was zugeworfen und sagten nichts.

Und trotzdem war es zu dieser Zeit, daß es passierte – das Baby. Sie machten das Baby. Meine Mutter erzählte es mir eines Tages: Ich werd ein Baby bekommen. Sie sah mich sehr ängstlich an. Um zu sehen, ob es mir was ausmachte. Es machte mir nichts aus. Ich weiß natürlich Bescheid, wie sie schwanger wurde, was mein Vater mit ihr gemacht hatte, obwohl sie einander nicht anlächelten, einander nicht mehr neckten oder auslachten. Neun Monate ist eine lange Zeit. Ich wurde dreizehn. Mein Vater war viel weg, überall im Land. Früher fuhr sie manchmal mit ihm, ließ mich für einen oder zwei Tage zu Hause, aber jetzt fuhr sie nicht mehr mit, weil das Baby wuchs, sagte sie. Also waren wir beide allein zusammen. Wir sahen zu, wie sie sich veränderte, wie das Baby sie veränderte. Ich weiß, daß einige Jungen die Brüste ihrer Mutter nicht sehen dürfen, aber sie schwamm immer oben ohne wie die anderen Frauen beim Generalkonsul, und ich sah, wie hübsch ihre waren, nicht die hartaussehenden kleinen, die bei den Mädchen herausgucken, die ein paar Jahre älter sind als ich, aber auch nicht die hängenden, die schaukeln, wenn die Frau aufsteht – weich und ziemlich weit auseinander, weil meine Mutter breite Schultern hat. Jetzt wurden die Brüste voller, ich fühlte sie, wenn sie mich in die Arme nahm, um mir Gutenacht zu sagen und mich zu küssen, wie mit Wasser gefüllte Plastiktüten, und ich sah hinter dem tiefausgeschnittenen Nachthemd, daß sie sich veränderten, rosa und fleckig wurden. Es war seltsam, ich dachte an ein Chamäleon, das sich langsam und klecksig verfärbte, wenn man es auf eine Blume setzte. Aber es war das Baby, das es machte. Als es anfing, sich in ihr zu bewegen, legte sie meine Hand auf ihren Bauch, damit ich es fühlen konnte. Es war mehr wie Hören als Fühlen; es klopfte sehr leise. Also legte ich mein Ohr dahin. Meine Mutter legte ihre Hand auf meinen Kopf, und ich lauschte und fühlte. Ein bißchen wie morsen, sagte ich ihr: es machte drei oder vier schnelle Klapse, stoppte dann, und fing wieder an. Was sagte es, tat es, da drin? Wir lachten dann und erfanden Sachen, wie wir es früher mit den Katzen getan hatten. Aber es waren nur wir beide und das Baby; Er war nicht da.

In Träumen spürte ich manchmal in diesen Monaten, wie sich die Brüste an mich drückten, die sich für das Baby änderten, und der Traum wurde zu einem dieser

Träume, die Jungen haben, das ist normal (meine Mutter und mein Vater hatten mir das erklärt, bevor die Träume kamen). Man braucht sich nicht zu schämen, man sollte diese Träume genießen; ich tat einfach meinen Schlafanzug in die Wäsche. Ein anderes Mal träumte ich, daß ich mein Ohr dahin legte, wo das Baby war, und plötzlich verwandelte sich der große harte Bauch in eine Goldfischschüssel, und das Baby schwamm darin herum, und ich sah ihm zu. Ein goldenes Baby, ein großer goldener Fisch wie die, die Er jagte, unter Wasser. Aber dieser war unserer – der meiner Mutter und meiner – in ihrer Schüssel, und in dem Traum war ich es, der auf ihn aufpaßte.

Ich war der erste, der das Baby sah. Ich sah es, als es genau vierzig Minuten alt war. Ich war der erste, der meine Mutter mit dem Baby sah. Ich war mit meiner Großmutter im Wartezimmer des Krankenhauses, und als die Schwester sagte, wir könnten kommen und es angucken, lief ich voraus, und ich war als erster da – Schwestern zählen nicht, es ist nicht ihres. Meine Mutter fragte, wie spät es sei, und als ich es ihr sagte, erklärte sie mir, daß das Baby genau vierzig Minuten alt war, sie hatte mir versprochen, daß sie daran denken würde, den Doktor sofort nach der Geburt zu fragen, wie spät es war, und sie hatte ihr Versprechen gehalten. Wir sahen uns das Baby zusammen an, seine Ohren, seine Füße und Hände; alles war in Ordnung. Seine Augen öffneten sich nicht. Sein Haar überraschte uns; es hatte eine Menge naß aussehendes schwarzes Haar, das auf seinem Kopf zu Berge stand, während sie es mit dem Rand eines Tuches sorgsam trocknete. Wir haben dunkelblondes Haar; meine Großmutter sagt, daß meine Mutter keine Haare hatte, als sie geboren wurde, und meine Mutter sagt, daß es bei mir auch so war. Das Baby war überhaupt nicht so wie wir. Keiner von uns sagte, wem es ähnelte. Das Baby war nur etwas gewesen, das wir uns nicht vorstellen konnten, das Botschaften geklopft und ihren Körper diese ganze Zeit verändert hatte, und das plötzlich herausgekommen war. Die nächste Woche hindurch sahen wir zu, wie es sich selbst veränderte, wie es begann, außerhalb meiner Mutter zu leben, mit meiner Mutter und mir zu leben.

Es war so gesund zur Welt gekommen, daß der Doktor sagte, wir könnten mit ihm zurückfliegen, als es nur neun Tage und zweiundsechzig Minuten alt war (ich rechnete das aus, während wir darauf warteten, daß unser Flug aufgerufen wurde). Sie gaben uns Plätze in der ersten Reihe, und da war viel Raum für die Babysachen – der Platz auf der anderen Seite des Ganges war leer, nur eine Dame mit grauem Haar auf dem Fensterplatz. Wir sprachen nicht mit ihr. Wir brauchten mit niemandem zu reden, wir waren ganz für uns. Ich stellte unsere große Leinentasche so hin, daß meine Mutter die Beine hochlegen und sich ausruhen konnte. Das Babybettchen bekam ich auch noch hinein, und dann war immer noch Platz für meine Beine, obwohl meine Beine lang werden, meine Mutter mußte schon den Saum meiner Jeans auslassen. Das Baby hat sich sehr gut benommen.

Es schrie nur, wenn es gestillt werden wollte, und dann leise, man konnte es beim Lärm der Düsenmotoren, durch die die Luft saust, und den Stimmen der Leute in den Reihen hinter uns kaum hören. Es war eher, als ob es mit uns redete, mit meiner Mutter und mir, kein richtiges Schreien. Ich hob es jedesmal aus seinem Bettchen heraus, damit meine Mutter sich nicht vorbeugen und die Füße herunternehmen mußte. Es saugte drauflos, als wäre es auf der Erde und nicht in einer Höhe von 10 000 Metern und 750 Kilometer in der Stunde schnell. Jetzt konnte es die Augen schon aufmachen. Sie sind groß und dunkel und glänzend. Es guckte uns an, es sah ganz bestimmt von meiner Mutter zu mir, während wir ihm beim Trinken zuguckten – meine Mutter sagte, es fragte sich, wo es uns vorher schon mal gesehen und wieder vergessen hatte. So erschien ihr das. Ich glaubte, es war neugierig auf uns. Wir küßten ihm oft auf den Kopf. Dieses komische Haar, das es hat.

Der Steward gab mir ein Spiel, bei dem die Buchstaben waagerecht und senkrecht Sinn ergeben sollen, aber ich bin an meine Computerspiele gewöhnt und fand es nicht so interessant. Ich probierte es aus, als meine Mutter die Augen geschlossen hatte, sich ausruhte (es ist anstrengend, ein Baby aus dem eigenen Körper zu füttern), aber das bedeutete, daß ich etwas verpassen konnte, was das Baby tat – gähnen, Gesichter machen –, also spielte ich nicht lange. Ich mag altmodischen Rock 'n' Roll, meine Mutter weiß noch, wie sie danach getanzt hat, und ich fand die Nummer, auf die man die

Anlage stellen muß, aber ich nahm die Kopfhörer alle paar Minuten ab, weil ich meinte, ich hätte gehört, daß meine Mutter etwas zu mir sagte. Sie könnte irgend etwas brauchen; ein Baby zu stillen, trocknet einen aus, ich mußte Wasser in Plastiktassen für sie holen, und ich brachte die Babywindeln in den Plastiktüten, die wir extra mitgenommen hatten, in die Toilette, um sie wegzuwerfen. Ich schob sie durch die Klappe, auf der »Airsickness Containers« stand. Wir hatten alles für die Reise vorbereitet, wir brauchten niemanden auch nur um eine einzige Sache zu bitten. Wir machten es uns ganz bequem und schliefen, das Baby war sicher. Sogar mit geschlossenen Augen und der Decke über unseren Köpfen (meine Mutter ist sehr lichtempfindlich, und die Augenklappe, die man ihr gab, war zu dünn) wußten wir, daß das Baby da war.
Plötzlich sagte meine Mutter zu mir: Da ist der Fluß. Ich wachte auf, und es war hell, und ich beugte mich über sie und das Baby und sah durch das Fenster weit unten den ganzen Fluß, dessen anderes Ufer man von der Seite, auf der wir stationiert sind, nicht sehen kann – ein so breiter Fluß ist es. Wir waren da. Ich dachte nicht an Ihn, wie Er auf uns wartete. Ich hatte soviel zu tun: die Babysachen einpacken, unsere Jacken aus dem Fach über uns herausholen, für meine Mutter sichergehen, daß wir nichts vergaßen. Wir waren ja nie zuvor mit dem Baby angekommen, es war das erste Mal überhaupt. Das Baby kannte die Station nicht, an der es gelebt hatte, wo es damit begann, daß etwas schiefging, wo es

in meiner Mutter all die Monate wuchs, in denen Er die meiste Zeit weg war. Ich war sehr aufgeregt, wir landeten mit etwas Neuem, Neuem. Ich fühlte mich neu. Ich ging die Gangway hinter meiner Mutter hinunter, die das Baby vor sich hatte, in den Armen, so wie ich sie einen Armvoll Blumen hatte tragen sehen. Ich trug alles sonst, was wir hatten – die Leinentasche, die Jacken, das Bettchen. Wir kamen schnell durch die Paßkontrolle, weil die Leute einen vorlassen, wenn man ein Baby hat. Aber wir mußten auf das Gepäck warten. Bevor das Gepäckband auch nur begonnen hatte, sich zu bewegen, begann das Baby zu schreien, es war aufgewacht und wieder hungrig. Das Gepäck würde noch lange nicht kommen, und das Baby hörte nicht auf. Meine Mutter setzte sich auf unsere Leinentasche, und ich kniete mich vor sie, damit die Leute nicht zusehen konnten, wenn sie ihre Kleider öffnete und das Baby stillte. Es war plötzlich sehr gierig, und es packte sie mit dem Mund und sog – wie ein Zicklein, sagte meine Mutter, und wir lächelten auf es herab, sagten einander, guck mal, es wird sich verschlucken, es schlingt, hör mal, wie laut es schluckt, als ich hochguckte und Ihn sah, den sie durch den Zoll hereingelassen hatten. Sie lassen Ihn immer rein, wo andere nicht hinkönnen, weil er der Wirtschaftsattaché ist. Ich sah, wie Er uns fand, uns zum ersten Mal sah, meine Mutter und mich beobachtete, wie wir das Baby fütterten, vielleicht konnte Er von da, wo Er stand, ihre Brust sehen, Er ist groß. Er warf den Kopf hoch, und sein Mund öffnete sich, Er war glücklich. Er kam, um uns abzuholen. Dann war ich voller Freude und Kraft, es war wie wütend sein, nur viel besser, viel, viel besser. Ich sah, wie er uns anguckte, und er wußte, daß ich ihn gesehen hatte, aber ich sah ihn nicht wieder an.

Das Schweigen ist vorbei.

Das ist es, was sich in seinem Kopf wiederholt hat, seit der Wecker ihn um fünf Uhr morgens mit seinem elektronischen Piepsen geweckt hat. Er rief beim Flughafen an, bevor er aufstand, und während er das langgestreckte Glockenspiel anhörte, mit dem sie einen unterhalten, solange man auf die Auskunft wartet, kam kontrapunktisch dieser Satz immer wieder, er selbst in sich selbst sprechend: »Das Schweigen ist vorbei.« Weil die Liebesaffäre vorbei ist. Das Schweigen, in dem die Liebesaffäre, kostbar und erregend, verborgen war, etwas, das sie nicht einmal mit einem Wort berühren durfte, erscheint nun wie eine erduldete Qual. Mehr als ein Jahr von Vertraulichkeiten, unausgedrückten Gefühlen, Anekdoten liegt schmerzlich gefangen, Schicht um Schicht, in ihm zusammengepreßt. Aber sie hat ein Kind geboren; er fragt sich, wie es sein wird, sie wiederzusehen, von ihrer Bürde befreit. Ihr Körper, wie er vorher war, als er ihn noch sah: während ihr Körper anwuchs, sich füllte, sah er sie nur angekleidet, sie hörte auf, sich vor ihm auszuziehen, weil sie nicht miteinander sprechen konnten.

Der Flug wird aller Voraussicht nach pünktlich eintreffen. Er zieht seine Leinenhose und die Sandalen an, die Klimaanlage stottert weiter und schüttelt sich, und bald wird er sie, Gott sei Dank, nicht mehr hören, weil sie nicht mehr das einzige Geräusch in einem leeren Haus sein wird. Er rasiert sich, stellt aber das Eau de Cologne ins Bord zurück, weil er – dies trifft ihn wie eine plötzliche Übelkeit nach einer langen Nacht – immer danach roch, wenn er aus dem Bett und dem Duft einer anderen Frau nach Hause kam, ein aussichtsloses Manöver, das weiß er, weil es offensichtlich war, daß er nach der Liebe geduscht hatte, man kommt nicht mit feuchtem Haar aus dem Konsulatsbüro. Der Wahnsinn des Ganzen! Genau wie er das ganze Jahr nicht an seine Frau denken konnte, sie nicht einmal sah, selbst wenn sie ihm gegenüber am Tisch saß, so ist er jetzt zu beschäftigt, sich die Frau vorzustellen, von der er sich nicht einmal einen Tag fernhalten konnte. Auf der Straße zum Flughafen über die abgefallenen gelben Blüten der Kassiabäume hinwegfahrend, empfindet er die Erinnerung wie eine abwechselnd verbrannte und sanft gekühlte Hand – Furcht vor der schrecklichen Erfahrung dieser wundervollen Liebesaffäre, die zu diesem Ort gehört, dieser Station, wie die Bäume dazugehören, und Dankbarkeit für das Ausharren dieser Bäume, für diese Station, wo er bald wiederhergestellt sein wird. Vor kurzem rollten Panzer diese Straße entlang, und sie ist mit frischem Asphalt roh geflickt, wo Granaten eingeschlagen sind. Aber die vertrauten Bäume voller gelber Blüten sind noch da. Und er auch.

Er parkt den Wagen unschuldig, jetzt, ganz offen; er hat ihn nicht an ein geheimes Ziel gebracht, wo er schon mit einer Erektion anzukommen pflegte. Er geht langsam in das Flughafengebäude, denn sein Weg zwischen niedrigen Christusdornhecken und wie Stockrosen gestützten Hibiskusblüten – niemand würde glauben, was einen Putschversuch überlebt, während Menschen erschossen werden – ist ein Weg zu etwas, das zugleich alt und neu ist – niemand würde glauben, was ein Mann und eine Frau überleben können, untereinander.

Der zerfallene Flughafen, in dem er so oft ungeduldig aus und ein gegangen ist, soll es sein, in dem es geschieht; wie seltsam das ist. Wie angemessen unangemessen solche festen Orte sind. Er ist früh dran, zuerst ist die Ankunftshalle leer, Papierkörbe, die von Bierdosen überquellen, scheinen an die Wand gesprengt worden zu sein, der abgenutzte rote Gummifußboden streckt sich schimmernd unter seinen Flecken und dem Schmutz in die Weite, er steht allein in der Perspektive eines de Chirico-Gemäldes …

Diese Fetzen philosophischer Verallgemeinerung, Fragmente der Kultur und Bildung, welche sich über die Emotionen legen, die das Leben treiben, ziehen bedeutungslos von ihm fort. Sie kommt mit einem lebendigen Baby nach Hause. Dieses Fleisch, diese Tatsache ist das, was sich aus einer Nacht ergeben hat, als er von einem Wochenendausflug mit jener Frau zurückkam und so wütend über die Verlorenheit seiner Frau war, ihrem Bedürfnis nach Trost, den er nicht geben konnte, nach

etwas, das er nicht sagen konnte, daß er mit ihr schlief. Sie fickte. Es war nicht einmal gut, denn er hatte die andere Frau geliebt, hingerissen, zärtlich, hatte zwei Nächte kaum geschlafen. Es war ein Akt, der für sie beide beschämend war, für seine Frau und ihn selbst. Es konnte das Miteinandersprechen nicht ersetzen. Mehr wie ein Mord als wie eine Empfängnis. Wenn diese grauenvolle Nacht nicht gewesen wäre, hätte es kein Baby gegeben, und – eine würgende Furcht angesichts der so knapp entronnenen Gefahr – er würde jetzt hier nicht warten, die Liebesaffäre hätte sich vielleicht weiter durch sein Leben gewühlt, bis nichts mehr stand.
Die Gruppen von Menschen, die den ganzen Tag in diesen Flughäfen herumhängen, statt abzufliegen oder anzukommen, beginnen so langsam, das surreale Vakuum der Halle zu vermenschlichen und zu domestizieren. Die Männer kommen redend herein, es scheint immer, tags und nachts, etwas zu geben, worüber schwarze Männer Erklärungen, Ausrufe, Ansichten austauschen. Sie sind sicherlich nie einsam. Die turbantragenden Frauen sind eher Bündel als Individuen, Kinder hängen an oder klettern in den Gewändern der Mütter herum, deren Abbildungen von Fischen und Früchten und dem Gesicht des Präsidenten, umgeben mit einer Glückwunschbotschaft zu seinem sechzigsten Geburtstag, ihre Bilderbücher sind. Die Schwarzen nehmen ihre Kinder überallhin mit, sie schlafen unter den Marktständen ihrer Mütter, sie nicken, auf den Rücken ihrer Mutter gebunden, durch die Bierhallen – diese Men-

schen trennen sich nie von ihren Kindern, zumindest vor deren Pubertät. Danach mögen die Jungen in diesem Land von der Rebellenarmee entführt oder bartlos in die Jugendarbeitskorps des Präsidenten eingezogen werden; oft nie wieder zu Hause gesehen nach all der Nähe, solange sie klein sind, all dem Fleischkontakt von Wärme und Hautgerüchen, der – Liebe ist? Er hatte versucht, den Jungen aus dem Schweigen herauszuhalten, mit ihm zu reden. Ihm Liebe zu zeigen. Das heißt, Dinge mit ihm zu tun. Aber es ist nun einmal so, daß der Junge nicht männlich ist, er ist nicht abenteuerlustig – er ist zu *schön.* Zu sehr wie sie, ihre zarte Haut um die Augen, ihre Perlmutterohren, ihre Lippen, die so sind, wenn sie morgens aufwacht, die keine Farbe brauchen. Lieblich bei einer Frau – ja, das, was ein Mann liebt, was er will, begehrenswert und voller Zärtlichkeit (wie konnte er das vergessen haben, auch nur ein Jahr in fünfzehn?). Aber nicht bei einem Jungen. Der Junge schwimmt wie ein Fisch, aber er maulte, als er zum Tauchen mit der Harpune mitgenommen wurde, mit Erwachsenen, mit seinem Vater; eine Expedition, an der teilnehmen zu dürfen jeder andere Junge stolz gewesen wäre. Und die Male, als Liebe plötzlich, für einen Moment, nicht die andere Frau bedeutete, als sie wie ein Anfall von Sehnsucht nach Fleischkontakt und den Hautgerüchen des eigenen Kindes war, als er wollte, daß er die Arme um ihn warf – da verstand er nicht, er ließ es nur über sich ergehen. Wie seine Mutter, in jener einen Nacht.

Er erlaubt es sich nicht, auf die Uhr zu sehen. Mindestens noch eine Viertelstunde. Jene Nacht – daß sie in jener Nacht empfangen hat! Als der Junge kleiner gewesen war, hatten sie versucht, noch ein Kind zu bekommen. Daraus wurde nichts. Die ganze Zeit hindurch, als es aus dem Glück heraus empfangen worden wäre, als sie einander noch so sehr begehrten und so oft! Und natürlich ist das der Hauptgrund, warum der Junge verwöhnt worden ist – als er daran denkt, meint er es nicht nur in dem Sinne, daß er das einzige Kind war. Und es ist auch sein Fehler – Teil dieses Wahnsinns! Hat keinen Sinn, jetzt darum zu trauern (ein Stich von quälendem schlechtem Gewissen), aber als sie in der erzwungenen Lust von Zorn und Scham, die er beim Anblick seines Opfers empfand, empfangen hatte, wollte er nicht sehen, was mit ihr geschah, er wollte ihren Leib nicht anwachsen sehen, und sie wollte nicht, daß er es sah. Endlose Tage und Nächte war sie allein mit dem Jungen, armer kleiner Teufel. Und selbst als die Zeit kam, gerade erst im letzten Monat, da das Baby geboren werden sollte, schickte er den Jungen mit ihr nach Europa, zu der Geburt. Er schickte sie mit einem unreifen Dreizehnjährigen als ihrem einzigen Begleiter fort, da doch sein Platz bei ihr gewesen wäre (ein heiseres metallisches Murmeln dringt aus dem Lautsprechersystem, aber er kann ausmachen, daß es um den Abflug eines anderen Flugzeugs geht), *sein Platz bei ihr gewesen wäre*: das Pulsieren der Wörter beginnt wieder, unmittelbar nachdem

seine Aufmerksamkeit sich von der Ablenkung gelöst hat.
Dieser Anprall des vergangenen Jahres, der aus den Winkeln in ihm aufsteigt, in die er es geschoben hat, leugnet zugleich seine Anwesenheit hier in der Flughafenhalle, wo die Leute neben ihm kalten Kassavabrei essen und Coca-Cola aus dem Imbiß- und Souvenirstand trinken, der gerade seine Fensterläden aufgeschoben hat, und macht jedes Detail dieses Ortes, dieser Szene denkwürdig. Für den Rest seines Lebens, weiß er, wird er den Riß in dem Sitz unter ihm spüren können, aus dem Polster herausquillt wie Eingeweide. Er wird die abgestufte Reihe von Ebenholzelefanten vom Kettenanhänger bis zum Türstopper, die Malachitperlen, Kupferarmreifen und die in Plastikblasen eingesperrten Weltraummonster-Modelle zwischen den toten Küchenschaben in dem Ladenschaufenster, an dem er wieder und wieder vorbeigeht, vor seinem Auge aufbauen können. Dies sind seine Zeugen. Das Schäbige, Demütige und Banale möge die Wahrheit bezeugen; die großen Emotionen einer Liebesaffäre sind die luxuriöse Ausstattung der Lüge.
Ein grüner Stern blinkt auf der Tafel, die Ankunft und Abflug anzeigt. Er erhebt sich aus dem eingerissenen Sessel. Es macht nichts, daß die Ansage völlig verzerrt herauskommt, er hört die Flugnummer heraus, der grüne Stern blinkt immer weiter. Die unglückliche Nacht, als er sich dazu zwang, mit seiner Frau zu schlafen, und sie dieses Baby, auf das er wartet, empfing – das

ist alles vorbei. Er ist wieder ihr Ehemann, ihr Liebhaber. Er ist zu ihr zurückgekommen, und sie wird das in dem Moment begreifen, in dem sie das Flugzeug verläßt und er sie umarmt. Das Ende einer Reise, die er gemacht hat, fort von ihr, und das Ende ihrer Reise, jetzt, werden sich treffen, und sie werden wieder ganz werden. Mit dem Baby. Das Baby ist die Ganzheit, die sie aus dem Flugzeug zu ihm trägt und die er empfangen wird.
Der übliche Vorgang des Privilegs findet statt: der Zollbeamte erkennt ihn wie gewöhnlich als jemanden, der zu einem Auslandskonsulat gehört, jemand, der sich nicht an die Regeln für die Einheimischen mit ihren Bündeln und Verwandten zu halten braucht. Gehen Sie ruhig durch, Sir, danke, Sir. Er ist unzählige Male an solchen Kontrollstellen vorübergegangen; aber dieses Mal ist es keine Widerholung von etwas Früherem.
Da sind sie.
Durch eine Glasscheibe sieht er sie in der Nähe des Gepäckbandes. Da sind sie. Ein wenig abseits von den anderen Passagieren, die um das Band herumstehen. Was ist mit dem Jungen los? Warum steht er nicht am Band bereit, das Gepäck herunterzunehmen?
Sie sind abseits vom Rest der Leute, sie sitzt auf der riesigen Übernachttasche, er sieht den Winkel ihrer Knie, seitlich, die sich unter dem weiten blauen Rock abzeichnen. Und der Junge kniet vor ihr, kniet tatsächlich. Sein Kopf ist gebeugt, und ihr Kopf ist gebeugt, sie blicken auf etwas. Jemanden. Auf ihrem Schoß, in der um-

schließenden Beuge ihres nackten Armes. Das Baby. Das Baby an ihrer Brust. Das Baby ist da; seine Realität überläuft ihn, läßt das Blut in ihm aufsteigen. Er hält inne, den Moment festzuhalten. Er weiß nicht, wie er damit umgehen soll. Und in dem Moment wendet der Junge das Gesicht, sein zu schönes Gesicht, und ihre Blicke verbinden sich.

Da stehend wirft er den Kopf zurück und keucht oder lacht und hält dann wieder inne, bevor er auf sie zustürzen wird, seine Frau, sein Baby, sie wiederzuhaben. Sein Ruf wirft dem Jungen eine Schlinge zu. Fang! Fang! Aber der Junge sieht ihn mit dem Gesicht eines Mannes an und wendet sich wieder der Frau zu, als ob sie seine Frau ist und das Baby von ihm gezeugt.

Beute

Im warmen Bett bringt dir der eigene Furz den Geruch verfaulenden Fleisches an die Nüstern: die Lammkoteletts, die du gestern abend vertilgt hast. Mit Rosmarin gewürzt und mit den Papierrosetten eines Bestattungsunternehmers an den abgetrennten Rippen. Wieder eine Leiche verdaut.

»Dann werd doch Vegetarier!« Sie hat das schon ein paarmal zu oft gehört; hat es satt, satt, daß ich es satt habe. Hat die Dinge satt, die ich sage, die von Zeit zu Zeit an die Oberfläche kommen.

»Ich will damit nichts zu tun haben.«

Wir hören die Nachrichten.

»Was? Wovon redest du überhaupt? *Was?*«

In der Tat: was? Nein, womit. Womit will ich nichts zu tun haben, dem Jungen, der einen Stein auf die Polizei geworfen hat, dem von ihnen beide Arme gebrochen wurden, der von Zuchthäuslern sodomiert wurde, in deren Zelle er geworfen worden war, dem entführten Diplomaten und der Gruppe (Männer, wie ich ein Mann bin, Frauen, wie sie eine Frau ist), die seinen Ringfinger per Post an seine Familie schickten, dem Mädchen, das mit Benzin übergossen und bei lebendigem

Leibe als Verräterin verbrannt wurde, mit jenen, die, weit fort, wegen der Trockenheit verhungerten oder in einer Flut ertranken, mit dem neunzehn Jahre alten Sohn von Mr. und Mrs., der von dem enormen, elementaren Kitzel von 220 Volt umgebracht wurde, als er sein Motorrad mit einer elektrischen Spritzpistole lackieren wollte, ganz hier in der Nähe. Das Geplante und Überlegte, durchgeführt von Leuten wie ihm selbst, oder das Zufällige, Gleichgültige, sinnlos ausgeführt von Elementarkräften. *Sinnlos.* Warum sollte mehr Sinn in den bewußten Handlungen liegen, die zu Leichen führen? Bewußtsein ist Selbsttäuschung. Intelligenz ist ein Lügner.
»Das sind keine großen Gedanken. So ist das Leben.«
Ihre Friseursalon-Philosophie. Schal, tierisch, passiv. Ob ich will oder nicht; ich kann nicht *nichts damit zu tun haben wollen.*
Die tägliche Nekrophilie.
»Dann werd doch Vegetarier!«

In der Gesellschaft anderer Leute würde nie jemand auf den Gedanken kommen, daß irgendwas nicht in Ordnung sei. Er weiß das; sie weiß, daß er es weiß, daß er einigermaßen stolz darauf ist, genauso zu erscheinen, wie sie ihn sehen, genau das zu ihren Versammlungen beizutragen, was sein Platz unter ihnen verlangt. Zu der Gruppe, die an diesem Wochenende in ein Jagdhaus in einem privaten Jagdgebiet eingeladen ist, zählt der praktische, improvisationsfähige Mann, der Clown, der sich die Finger am Lagerfeuer verbrennt und damit ei-

nen Lacherfolg erntet, die Frau, die ihre Zeit damit verbringt, für alle ständig Essen zu machen, das hübsche Mädchen, das die Gesellschaft sexuell ein wenig auf Trab bringt, die Betriebsnudel, die alle bis spät in die Nacht bei Drinks wachhält, der Stille, der abseits sitzt und nachdenklich den Busch betrachtet, ein oder zwei Neulinge, als Ballast, die vielleicht für ein bißchen ernsthafte Unterhaltung sorgen, vielleicht auch nicht. Warum nicht annehmen? Nein? *Na gut*. Was hat er denn vor, was macht ihm mehr Spaß? Nur raus damit.
Nichts.
Siehst du!
Im Kontrast zum Clown ist er der Charmante, der Geistreich-Witzige. Er kennt die Schwächen fast aller Beteiligter, er setzt den Fluß der Anekdoten in Gang, er liefert die sanften Spötteleien, die den Leuten das Gefühl geben, Originale zu sein.
Was immer ihr Temperament, alle sind Naturliebhaber. Dafür braucht man sich doch nun wirklich nicht zu schämen – nicht einmal er. Ihre Liebe zur Wildnis bringt sie zusammen – das wohlhabende Paar, dem die Jagd und die Jagdhütte gehören statt Rennpferden oder einer Segeljacht, das hübsche Mädchen, das als Fotomodell oder in der Werbung arbeitet, der Betriebsnudel-Geschäftsführer einer Bergwerksgesellschaft, der abenteuerlustige Börsenmakler, der junge Arzt, der für ein Sekretärinnengehalt in einem Krankenhaus für Schwarze arbeitet, der clownesque Antiquitätenhändler... Und er hat kein Recht, sich dieser Gesellschaft

überlegen zu fühlen – was Ernsthaftigkeit angeht oder Moral (das weiß er) –, denn sie schließt auch einen jungen Mann ein, der aus politischen Gründen im Gefängnis war. Der spielt sich nicht als Zensor über die Spielplatz-Launen seiner Mitweißen auf, solange das Regime andauert, das zu zerstören er seine Freiheit riskiert hat, das zu zerstören er töten würde. So ist das Leben.
Sich – undurchschaubar – so zu benehmen, wie es von einem erwartet wird, ist auch ein Schutz vor der Furcht vor dem, was man nun wirklich ist. Vielleicht ist das Bild von ihm, dem geistreich charmanten Mann, wirklich, was er ist. Wie soll er das wissen? Er macht es so gut. Seine Frau sieht ihn barfuß auf der Aussichtsplattform sitzen, die Arme um die Knie gelegt, die Gesellschaft beobachtet Büffel, die das Schilf unten am Fluß niedertrampeln, sie hört die amüsanten Nebenbemerkungen, die er macht, während er durch sein Fernglas blickt, sie bemerkt, daß er sein Hemd in gesundem Vertrauen zu der gebräunten Männlichkeit seiner Brust nicht zugeknöpft hat – ist das Schweigen, sind die unbegreiflichen Feststellungen, die aus dem Schweigen kommen, wenn er mit ihr allein ist, eine Art, sie zu quälen? Tut er das nur, um sie zu ärgern, zu bestrafen? Und womit hat sie etwas verdient, was er anderen nie zumuten würde? Soll er's doch für sich behalten! Ein Valium nehmen. Irgendwas. Vegetarier werden. In der Nachmittagshitze gehen alle auf ihre Zimmer oder zu den provisorischen Lagern auf dem im Schatten liegenden Teil der Plattform, um den Wein, den es zum Lunch gab, auszuschla-

fen. Sogar in dem ihnen zugewiesenen Zimmer, außer Sicht der Gesellschaft (aber sie sind nur durch eine Wand getrennt, er weiß, sie sind da) hält er aufrecht, was von ihm erwartet wird. Es ist so heiß, daß sie beide nur Unterhosen anbehalten haben. Er fährt mit der Hand über ihre feuchten Brüste, stößt einen faulen Seufzer aus und ist auf dem Rücken liegend eingeschlafen. Hätte er ihre Brustwarzen in den Mund nehmen, mit ihr schlafen wollen, wenn er nicht eingeschlafen wäre, oder war das eine Geste aus den Kulissen nur für den Fall, daß das Publikum doch noch einen Blick auf den Schauspieler im Zusammensinken auf seine Hinterbühnenexistenz erhaschen könnte?

Die Hausparty ist wie das Feuer, das der Diener in der Abenddämmerung in der Rohrpalisade neben dem Jagdhaus macht. Man weiß nie, ob ein Feuer unter freiem Himmel qualmt oder sauber brennt und hell und hoch auflodert wie dieses. Man weiß nie, ob eine kleine Gruppe in ihre Teile zersplittert bleibt, unkommunikativ, oder ob sie, wie dieses Mal, sich entzündet und zu einer strahlenden Gesellschaft wird. Die Zeremonie des Abendessens war ein wenig lächerlich, aber das vielleicht absichtlich und hat deshalb Spaß gemacht. Eine Parodie auf alte Kolonialtage: die Rohrpalisade, um die wilden Tiere fernzuhalten, der schwarze Mann, der eine Trommel schlägt, um die Essenszeit zu verkünden, die Stühle, die er sorgfältig in einem Kreis wie bei einer missionarischen Gebetsstunde aufgestellt hat, deutlich vom Feuer abgerückt, die aufgestellten Whisky- und

Weinflaschen, der Geruch angebrannten Fleisches von den Bratrosten. Sieh hinauf: der erste Stern im Dunst ist das Mastlicht eines auslaufenden Schiffes, es verläßt den Hafen, bricht mit dieser Welt. Sieh hinunter: die blauen Flämmchen sind nichts als brennendes Fett, auf der gefegten Erde liegen abgenagte Knochen. Er hat viel getrunken – ihr ist es aufgefallen: damit er dies alles ertragen konnte, sagt er sich zweifellos selbst.

Das Feuer zuckt unter Asche, und das Dinner-Orchester von Insekten, deren Streichinstrumente die eigenen Körper sind, Beine an Beine kratzend, Flügel an Panzer, ist vom steigenden Mond zum Schweigen gebracht worden. Aber das Gelächter geht weiter. In der riesenhaften Nacht, die nicht von Gebäuden auf einen Maßstab reduziert, nicht von Pfeilern und Drähten verwirrt, nicht von Straßen- und Fensterlicht in bewohnbare Räume zerhöhlt ist, sind das Gelächter, die Stimmen launische Laute, die in einem Moment kühn in den Raum auffliegen, im nächsten eine so schwache Welle schlagen, daß sie fast ersterben, sobald sie die Lippen verlassen. Jeder unterbricht jeden, streitet, spottet. Es gibt Momente der Schärfe; die Trauben, die sie essen, platzen in einen scharfen Saft auf, sobald man in sie beißt. Einer der stillen Gäste ist kommunikativ geworden, wie jene es tun, die niemals eigene Ideen oder Meinungen riskieren, aber, wenn ein Thema die Gelegenheit bietet, mit Informationen herauskommen, die sie gelesen und gespeichert haben. Fledermäuse; die wirbelnden Lappen, dunkler gegen das Dunkel – jemand behauptete, wäh-

rend eine Frau zusammenschrak, daß die Furcht vor ihnen daher rührt, daß man sie nicht kommen hört.
»Wenn man die Augen schließt und ein Vogel über einen wegfliegt, hört man den Luftwiderstand an den Flügeln.«
»Und man kann auch nicht ausmachen, wie 'ne Fledermaus aussieht, wo der Kopf ist – nur so'n *Ding*, brrr!«
Der stille Gast war schon dabei zu erklären, nein, Fledermäuse fliegen nicht gegen einen, aber nicht, wie man immer glaubt, weil sie ein eingebautes Radarsystem haben; ihr System ist sonar, eine Art Echolot...
»... ich trag einen Leopardenmantel!«
Der trotzige Sopranausruf aus einer Nebenunterhaltung durchbricht seinen Monolog und kostet ihn Aufmerksamkeit.
Es ist das hübsche Mädchen; sie hat ihr Gesicht eingecremt, um sich vor der Sonnenstrahlung des Tages zu schützen, und der Knochenbau ihres Gesichtes reflektiert elegant das schwache Licht des Halbmondes, das gelegentliche Aufflackern einer Flamme oder den Schein eines Feuerzeugs. Sie ist fast schön. »... hast du das gehört!« »Glynis, wo hast du das Mädchen her?« »Sollen wir sie rausschmeißen, damit sie von ihrem Opfer gefressen wird, auf einen Felsen aussetzen?«
»Gibt leider keine Leoparden hier.«
»Der Mantel würde dem Leoparden viel besser stehen als Ihnen.« Der Witzige war nicht ganz auf der Höhe seines Rufes, wiederholte nur in schärferer, persönlicherer Formulierung, was von jemand anderem, nie-

mand wußte mehr wem, gut gesagt worden war. Er sprach das Mädchen direkt an, während die anderen spielerisch halbempört um sie herumgeredet hatten. Aber die Schlußfolgerung, weder ausschließlich tierschützender noch ästhetischer Natur, schien das Interesse des Mädchens an dem Mann zu wecken. Sie war sich, im realen Sinne, seiner zum ersten Mal bewußt.

»Sie sollten mich mal darin sehen.« Genau die richtige Nuance an Eigenwilligkeit, Feindschaft.

»Das läßt sich arrangieren.«

Jetzt war es ein privater Austausch, unterhalb des Geredes der anderen; er tat das Richtige, antwortete mit der Art Anspielung, durch die Männer und Frauen chemische Korrespondenzen anerkennen, die sich zwischen ihnen regen. Und dann sagte sie, wurde dahin geführt wie eine Fledermaus, durch Echolot oder was-immer-es-sein-mochte, etwas, das den Ärger in ihm abstrahlte.

»Hätten Sie es lieber, daß ich Schaffell trage? Sie essen doch Lamm, oder?«

Es ist leicht, sie in dem Kreuz und Quer von Unterhaltung und Gelächter zu verlieren, auf einer anderen Ebene einzutreten und die fallenzulassen, auf der sie ihn herausgefordert hat. Er wird woanders hingezogen – Zuflucht und fester Boden findet sich vielleicht bei dem Ex-politischen Gefangenen. Der Gefangene hält die Hand seines blassen Mädchens mit den großen, nervös entblößten Zähnen; keine Schönheit, ganz Liebe. Der letzte Ort, um nach Liebe zu suchen, ist Schönheit, Schönheit ist nur eine Hülle, die der Kreatur selbst oder eines anderen Tieres, sie verhüllt das, was verfällt. Liebe findet man im Gefängnis, diese Nicht-Schönheit hat ihn geliebt, während sein Körper nicht anwesend war; und er hat seine Brüder geliebt – er spricht gerade von ihnen, gebraucht das Wort nicht, aber der Sinn ist deutlich da –, obwohl sie eingeschlossen mit ihren eigenen Koteimern leben, er liebt sogar die Mörder, deren nachtlange Todesgesänge er gehört hat, bevor sie weggebracht wurden, um am Morgen gehängt zu werden.

»Gewöhnliche Verbrecher? In diesem Land? Bei unseren Gesetzen?«

»O ja, wir Politischen wurden von ihnen getrennt gehalten, aber im Lauf der Zeit (ich war zehn Monate da) schafften wir es, miteinander zu kommunizieren. (Es gibt so viele Arten, auf die man nicht kommt, draußen, wenn man nicht muß.) Einer von ihnen – jung, mein Alter – war schon zum Gewohnheitsverbrecher erklärt, auf unbestimmte Zeit festgesetzt. Untersuchungshaft ist auch auf unbestimmte Zeit, ich konnte mir das also irgendwie vorstellen ...«

»Sie haben nicht gemordet, nicht geraubt – er muß das wieder und wieder getan haben.«

»O sicher. Aber ich bin auch nicht als uneheliches Kind einer Küchenhilfe geboren, die kein Zuhause hatte, nur ihr Zimmer im Hofgebäude einer weißen Frau, ich bin nicht in ein ›Homeland‹ geschickt worden, wo die Frau, die mich versorgen sollte, fast verhungert war und ihrem Mann in einen illegalen Slum nach Kapstadt folgte, um Arbeit zu suchen. Ich habe nicht in den Straßen gebettelt, mein Essen zusammengestohlen, zum Trost Kleber geschnüffelt. Er bekam seine ersten neuen Kleider, sein erstes richtiges Bett, als er sich einer Bande von Autodieben anschloß. Gewöhnliches Schicksal, gewöhnlicher Verbrecher.«

Gewöhnliche Wehleidigkeit.

»Wären Sie ihm außerhalb des Gefängnisses über den Weg gelaufen, hätte er sie erstochen, um an Ihre Uhr zu kommen.«

»Möglich! Kann man ›das gehört mir‹ zu Leuten sagen, denen man ihr Land weggenommen hat, durch Eroberung, durch einen gigantischen Überfall, vor den Rohren imperialer Kanonen?«

Und die Bomben auf den Straßen, in den Autos, in den Supermärkten, die zu einem moralischen, notwendigen Zweck töten, nicht aus krimineller Absicht (ja, kriminell zu sein, heißt zur Selbstbereicherung zu töten) – die verwirren ihn nicht? Machen die nicht Geierfraß aus Bruderschaft? Er ist tapfer genug, das zu schlucken. Daran würgt er nicht.

Die Stimmen und das Lachen sind abgeschnitten. Man kommt nicht in den Busch, um über Politik zu reden. Es ist eine dieser aufmerksamen Pausen der Stille, verlangt von jemandem, der jenseits der menschlichen Stimmen einen Schrei gehört hat. *Schschsch*... Einmal war es die vulgäre Klage von Schakalen und dann – näher – ein nasales Heulen einer Hyäne, diesem Geschöpf der großen Nüstern, gemacht, um vergossenes Blut zu wittern. Dann ein Quietschen, das niemand identifizieren konnte:

ein Hase, gepackt von einer kreisenden Eule? Ein Warzenschwein, angegriffen von – wem? Was geht da unter ihnen vor, der anderen Ordnung, den Tieren, in ihrer Nacht? »Sie leben vierundzwanzig Stunden, wir verschwenden die Dunkelheit.« »Norbert – du warst früher nächtelang in Bars!« Und der junge Arzt bringt vor: »Sie jagen für ihren Lebensunterhalt in Schichten, genau wie wir. Einige schlafen tagsüber.« »Oh, aber sie sind als eine andere Spezies *angelegt*, damit sie alle vierundzwanzig Stunden aktiv nutzen können. Wir sind eine nur auf das Tageslicht angelegte Spezies. Vor gar nicht vielen Generationen – in vorindustrieller Zeit, das ist alles – gingen wir zu Bett, sobald es dunkel wurde. Wenn die Energiereserven der Welt zu Ende gehen, wären wir wieder da. Keine Elektrizität. Keine Nachtschicht. Es gibt keine Art unserer Spezies, die nachts sehen kann.« Der Fledermausexperte hat sein neues Stichwort: »Es gibt Experimente mit Geräten, die vielleicht das Sehen in der Dunkelheit ermöglichen, sie basieren auf...«

»*Schschsch*...«

Ein Auflachen wie die kleine Explosion eines fallengelassenen Glases.

»Halt den Mund, Claire!«

Alle lauschen, nur das Glänzen von Augenbewegungen, Totenstille.

Es fällt ihnen schwer zu sagen, was es ist, das sie belauschen. Eine Anstrengung, die zu nicht mehr als einem leisen Grunzen wird. Eine rülpsende Bewegung; Scharren, Scharren – aber es könnte ein Windstoß in trocke-

nen Blättern sein, es ist nicht das strohige Schaben des Schilfs am Fluß, es kommt aus der anderen Richtung, hinter dem Haus. Da ist eine Versammlung, eine andere Versammlung, irgendwo dort. Da ist eine Kommunikation, auf die ihre Ohren nicht abgestimmt sind, die ihr Verstand nicht entziffern kann; ein Vorgang außerhalb dessen hier. Selbst der Ex-politische Gefangene weiß nicht, was er da hört; er, der durch Gefängniswände hindurchgehört hat, er, der soviel verstanden und entziffert hat, das die anderen nicht kennen. Seines ist schließlich doch ein menschliches Wissen; auch er ist kein Vierundzwanzig-Stunden-Geschöpf.
In dieses eingeschüchterte Schweigen bricht der schwarze Mann mit dem Geklingel eines Tabletts Gläser, die er abgewaschen hat. Der Gastgeber signalisiert: sei still, geh weg, hör auf, zwischen den schmutzigen Tellern herumzukramen. Er kommt mit dem Lächeln eines Mannes herüber, der weiß, er hat etwas zu bieten.
»Löwen. Töten eins, vielleicht zwei. Zebras.«
Alle brechen aus dem Schweigen wie Schulkinder, die aus der Klasse herausgelassen werden.
»Wo?«
»Wie will er das wissen?«
»Was hat er gesagt?«
Er läßt sie einen Moment warten, die Hand erhoben, die Handfläche ihnen zugewandt, rosa vom Eintauchen ins Abwaschwasser. Er wischt sie an der Schürze ab. »Meine Frauen hören es, da in meinem Haus. Zebra, und jetzt essen sie. Die Seite, da, hinten.«

Der Name des schwarzen Mannes ist zu unvertraut, um ihn aussprechen zu können. Aber er ist nicht länger namenlos, er ist Organisator einer Expedition; sie übernehmen eine gekürzte Version seines Namens von ihrem Gastgeber. Siza hat den alten Lastwagen aus dem Schuppen neben dem Haus geholt, Allradantrieb, umgebaut zu einem großen Karavan. Alle machen mit, dies ist Teil der Unterhaltung, auf die der Gastgeber gehofft hat, die er aber natürlich nicht versprechen konnte, so was gibt es nur, wenn man Glück hat. Alle marschieren im Stablampenlicht die hundert Meter vom Haus unter den Mopanebäumen hindurch, an den Cannabeeten vorbei, die mit weißgetünchten Steinen eingerahmt sind (der Gastgeber hat nie das Herz gehabt, Siza zu sagen, daß diese Art Haus des weißen Mannes keinen Garten nach Art des weißen Mannes braucht) zum Kürbis- und Tomatenfeld von Sizas Frauen. Siza ist dabei, einen Türgriff des Gefährts mit Draht zu reparieren und befiehlt in seiner Sprache seiner herumstehenden Familie dies und das. Ein kleiner Junge läuft ihm vor die Füße, und er hebt ihn auf und setzt ihn ab, wo er aus dem Weg ist. Die beiden Frauen tragen traditionelle Turbane, aber eine hat ein T-Shirt mit einem Markenzeichen; kleine Mädchen hängen ihnen schnatternd an den Armen. Die Jungen springen vor Aufregung still auf und ab.

Sizas Status in dieser Situation wird klar, als die beiden Frauen und die Kinder sich nicht von der weißen Gruppe verabschieden, sondern mit ihnen in den Wagen klettern, die trockensohligen, harten kleinen Füße der Kinder finden flink Platz zwischen den Schuhen der Gäste, ihre wulstigen Köpfe mit den Strickkappen aus Haar fühlen sich unvertraut an, sie sitzen hauteng zusammengedrückt in dem Fahrzeug. Neben dem Mädchen mit ihrem eingeölten Gesicht und dem harten schlanken Körper, der parfümiert ist, Lilienduft, die weiche Masse einer von Sizas Frauen, die nach Holzfeuer riecht. »Alle drin? Alle okay?« Nein, nein, Moment – jemand ist zurückgelaufen, um ein vergessenes Blitzlicht zu holen. Siza hat den Motor gestartet, das ganze Fahrzeug rüttelt.

Witz ist nicht gefragt, auch Flirt nicht. Er tut, was von ihm erwartet wird: läuft zum Haus, um einen Pullover zu holen, falls seiner Frau kalt wird. Er kann sich kaum noch hineinquetschen; sie versucht, ein schwarzes Kind auf den Schoß zu nehmen, aber das Kind ist zu schüchtern. Er drückt sich irgendwie in den verbleibenden Platz. Das Fahrzeug bewegt sich, alle Körper, vertraut und unvertraut, sind zusammengepreßt, schwankend verschmolzen, im Hautkontakt atmend. Sie lächelt ihn an, legt den Kopf auf die Seite, kommentiert leichthin die menschliche Enge, als wäre er jemand anders: »Auf Beutesuche.«

Es ist nicht möglich auszusteigen.

Alle sind völlig sicher, wenn sie im Wagen bleiben, und dreht bitte die Fenster hoch, sagt der Gastgeber. Die Scheinwerfer des alten Wagens haben Siza Bäume gezeigt wie andere Bäume auch, Büsche wie andere Büsche, die für ihn aber Hinweisschilder sind. Das Stolpern des Lastwagens durch den Busch und über Baumstümpfe, Ameisenhügel und Bodenrillen hinweg ist seine Straße gewesen; er hat plötzlich angehalten, und da sind sie, Schattengestalten und plötzliche phosphoreszierende Schlitze im trüben Bogen der Bäume, den die Lichtgrenze der Scheinwerfer nur gerade noch erreicht, so wie eine hochgehaltene Kerze aus ihrer eigenen Aura eine schwächliche Höhle macht. Siza fährt mit Zeitlupengeschaukel der menschlichen Last stetig näher heran. Vier Umrisse kommen den Lichtbahnen entgegen; und bleiben stehen. Er bleibt stehen. Staubpartikel, von der Vegetation heruntergeschlagene Laub- und Borkenstückchen verwischen schwebend die Strahlen, umgeben vier Löwinnen, die keine zehn Meter entfernt dastehen. Ihre Augen sind jetzt groß, edelsteingelb, vom grellen Licht, in das sie blicken, geweitet, und sie blinzeln nie. Ihre Kiefer hängen offen, und ihre Köpfe gehen keuchend hin und her, ihre Körper sind sich weitende und zusammenziehende Gebläse zwischen steifhüftigen Lenden und schweren, schmalen Schultern, die den Kopf halten. Ihre Zungen liegen offen da, die Ränder auf beiden Seiten wie rotes Tuch von langen weißen Zähnen hochgerollt.

Sie sind von Blut besudelt und für menschliche Augen geschlechtslos, Weibchen ohne Weiblichkeit, ihre Art der Drohung und Kraft unpassend, mit dem Männlichen assoziiert. Sie haben keine Schönheit außer in der allmächtigen Entschlossenheit ihrer Haltung. Sonst ist da nichts in ihren hageren Gesichtern: nichts als die Tatsache, hinter ihnen, der halberwachsenen und jüngeren Junglöwen im Rippenkorb eines Zebras, an den blutigen Resten ziehend und saugend.

Die Beine und der Kopf sind in der Dandykleidung von Schwarz und Weiß intakt. Das Tier wurde, wird von innen her aufgefressen. Seine Innereien fehlen; die halbverdauten Gräser, man kann sie sehen – jemand weist flüsternd darauf hin. Aber selbst der Unterton ist ein Übergriff. Die Löwinnen geben kein Gebrüll von sich, das ihre Bedrohlichkeit erkennbar machen würde, etwas, mit dem man umgehen könnte. Lautäußerungen sind nicht das Medium für diese Konfrontation. Beobachten. Das ist alles. Die atmende Masse, die schlagenden Herzen im Wagen – sie beobachten, wie die Jungen sich um Plätze in dem Kadaver balgen. Die atmende Masse, die schlagenden Herzen im Wagen – sie werden von den Löwinnen beobachtet. Die Tiere kennen keine Zeit, sie wird daran gemessen, wann sie satt sind. Für die anderen beginnt die Zeit plötzlich wieder, als die Freundin des jungen Arztes lautlos zu weinen beginnt und die schwarzen Kinder sich von dem Schauspiel abwenden und die Tränen auf ihren Wangen glänzen sehen und sie furchterfüllt anstarren. Der junge Arzt bittet darum, zum Jagdhaus zurückgefahren zu werden; der Pakt ist gebrochen, man protestiert, warum, o nein, sie wollen bleiben und sehen, was passiert, eine der Löwinnen ist aus der Phalanx herausgetreten und wendet sich gegen ein gieriges Junges, knufft es aus dem ausgesaugten Opfer heraus. Ganz sicher; der Wagen ist vollkommen sicher, nur kein Fenster öffnen, um zu fotografieren. Aber der Arzt besteht darauf: »Das Fahrgestell von diesem alten Wagen ist angebrochen, wir sind überladen, wir könnten hier die ganze Nacht steckenbleiben.«

»Unwirklich.« Wieder in ihr Zimmer zurückgekehrt, kommt die Frau mit einem dieser Ausdrücke heraus, die alles umfassen und zugleich leer an Wörterbuchbedeutung sind, so daß sie zu jeder Erfahrung passen, die zu definieren ihr zu lästig ist. Als er nicht reagiert, bleibt sie einen Moment in der Tür stehen, ihre Schlafsachen im Arm, schüttelt den Kopf ein wenig, um zu zeigen, wie überwältigend der Eindruck für sie gewesen ist.

Na gut. Was soll sie schon von ihm erwarten. Warum dann überhaupt hierherkommen? Hätten zu Hause bleiben sollen. Er will also nicht unter freiem Himmel schlafen, auf der Plattform. Unter den Sternen. Bitte. Dann eben keine Sterne.

Er liegt allein da, und die Moskitos warten auf sein Blut, sitzen den Rücken nach unten an der weißen Holzdecke.

Nein. Wirklich. *Wirklich.* Allein, kann er es intakt halten, genau das: der Stillstand, die Existenz ohne Zeit, und ohne Zeit gibt es keine Verbindung, der Zustand, mit dem er wirklich nichts zu tun haben brauchte, nichts zu tun hat, nichts zu tun haben konnte, dort in den Augen der Löwinnen. Zwischen den Tieren und der menschlichen Ladung, die Leere. Ersehnter und furchtbarer als man es sich je vorstellen könnte; er weiß nicht, ob er schläft oder tot ist.

Dann ist da noch der Sonntag. Die Unterhaltung ist nicht vorüber. Jemand hat mitten in der Nacht Löwen um das Jagdhaus herum gehört. Die Skepsis, mit der diese Behauptung begrüßt wird, ist schnell widerlegt, als deutliche Eindrücke in der staubigen Erde um den kleinen Swimming-pool herum gefunden werden, der die Gäste wie in Fruchtwasser, auf ihrer eigenen Körpertemperatur, einweicht. Der Gastgeber ist nicht überrascht; das ist schon früher passiert: die Löwinnen müssen hier heruntergekommen sein, um den Durst nach dem Festmahl zu löschen. Und der Geruch von Menschen, die in solcher Nähe schliefen, oben auf der Plattform, der Schweiß von Menschen in der feuchten Nacht, ihre Seufzer und Schlaflaute? Ihre Freude und Angst ausstrahlenden Träume?
»Für die Löwen existierten wir gar nicht.« Die Bemerkung kommt von dem hübschen Mädchen, sie ist halb eine Frage, die sich verliert.
»Mit vollem Magen wittert man kein Blut.«
Der Ex-Gefangene überträgt das vielleicht auf den Klassenkampf? – wirft der Geistreiche ein, und der Ex-Gefangene selbst ist der, den das mit am meisten Verständnis amüsiert.
Nachdem die Moskitos sich gesättigt hatten, kam der Schlaf so gleichgültig wie die anderen körperlichen Zu-

stände, wie Hunger und Durst. Er hat regen Appetit auf frischen Papaw* und Schinken, Boerewors** und Eier. So hungrig wie alle anderen. Seine Frau bietet ihm an nachzulegen, vielleicht muß er ein bißchen gefüttert werden, es gibt eine Theorie, daß alle morbiden Symptome in Wirklichkeit auf physische Ursprünge zurückgehen. Diese Besessenheit von der Ungerechtigkeit – was mit der Welt nicht in Ordnung ist, ist eine Krankheit, die man als Individuum nicht heilen kann, so ist das Leben. Der eine, der im Gefängnis war, leidet vielleicht unter irgendeiner Mangelerscheinung – Aminosäuren, Vitamine; oder an einem Exzeß von irgendwas, zuviel zu essen als Kind oder Überfunktion der Schilddrüse. Da wird ja viel geforscht.

Siza bestätigt, daß die Löwinnen zum Trinken hier waren. Sie sind an seinem Haus vorbeigekommen; er hat sie gehört. Er erzählt das mit dem trockenen, wissenden Lächeln eines Mannes, der ein Schlafzimmergeheimnis kennt. Nach dem Frühstück wird er die Gruppe zu der Stelle bringen, wo die Löwen das Zebra geschlagen haben, damit sie es bei Tageslicht sehen können.

»Aber ist da was zu sehen?«

Siza ist geduldig. »Sie nicht essen alles. Ist zuviel. Also lassen sie das liegen, kommen heut abend zurück aufessen.«

* Tropische Frucht. A. d. Ü.

** Wurstart. A. d. Ü.

»Nein danke! Ich glaub nicht, daß wir sie noch mal stören sollten.« Aber es will sowieso niemand, daß der junge Arzt und seine Freundin mitkommen und den Ausflug verderben.
»Die Löwen jetzt schlafen. Sind weg. Kommen heut abend wieder. Nicht hier jetzt.«
Die Frau beobachtet ihn, um zu sehen, ob sie beide mitfahren. Ja, er klettert gewandt in das alte Fahrzeug mit dem angebrochenen Fahrgestell, er gibt der Gastgeberin die Hand, um sie heraufzuziehen, er hat etwas gesagt, das sie zum Lachen bringt und sie danach den Mund spitzen läßt.
Die schwarzen Frauen klatschen mit Wäsche in einem im Freien stehenden Kübel herum. Weder sie noch die Kinder kommen zu dieser Expedition mit. Diesmal ist Platz genug, um ohne Berührung zu atmen. Bei Tageslicht ist alles anders. Es ist wahr, die Löwinnen sind nicht da; der Zustand, den er gestern abend erreicht hat, ist genausowenig da – wie sie ist er vom Tageslicht betäubt.
Kein Löwe zu sehen. Siza hat den Wagen angehalten, ist ausgestiegen, hat den Mitfahrern aber zugewunken, sitzenzubleiben. Der Strauchwald ist still, zarte Hülsen, die aufbrechen und ihre Samen durch den Wind verbreiten lassen, bewegen sich langsam in Spiralen. Alle reden eifrig. Der Börsenmakler steigt aus, und alle schreien ihn an. Schon gut. Schon gut. Er läßt sich Zeit, um zu zeigen, daß er keine Angst hat, kommt wieder an Bord. »Löwen sind keine Bullen und Bären, Fred.« Sie

lachen über die milde Stichelei, genau die Art, die von ihm erwartet wird, wenn er sein Bild als geistreicher Spötter aufrechterhalten will – alle sind amüsiert, außer dem Börsenmakler selbst, der weiß, daß die Bemerkung sich wiederum auf sein Bild von sich selbst bezieht, als eines Mannes, dem man nicht ansieht, daß er Börsenmakler ist.

Siza kommt wieder und winkt. Alle steigen schnell aus. Und jetzt ist die Leere des Strauchwaldes nicht sehr vertrauenerweckend, er ist um einen herum, man kann nicht sehen, was hinter totem Unterholz, gefallenen Stämmen und den Vorhängen aus dicht übereinanderliegenden Ästen, die nur eine Sichtweite von drei Metern zulassen, vor sich geht. Sie reden nur leise, haben das Gefühl, verfolgt zu werden. Der schwarze Mann führt sie einen Pfad entlang, der fast wie gefegt aussieht; aber er ist von einem großen Körper gefegt worden, der durch Staub und totes Laub geschleift worden ist: da ist der Kadaver des Zebras, halbversteckt in einem Dikkicht.

»Keine Reifenspuren, hier drin sind wir nicht gewesen! Das kann nicht die Stelle sein!«

»Sie ziehen hier für wenn heut abend wiederkommen.«

»Was! Um das Fleisch frischzuhalten?«

»Damit Vögel nicht sehen.« Siza sagt einen Namen in seiner Sprache.

»Er meint Geier. Geier, nicht, Siza.« Er macht die bucklige Haltung der Geier nach.

»Ja, große Vögel. Hier, sehen ...« Die Tour wird fortgesetzt, er führt sie ein paar Schritte vom Kadaver weg und steht neben einem kleinen Hügel, über den Erde gekratzt oder geschoben worden ist. Fliegen, deren Rükken metallgrün und golden funkeln, haben sich darauf niedergelassen. Der schwarze Mann hat seine Zuhörerschaft: er nimmt einen Stock auf, stößt in den Hügel, und es rührt sich unter der staubigen Erde wie mehlbestäubtes Fleisch, das von einer Gabel bewegt wird.

»Gott, die Eingeweide! Guck dir die Leber oder Milz an, wie groß!«

»Und das können Löwen? Sachen zugedeckt einlagern? Wie machen sie das, nur mit den Tatzen?«

»Genauso wie meine Katze ihr Geschäft im Garten zudeckt, Erde drüberkratzt. Sie sind auch Katzen.«

Der junge Knastbruder und seine Freundin und der Antiquitätenhändler haben eine Entdeckung gemacht, sie haben mit dem Selbstvertrauen der Erregung über eine kurze Strecke die Spuren des Schlagens zurückverfolgt. Sie haben den Haufen dessen, was das Zebra im Magen hatte, gefunden, den Haufen, den gestern abend jemand bemerkt hat.

Es ist ein weiterer Hügel. Er ist von dem Eingeweidehügel, den sie bestaunt haben, herübergekommen. An totem Fleisch gibt es nichts zu beobachten, man stößt es mit dem Stock an, und es fällt zurück und liegt still. Aber dieser Hügel aus dampfendem Gras, der süßlich nach Wiedergekäutem riecht (es ist von der Sonne aufgeheizt so wie vorher von dem Körper, der es enthielt), bietet der menschlichen Wahrnehmung etwas. Was hier vor sich geht, ist eine sichtbare Verwandlung einer unbewegten Masse. Sie wird buchstäblich fortgetragen von mehreren klar unterscheidbaren Käferarten, die vom Verfall leben, vom Abfall der Verdauungsorgane. Die Skarabäen mit ihren gepanzerten Köpfen graben sich am Fuß des Hügels hinein und kommen rückwärts wieder heraus, ihre Dungkugel zwischen den kräftigen, gezackten Beinen rollend. Die Tunnel, die sie gegraben haben, brechen ein und flachen den Hügel an der Peripherie ab, dünnen ihn aus; kleinere Käfer treffen in stetiger Folge fliegend ein, um sich dort niederzulassen, wo ihre leichtere Ausrüstung funktionieren kann. Sie fliegen mit der ihnen angemessenen Last in einem Beutel davon – vielleicht tragen sie sie auch zwischen den Vorderbeinen, er kann das nicht genau erkennen. Eine dritte Spezies, von mittlerer Größe, aber mit einem lärmenden Summen, funktioniert wie Hubschrauber, sie stehen in der Luft und holen sich etwas von der Spitze des Hügels. Sie flachen ihn vollkommen eben ab, wer kann sagen, wie oder warum sie sich um Form kümmern? So ist das Leben. Wenn jeder Käfer seinen Platz hat, wie sollte man sich weigern können? Und wenn die Weigerung möglich ist, welchen Platz hat man dann. Kein Fragezeichen. Dies sind Feststellungen. Deshalb macht es keinen Sinn, sie jemandem mitzuteilen. Es gibt keine denkbare Antwort.

Der Hügel wird langsam verschwinden; vielleicht bringt der Wagen die Gruppe gleich zum Jagdhaus zurück, das

Wochenende ist bald vorüber. Er geht zurück zum Rest der Gruppe, die immer noch um den Kadaver herumsteht, und zu dem schwarzen Mann. Auf ein paar Meter ist er allein, für ein paar Sekunden ist er gleichfern jenen, die am Dunghügel, und jenen, die vor ihm stehen, Teil von keiner von beiden. Eine Empfindung, die nicht lange erhalten werden kann; jetzt ist er wieder bei der Gruppe um das geschlagene Zebra. Sie sind im Moment sehr aufmerksam, interessiert, sie drängen sich näher und treten dann geschlossen ein Stück zurück. Siza, der schwarze Mann, hat sich hingehockt. Er ist sehr geschäftsmäßig, konzentriert, achtet nicht auf sie. Er hat ihnen alles gegeben, was er konnte; jetzt macht er den Eindruck, ganz für sich zu sein. Er hat ein Messer in der Hand, und der weiße Mann, der gerade zu der Gruppe hinzugekommen ist, erkennt es, es ist das Messer, das überall ist, nichts und nirgends ohne das Messer, in den Nachrichten, an dunklen Straßenecken, im Licht, das die Wachen im Gefängnis nie ausschalten. Der schwarze Mann hat zugestoßen, hat seinen Einschnitt gemacht, zieht das glatte schwarz-weiße Fell ganz oben am Hinterlauf des Tieres ab und schneidet jetzt ein Stück des festen Rumpfes heraus. Es ist kein Klumpen oder Brocken, sondern ein sauber geschlachtetes Stück besten Fleisches – eine Portion.

Sie lachen, wundern sich über seine Geschicklichkeit, sind neugierig. Als hätten sie es nie erraten, als hätten sie nie in ihrem Leben in ein Steak gebissen. »Was machst du damit, Siza?« Ach ja, du willst es wohl selber

in einer Tüte mit nach Hause nehmen, dabei hast du dich hier schon vollgeschlagen, das Land weggenommen (würde der Knastbruder sagen).
Der schwarze Mann schneidet die Kanten sauber. Zusammen mit dem Messer hat er ein Stück Zeitung mitgebracht. »Für mich. Zu Hause essen. Für mein Haus.«
»Ist es gutes Fleisch?«
»Ja, ist gut.«
Einer der Männer tadelt ihn, von Mann zu Mann. »Aber warum nimmst du nicht die ganze Lende, das ganze Bein, Siza. Warum so'n kleines Stück?«
Der schwarze Mann wickelt die Portion in Zeitungspapier, er weiß, er darf kein Blut auf die weißen Leute tropfen lassen.
Er tut es zu seiner Zufriedenheit und läßt sich die Zeit, die er braucht, sieht dann zu ihnen auf. »Die Löwen, sie wissen, ich muß ein Stück nehmen, für mich, weil ich finde, wo ihr Fleisch ist. Sie wissen das. Ist in Ordnung. Aber wenn ich zuviel nehm, sie auch wissen. Dann nehmen sie eins von meinen Kindern.«

Sichere Häuser

Er ist einer dieser dunkelhaarigen Männer, denen der Bart rostrot wächst. Er hätte sich das Haar färben können, um es – mehr oder weniger – dem Bart anzupassen, aber ein Bart ist das erste, wohinter sie einen vermuten. Er hat schon mehrmals zuvor so gelebt, der einzige Unterschied ist, daß er diesmal legal ins Land zurückkam, heimgekehrt ist – soviel zur Straflosigkeit, die den im Exil Lebenden versprochen wurde, soviel zur neuen Ära; politische Überzeugungen seiner Art waren doch angeblich nicht mehr verboten, das war doch angeblich eine Sache der Vergangenheit, er war doch angeblich – frei? Er weiß, wie ihr Verstand funktioniert – nicht viel Phantasie, sie verlassen sich auf die in ihren Karteien verzeichneten Erkennungsmerkmale für das Aussehen und Verhalten Subversiver im Untergrund. Untergrund: was für ein unangemessen abstrakter Begriff, denkt er sich, wie schon früher des öfteren. Um sich zu verstekken, muß man unter die Menschen gehen; man wird zu rasch und leicht aufgestöbert, wenn man sich irgendwo verkriecht. Menschenmassen bieten die größte Sicherheit; ausgewählte Massen. Er geht zu Fußballspielen, mit einem Bier im Rucksack und einer Mütze mit Plastikschirm über der Sonnenbrille, aber er geht nicht zu Popkonzerten, bei denen die Polizei ein Auge auf junge Linke hat, deren demokratische Erholung das ist. Er geht ins Kino, aber nicht in Konzerte, obwohl er sich nach der Gesellschaft von Streichern und Bläsern sehnt; es wäre unvermeidlich, daß einer seiner intellektuellen Kumpel von anno dazumal ihn sieht und in seiner Erinnerung kramt. Kleine Gesellschaften, wo man jedem vertrauen kann, sind Fallen; strahlend vor Stolz über die Auszeichnung, bei einem geheimen Treffen mit einem echten Revolutionär dabeizusein, würde irgendeiner der Versuchung nicht widerstehen können, vor einem anderen damit zu prahlen, streng vertraulich natürlich, und dieser andere würde den leuchtenden Staub der Gefahr weitergeben.

Die guten Freunde, die ein Bett zur Verfügung stellen, bieten manchmal auch die Benutzung eines Wagens an, aber allein zu fahren ist eine ebenso sichere Methode, aufzufallen und festgenommen zu werden. Er geht zu Fuß und fährt mit gewöhnlichen Arbeitern und Studenten im Bus. Er sieht ein wenig zu sehr nach Fünfundvierzig aus – etwas voll um Wangen und Zwerchfell –, um noch als Student durchzugehen, aber mit seiner dichten Matte schwarzer Haare, die sich im Ausschnitt des Sweatshirts zeigen, und den obligaten Joggingschuhen mit Sohlen, dick wie Autoreifen, könnte er irgend jemand unter den Fahrgästen sein – einer der weißen Handwerker, der Bahn- und Postangestellten, ja sogar ein Polizist. Er liest die Zeitung mit dem täglichen Bericht über den Verlauf des Gerichtsverfahrens gegen eine Gruppe von Angeklagten, in der er fehlt, und während er sich um seine Kampfgenossen sorgt, muß er sich zugleich Mühe geben, sich nicht zu beglückwünschen, daß es ihm gelungen ist, der Verhaftung zu entgehen, denn diese Art von Selbstgefälligkeit wäre gefährlich für einen in seiner Lage, in diesem Bus, mitten unter Leuten, von denen er sicher ist, daß sie ihn mit Freuden dem Gesetz ausliefern würden; trotzdem kann er eine leise Erregung, eine Art inneres Lachen, nicht unterdrükken. Vielleicht ist *das* Freiheit? Etwas Heimliches, Inneres? Aber philosophieren ist eine weitere Gefahr in seiner Situation; es untergräbt den Begriff der Freiheit, für den er es, wieder einmal, riskiert hat, entdeckt und eingesperrt zu werden.

Eines Nachmittags in der Stadt starrte er unaufmerksam aus dem Fenster und wartete, daß der Bus endlich losfuhr, als er die Nähe einer Person wahrnahm, die sich soeben neben ihn setzte. Er nahm sie wahr wie ein Tier: ein fremder Geruch in dem vertrauten sonnenwarmen Mief nach Schweiß und Deodorants, Obstschalen und Füßen. Parfum. Echtes Parfum zum Preis eines Monatsgehaltes der übrigen Passagiere. Und ein Rascheln, ein Rascheln von Seide, als ein Knie sich über das andere legte. Er richtete sich auf und wandte sich vom Fenster ab, schaute eine angemessene Weile vor sich hin und drehte sich dann langsam zur Seite, als mache es ihn bloß nervös, daß der Bus so lange nicht losfuhr.

Eine Frau, natürlich – das hatte er gerochen. Graue Seidenhose oder irgendein modischer Rock, der wie eine Hose in der Mitte geteilt war, ein gewölbter Rist in einer pastellfarbenen Sandale. Unter dem Ausschnitt einer losen Bluse seidig schimmernde Hügel – Brüste, die sich hoben und senkten. Außer Atem. Oder zornig. Er rückte ein Stück, um ihr mehr Platz zu machen. Sie nickte dankend, ohne ihn anzuschauen; sie sah ihn nicht, sie führte in Gedanken eine Art Dialog, oder eher Monolog, ihre Lippen zuckten verärgert und gereizt.

Schulmädchen kamen in den Bus getrampelt und brachten ihre pubertären weiblichen Gerüche und das Knallen von Kaugummi mit, den sie zwischen den Lippen zu Ballons aufbliesen, die wie Sprechblasen in Comicheften aussahen. Eine alte Frau öffnete eine Tüte nach Essig riechender Chips. Der Bus füllte sich, aber vom Fahrer war immer noch nichts zu sehen.

Die Person, die hier so fehl am Platz war, diese Frau, diese verwöhnte Fast-Schönheit (er sah es, als sie sich umdrehte und ihr langes, über der Stirn zu einem Lockenschopf geschnittenes Haar zurückwarf, dessen Farbe an das Fell eines Tigers erinnerte, und beim Lächeln die perfekt geformten Zähne zeigte) hatte inzwischen zur Kenntnis genommen, wo sie sich befand. Sie deutete auf den Fahrersitz. »Was meinen Sie, was mit ihm los ist?«

Wird wohl pinkeln gegangen sein. »Wahrscheinlich trinkt er einen Kaffee.« Ein gemeinsamer Augenblick höflicher Toleranz.

»Ich dachte, es gibt einen genauen Fahrplan. Na ja. Wissen Sie, ob der Bus über den Sylviapaß fährt?«
»Fast bis hinauf.«
Sie verzog das Gesicht und blinzelte in resigniertem Entsetzen mit den dicht bewimperten Augen. Verschwiegene, schimmernde Augen, die zu gefallen wußten und in den äußeren Winkeln einen reizvollen Fächer feiner Linien der Erfahrung bildeten.
»Wo wollen Sie denn aussteigen?«
»Das ist ja das Problem – am Fuß des Passes. Wahrscheinlich hätte ich einen anderen Bus nehmen sollen ... ich weiß nicht, *warum* in dieser Stadt keine Taxis herumfahren wie an jedem anderen zivilisierten Ort! Eine halbe Stunde bin ich herumgelaufen und hab eins gesucht ...«
»Eigentlich müßte es bei jedem Hotel Taxis für Touristen geben.«
»Nein, nein, ich wohne hier, aber heute ist nicht gerade mein Glückstag ... mein Auto steckt in einer Tiefgarage fest. Zu ärgerlich. Batterie leer oder so was. Und ich konnte keine Telefonzelle finden, in der nicht der Hörer herausgerissen war ... was für eine Stadt! Ich mußte in einem Geschäft bitten, daß ich um einen Mechaniker telefonieren durfte ... auf jeden Fall konnte ich nicht länger warten, ich hab die Schlüssel beim Parkwächter gelassen.«
Sie fühlte sich besser, jetzt, wo sie es jemandem erzählt hatte. Irgend jemandem. Er war irgend jemand.
Als der Fahrer kam und das Fahrgeld zu bezahlen war,

hatte sie natürlich weder eine Monatskarte noch Kleingeld bei sich. Während sie in ihrer Handtasche kramte, wobei die Goldketten an ihrem Handgelenk hinunterrutschten, gab er dem Fahrer zwei Karten.

»Oh, das ist nett.« Plötzlich machte ihr privilegiertes Leben sie verlegen, ihre Unfähigkeit, mit den Dingen zu Rande zu kommen, die für alle Menschen in diesem Bus tägliche Routine waren. In der Art, wie sie sie ignorierten, spürte sie einen Vorwurf dafür, daß sie noch nie vorher mit dem Bus gefahren war, weder mit diesem noch sonst einem, zumindest nicht seit ihrer Schulzeit. Er war nicht mehr *irgend jemand*; irgendwie ein Verbündeter, obwohl er es sich dem Aussehen nach vermutlich schlecht leisten konnte, eine Busfahrkarte an eine Fremde zu verschwenden. Aber es lag etwas in seiner Selbstsicherheit, dem belustigten Blick, was ihn irgendwie von den anderen Fahrgästen unterschied. Unsicher, gönnerhaft aus Gewohnheit – sie gehörte zu denen, die ihre Dienstboten großzügig behandeln, ihre Kinder aber in eine weiße Schule schicken – begann sie mit ihm zu plaudern, um zu zeigen, daß sie ihn als ebenbürtig betrachtete. »Fahren Sie die Strecke täglich? Ist es nicht immer ein Segen, nach Hause zu kommen, heraus aus dieser Stadt?«

»Nein, nicht täglich. Aber was haben Sie gegen die Stadt?« Zu viele Schwarze für Ihren Geschmack, was Lady, Schwarze, die Obst verkaufen und billigen Schmuck und Strickmützen und die Straßen schmutzig machen, zu viele Arbeitslose, von denen Sie wissen, daß sie Ihnen diese Armbänder und diese schicke italienische Veloursledertasche am liebsten wegnehmen würden.

Sie rettete sich in die Verallgemeinerung. »Oh, ich bin einfach kein Stadtmensch. Nirgendwo.«

»Aber Sie leben in einer Stadt.«

»Ach wissen Sie, von meinem Haus aus bemerkt man kaum, daß sie da ist. Zum Glück. Ein alter Vorort... Bäume – das ist das Schöne an Johannesburg, man kann sich zwischen Bäumen verstecken, man hört die Schnellstraßen summen, aber man sieht sie nicht!«

»Wirklich?« Er gab plötzlich nach, mit einem breiten, offenen Lächeln wie das Gähnen eines Raubtieres.

Sie hatte den Instinkt, zurückzuziehen. »Leben Sie nicht hier?«

»O doch, ich leb hier.«

Sie unterdrückte ihre beiläufige Neugier als unkluge Ermutigung. »Könnten Sie mir sagen, wann ich aussteigen muß? Die Haltestelle, die dem Sylviapaß am nächsten liegt.«

Sie wußte nicht genau, ob sie sich die kleine Pause einbildete.

»Ich muß auch da raus.«

Er stand hinter ihr, als sie aus dem Bus stieg. Sie begannen die steile kurvige Straße hinunterzugehen. Es war kein Abstand zwischen ihnen, aber eine Aura, die erkennen ließ, daß sie nicht zusammengehörten, sondern nur denselben Weg gingen. »Gott sei Dank geht es bergab und nicht bergauf. Meine Absätze sind nicht gerade geeignet für so was.«

»Ziehen Sie doch die Schuhe aus. Das ist sicherer. Die Straße ist glatt.«
»Aber heiß! Ich werde mir die Füße verbrennen.«
Sie klapperte ungeschickt dahin, selbst belustigt über ihre Art des Vorankommens. »Ist das nicht typisch? Seit Jahren jogge ich jeden Morgen in dieser Gegend, aber ich bin den Paß noch nie runtergelaufen.«
»Sie müßten ja auch erst rauflaufen – wenn Sie unten wohnen. Und das wär ziemlich anstrengend.« Es war eher eine Bemerkung, keine Korrektur. Und dann: »Typisch wofür?«
Was ging ihn das an! Wer war er denn, daß er eine Redewendung hinterfragen durfte, wie um herauszufinden, ob sie irgendeine Bedeutung hatte in ihrem Leben.
Trotzdem versuchte sie eine Antwort. »Oh... Gewohnheit wahrscheinlich... man tut immer das gleiche, man bemerkt gar nicht mehr... wo man wirklich ist.«
Und fragt sich jetzt zweifellos, ob es möglich war, daß dieser Mann aus dem Bus wirklich in diesem Vorort mit den großen, zwischen Bäumen versteckten Häusern wohnte, in dem sie wohnte, oder ob er ausgestiegen war, um ihr nachzugehen, ob man sich vor ihm fürchten mußte, obwohl er weiß war, in dieser Stadt, in der man sich vor so vielem fürchten mußte. Es stimmte, daß er sich einen seiner verschlungenen Pfade durch die Stadt und ihre Vorstädte ausgesucht hatte, um sie zu begleiten – ein Impuls wie jeder andere der Impulse, mit denen er seine Tage füllen mußte, in denen es keine logische Abfolge von Tätigkeiten gab. Das Unerwartete zu tun, war

seine Art des Überlebens. Im Untergrund zu leben, heißt, sich auf ein Leben ohne Konsequenzen einlassen. Die verwerfliche kleine Lust an der Freiheit – da war sie wieder. Beschämend, aber angenehm.
»Ich muß jetzt hier rum.« Sie beugte sich hinunter, um sich den von der Ferse gerutschten Sandalenriemen hochzuziehen, und blickte mit einem gewinnenden Lächeln zu ihm auf, um der Verabschiedung eine freundlichere Note zu geben.
»Dann also adieu.« Wieder dieses gierige Lächeln des Kriegers, das in solchem Widerspruch zu seinem bescheidenen Äußeren stand.
Als er sich umwandte, rief sie ihm plötzlich nach, wie sie vielleicht einem Lieferanten nachgerufen hätte, für den ihr noch irgendein Auftrag eingefallen war: »Haben Sie weit zu gehen – es war ein ziemlicher Marsch hier runter und so heiß – wollen Sie nicht reinkommen und was Kühles trinken?«
Diesmal irrte sie sich nicht; da war eine Pause, noch mit dem Rücken zu ihr. »Ich sterb vor Durst und Sie bestimmt auch!«
Also drehte er sich wieder um und schloß sich ihr mit beiläufig gemurmeltem Dank an. Nun gingen sie miteinander. An einem der säulengeschmückten Eingangstore in den weißen Mauern mit Zinnen, aus denen schwarze Eisenspitzen ragten, drückte sie auf den Knopf einer Gegensprechanlage, sagte ein paar Worte, und die großen, eleganten Holztore glitten wie die Kulissen eines Bühnenbildes elektronisch gesteuert zur

Seite. Bäume, ihre Bäume, führten hinauf zu den ausgebreiteten Flügeln des Hauses und neigten sich über das Dach. Kleine Hunde umsprangen sie. Rasensprenger sprühten gewölbte Regenbogen über den Rasen. Sie rief etwas in dem fröhlichen Sopran, mit dem man treue Dienstboten herbeizitiert, und es wurden Fruchtsaft und Eiswürfel auf eine schattige Terrasse gebracht. Hinter ihm verschwammen die Farben von persischen Teppichen, Gemälden und Blumenschalen in der perspektivischen Tiefe eines dieser riesigen Räume, wie man ihn für Parties benutzt.
»Sie haben ein schönes Haus.« Er sagte, was von ihm erwartet wurde, während er Saft zum Dank für eine Buskarte trank.
Sie erwiderte, was von ihr erwartet wurde. »Aber zu groß. Meine Söhne sind im Internat. Für zwei ... ist es zu viel.«
»Aber der Garten, die Ungestörtheit.«
Der Gedanke, wie er sie beneiden mußte, brachte sie in Verlegenheit. »O ja. Aber meistens benutze ich den Großteil gar nicht (eine Geste auf den Raum hinter ihr), ich habe meinen eigenen kleinen Bereich auf der anderen Seite des Hauses. Mein Mann ist so viel in Geschäften unterwegs – momentan in Japan. Deshalb konnte ich auch niemanden kriegen, der mich von dieser verflixten Garage abgeholt hätte ... seine Sekretärin ist so was von dumm, sie hat seinem Fahrer freigegeben. Ich sag ihm immer, er hat ihr jede Initiative genommen, sie ist es so gewohnt, herumkommandiert zu werden. Ich

kann unterwürfige Leute nicht ausstehen. Sie? – Am liebsten würde ich sie schütteln, damit sie endlich mal *aufstehen*...«

»Ich glaub, solche Leute kenn ich gar nicht.«

»Ah, das beweist, daß Sie sich in den richtigen Kreisen bewegen!« Sie lachten beide. »Aber was tun Sie eigentlich? Ich meine Ihren Beruf, Ihre Arbeit.« Sorgsam darauf bedacht zu zeigen, daß eine ›Arbeit‹ ebensoviel wert sein konnte wie ein Beruf.

Ohne zu begreifen, wieso er so schnell denken konnte, begann er einen zu erfinden – einen Beruf, kombiniert mit ›Arbeit‹ –, der zu seinem Äußeren paßte. Er begann zu erzählen, wie man ein Märchen erzählt, eine Gutenachtgeschichte, es strömte aus ihm heraus, nahm Wendungen, entwickelte Einzelheiten, als könnte es wahr sein, als gestalte er sich ein anderes Leben. »Ich bin beim Bau. Bauingenieur – da war ich heute, auf ein paar Baustellen. Es läuft nicht alles, wie es soll ... die Spannung in einem zwanzig Stock hohen Gebäude kann schon ein Problem sein ...«

»Oh, wenn es einstürzt! Ich schau oft hinauf zu diesen Türmen und wundere mich, wie sie halten, ehrlich gesagt, mein Zutrauen ist nicht sehr groß, ich gehe nie unter diesen Fußgängerpassagen durch, die ihr während der Bauarbeiten über den Gehsteigen baut, ich geh immer auf die Straße, lieber laß ich mich überfahren.«

»Der Standard ist hier ziemlich hoch; es gibt reichlich Sicherheitsspielraum. Sie brauchen keine Angst zu haben. In einigen Ländern, in denen ich gearbeitet habe, ist das nicht ganz so. Und man muß immer daran denken, wie so ein Bau sich bei einem Erdbeben verhält, wie man über einer Bodenverwerfung bauen muß, in Mexico City oder San Francisco.«

»Sie reisen also auch herum. Aber Sie verkaufen nichts; Sie bauen.«

»Manchmal reißen wir auch ab. Um Neues aufbauen zu können. Dazu müssen die alten Strukturen erst zerstört werden.« Nein, er mußte der teuflischen Versuchung widerstehen, Symbole seines wirklichen Lebens in sein Märchen einzubauen; den Spaß durfte er sich nicht erlauben. Wie in allen Märchen würde es so schon genügend Unwahrscheinliches geben, das seine Zuhörerin stillschweigend übergehen oder schlucken müßte. Es mußte ihr doch sicher ungewöhnlich vorkommen, daß ein Bauingenieur nicht mit seinem eigenen Wagen fuhr, wenn auch seine Arbeitskleidung für die Inspektion von Baustellen passend war. »Sind Sie viel mit Ihrem Mann gereist? Begleiten Sie ihn auf Geschäftsreisen?« Besser, er informierte sich zuerst, wo sie überall gewesen war, bevor er sich auf die Beschreibung von Projekten in Sri Lanka, Thailand oder Nordafrika einließ. Nein, sie fuhr gerne nach Europa, aber heiße Gegenden, übervölkerte Gegenden, schmutzige Gegenden – nein.

So konnte er also getrost aus seinen etwas abgewandelten Erfahrungen mit Guerrilla-Trainingslagern in Tansania und Libyen, seinen Aufenthalten in den Amtsräumen eines Oberkommandos im Exil, in Städten, die unter dem Schnee des Nordens oder in tropischer Hitze erstickten, den exotischen Hintergrund für seine Wolkenkratzer gestalten. Anekdoten über Barbekanntschaften an solchen Orten – er änderte bloß die Gesprächsthemen, nicht die Charaktere – unterhielten sie. Er fühlte sich wohl in seiner erfundenen Rolle; was konnte eine Frau schon vom Bau wissen? Sie sagte, es sei Zeit für einen richtigen Drink; wieder wurde Eis gebracht, ein Servierwagen herausgerollt, in dem verschiedene Flaschen steckten, ein Diener erschien mit einem Teller voll Snacks, dekoriert mit rosettenförmig geschnittenen Radieschen.

»Ich trink nie, wenn ich allein bin.«

»Warum nicht?« Er nahm den Whisky mit Eis entgegen, den sie für ihn gemacht hatte.

Zuerst schien sie die persönliche Frage nicht zu hören und machte sich an dem Servierwagen zu schaffen. Dann setzte sie sich auf eine Hollywoodschaukel, das Glas in der Hand, und ließ die Sandalen von den Füßen fallen. »Angst.«

»Vor dem Alleinsein?«

»Nein. Daß ich dann nicht mehr aufhören kann. Ja, vor dem Alleinsein. Ist das nicht der Grund, warum Menschen trinken – ich meine, wirklich trinken. Aber wahrscheinlich sind Sie oft allein.«

»Wie kommen Sie darauf?«

Aber jetzt war er derjenige, der keine Angst zu haben brauchte: sie hatte nicht die leiseste Ahnung von irgendeiner Wahrheit hinter seinen Märchen. »Na ja, bringt

das Ihre Arbeit nicht mit sich – immer unterwegs, keine Zeit, Wurzeln zu schlagen.«
»Keine Bäume.« Er hob die Achseln, schuldbewußt.
»Was ist mit Familie ...«
Sollte er eine Familie haben? »Alle verstreut. Genaugenommen hab ich keine, nicht das, was Sie Familie nennen würden.«
»Ihre Frau? Keine Kinder?«
»Ich hatte mal eine – eine Frau. Ich hab eine erwachsene Tochter – in Kanada. Ärztin, Kinderärztin, ein kluges Mädchen.«
Das war ein Fehler. »Oh, wo denn? Ich hab einen Bruder, der nach Kanada ausgewandert ist, er ist auch Arzt, auch Kinderarzt, in Toronto.«
»Vancouver. Sie ist von der anderen Seite des Landes.«
»Sie könnten sich bei einem Kongreß begegnet sein. Ärzte fahren unentwegt zu Kongressen. Wie heißt sie ...« Sie streckte die Hand nach seinem Glas aus, um es nachzufüllen, und bedeutete ihm mit einer Geste, Platz zu behalten. »Mein Gott, ich hab Sie gar nicht gefragt, wie Sie heißen – ich bin, äh, ich bin Sylvie, Sylvie ...«
»Das genügt. Ich bin Harry.«
»Tja, vielleicht haben Sie recht – das genügt.« Für jemanden, den man im Bus kennengelernt hat, wenn man, sagen wir mal, dreißig Jahre lang nicht mehr mit dem Bus gefahren ist; sie lachte über ihr Eingeständnis.

»Ich gebe Ihnen meine Karte, wenn Sie wollen.« (Seine Karte!) Jetzt lachten sie beide.
»Ich werd wohl kaum die Dienste eines Bauingenieurs benötigen.«
»Ihr Mann vielleicht.« Er genoß seine Sorglosigkeit, genoß es, sich selbst ein wenig auf den Arm zu nehmen.
Sie stellte ihr Glas ab, verschränkte die Arme und begann zu schaukeln wie ein Kind, das höher und höher hinauf will. Die Schaukel quietschte, und sie runzelte mit einem drolligen Seitenblick die Stirn. Der Whisky machte ihre Lippen voller und ließ ihre Augen glänzen.
»Und wie sollte ich erklären, wie ich Sie kennengelernt habe, wenn ich fragen darf.«
Die Distanz wiederherstellend, beinah förmlich, beendete er das Wortgeplänkel. Als er sein Glas geleert hatte, erhob er sich, um zu gehen. »Ich hab Sie schon zu lange aufgehalten ...«
»Nein ... nein.« Sie stand auf und ließ die Hände hängen, die Armbänder rutschten nach unten. »Ich hoffe, Sie sind erfrischt... ich bin es.« Sie drückte auf den Knopf, der ihre Festung öffnete, und begleitete ihn zum Gartentor. »Vielleicht – ich weiß nicht, wenn Sie nicht zu beschäftigt sind – vielleicht haben Sie mal Lust, vorbeizukommen. Zum Essen, oder zum Schwimmen. Ich könnte Sie anrufen.«
»Vielen Dank.«
»Wenn mein Mann zurück ist.«
Sie blickte ihm direkt ins Gesicht; wie ein Untergebe-

ner, der an seine Manieren erinnert wird, brachte er ein zweites Danke hervor.
»Wo kann ich Sie erreichen? Ihre Telefonnummer ...«
Er, der an einer Polizeiwache vorbeigehen konnte, ohne auf die andere Straßenseite zu wechseln, spürte ein Kribbeln von den Füßen bis zum Scheitel. In der Falle.
»Tja, das ist ein bißchen blöd ... ich bin kaum je erreichbar ...«
Ihr Blick änderte sich; jetzt war sie diejenige, die in ihre Schranken gewiesen wurde. »Oh. Na ja, kommen Sie eben mal vorbei. Jedenfalls war es nett, Sie kennenzulernen. Sie können sich ja meine Nummer notieren.«
Er konnte nicht ablehnen. Er fand einen Kugelschreiber in der Hosentasche, aber kein Papier. Er drehte die linke Handfläche nach oben und schrieb sich die sieben Ziffern über die Venen, die sich auf der verletzbaren Innenseite des Handgelenks abzeichneten.

Die Nummer war eine frivole Travestie des Brandmals, das den Überlebenden von Konzentrationslagern von ihrer Verfolgung erhalten geblieben ist; er bemerkte das, als er in das Haus zurückgekehrt war, wo ihm zur Zeit Unterkunft gewährt wurde. Er wusch sich ihre Kennziffer herunter; er benötigte dazu die Nagelbürste seines Gastgebers. Die Bewegung hätte gerne gesehen, daß er das Land verließ, aber er gab dem Druck nicht nach, der ihn erreichte. Er war zu lange im Exil gewesen, um wieder zu dieser Daseinsform zurückzukehren, nun, da er heimgekehrt war. Heim? Ja, selbst auf dem

Boden einer fremden Küche zu schlafen (der Standard seiner Unterkünfte war sehr unterschiedlich), sich Fußballspiele anzusehen oder banale Filme, durch die Straßen zu wandern, umgeben von Menschen, denen er sich zugehörig fühlte, unerkannt, unbeachtet – das war daheim. Er las sämtliche Zeitungen, und hier und da gab es ein sorgfältig arrangiertes geheimes Treffen mit Leuten aus der Bewegung, aber solche Treffen waren sowohl für ihn als auch für die anderen zu riskant, als daß dies häufig möglich gewesen wäre. Er dachte daran, etwas zu schreiben; tatsächlich war er einmal Akademiker gewesen, vor langer Zeit, in einem anderen Leben, hatte die Gesetze gelehrt, die er verachtete. Aber es war unklug, Schriftliches herumliegen zu lassen, alles Geschriebene war ein Beweis für seine Existenz, und seine ganze Strategie bestand darin, vorläufig weder in irgendeiner Gestalt seiner Vergangenheit noch in seiner gegenwärtigen Gestalt zu existieren. Zum ersten Mal in seinem Leben langweilte er sich. Er aß Erdnüsse, Keks und Biltongue*, kaufte sich diese kleinen versiegelten Tüten, riß sie auf und warf sich den Inhalt aus der Handfläche in den Mund, noch ehe er den Laden verlassen hatte, wie damals, als er noch ein übergewichtiger Schuljunge gewesen war. Obwohl er ständig durch die Straßen lief, hatte er zugenommen, vor allem um die Mitte herum. Was immer ihm einfiel, um die Tage und Nächte zu füllen, er führte es nie aus; entweder würde es

* In Streifen geschnittenes, getrocknetes Fleisch. A. d. Ü.

Leute hineinziehen, die Angst davor hätten, mit ihm in Verbindung gebracht zu werden, oder es würde jene gefährden, die das Risiko auf sich nahmen. Seltsamerweise fiel ihm nach mehr als einer Woche die Telefonnummer wieder ein, als er das Band seiner Uhr zumachte und sein Blick dabei auf die Innenseite seines Handgelenks fiel. Sylvie – wie hatte sie geheißen? Sylvie. Weiter nichts. Sylvie, Sylvia Paß. Vielleicht war der Name auch nur eine Eingebung des Augenblicks gewesen, aus Vorsicht, Selbstschutz, genau wie sein ›Harry‹. *Kann ich bitte Sylvie sprechen? Wen? Ich fürchte, da haben Sie eine falsche Nummer gewählt* – es würde die Stimme des Ehemannes sein. Und so hätte sie nie etwas so Dummes getan, wie einen Mann in einem Bus aufzugabeln.

Aber aus seiner Situation heraus gesehen, wenn irgend jemand sicher war, dann diese ›Sylvie‹. Er ging zu dem Telefon in dem stillen leeren Haus, seinem vorübergehenden Unterschlupf, das alle verlassen hatten, um zur Arbeit zu gehen. Sie kam selbst ans Telefon. Sie klang nicht überrascht; er fragte, ob er auf ihr Angebot zurückkommen dürfe, zum Schwimmen vorbeizukommen. »Aber natürlich. Nach der Arbeit?« Natürlich – sobald er den Staub und die Hitze der Baustellen verlassen hätte.

Sie war zum Schwimmen angezogen, das Band eines Bikinioberteils zeigte sich über einem lose fließenden Badekleid, und unter dem Stoff zeichnete sich irgendwo unter der Gegend, wo ihr Nabel sein mußte, der Rand

des Bikinihöschens ab. Aber sie schwamm nicht; sie saß lächelnd da, den hüfthohen Schlitz in dem Badekleid um das Bein herumgewickelt, und sah zu, wie er aus dem auf rustikal herausgeputzten Umkleideraum trat (mein Gott, was für ein Luxus im Vergleich zu seinem gegenwärtigen Schlafquartier) und zum Schwimmbecken hinunterstakste, den Bauch eingezogen, in vollem Bewußtsein, daß die Anstrengung – bei dieser Wölbung rund ums Zwerchfell – ihn stolzieren ließ wie einen geilen Täuberich. Sie stieß ermutigende Rufe aus, als er kopfüber ins Wasser sprang, und er hatte das Gefühl, daß sie die Längen zählte, die er auf dem Rücken, im Schmetterlingsstil und kraulend zurücklegte. Er war irritiert und tauchte direkt vor ihren nackten Füßen auf, mit diesem gierigen Grinsen eines Mannes, der sich im Vorbeigehen ein Stückchen Leben schnappt. Er durfte sich dieses Grinsen nicht zu oft entwischen lassen. Sie wackelte mit den Zehen, als das Wasser von ihm wegsprühte, sein tropfender Pelz von Brusthaaren, die Bächlein, die von seinen kräftigen Beinen liefen, ihre Füße naßmachten. Ein Handtuch, groß wie ein Laken, gab eine Toga für ihn ab; eingewickelt, saß er sittsam bedeckt wie sie in seinem Stuhl, ob sie ihn nun wie ein Stück Fleisch in einem Metzgerladen begutachtet hatte oder nicht.
Der Whisky und das Eis wurden auf dem Rollwagen herausgeschoben. Diesmal war die Küche vorgewarnt; es gab Oliven und Salami und Leinenservietten. »Werd ich Ihren Mann kennenlernen, bevor ich gehe?« Sicher würde der Gatte jeden Augenblick vorfahren. Es wäre

das Beste für ›Harry‹, aus dem Handtuch und in seine Kleider zu kommen, um den Eindruck des Fremden zu erwecken, der er war. Er hätte gern gefragt, wie sie seine Anwesenheit zu erklären beschlossen hatte, denn sie mußte offensichtlich einen derartigen Entschluß gefaßt haben. Die Frage stand ihm im Gesicht, aber er stellte sie nicht. Plötzlich schien es ihm so einfach, daß er fast ärgerlich wurde. Warum sagte sie nicht einfach, daß sie sich im Bus kennengelernt hatten, was gab es da zu verbergen – oder waren die Umstände dieser beiläufigen Bekanntschaft zu proletarisch für den Herrn, unter der Würde seiner Frau! Na ja, wenn sie sich beim Pferderennen kennengelernt hätten, in der Mitgliederloge!
»Er ist nicht da.« Es klang brüsk. »Er mußte von Japan nach Hongkong weiterreisen. Offenbar tun sich dort irgendwelche Möglichkeiten auf... ich weiß nicht, worum es geht. Und dann nach Australien.«
»Eine ziemliche Reise.«
»Hauptsache, er ist zurück, wenn Ende nächsten Monats die Ferien beginnen und die Jungen nach Hause kommen. Sie rechnen damit, allerhand mit ihm zu unternehmen. Zum Fischen fahren. Dinge, die ich nicht so gut kann. Sie haben eine Tochter – Sie haben Glück. Ich fahr mit, aber nur, um dabeizusein.«
»Oh, tut mir leid.«
»Ein andermal. Aber Sie gehen doch nicht... bleiben Sie doch zum Abendessen. Nur etwas Leichtes, hier draußen, es ist ein so schöner Abend.«
»Aber Sie haben sicher andere Pläne, vielleicht kom-

men Freunde, ich will nicht stören?« Harry kann nicht an Dinner-Parties teilnehmen, danke.
»Nein, nichts. Nicht das min-des-te. Ich will früh zu Bett, ich bin zuviel ausgewesen. Sie wissen ja, wie das ist mit Freunden, sie glauben immer, sie dürften einen nicht einen einzigen Abend allein lassen. Ich hab die Nase voll von ihnen.«
»Dann sollte ich mich wohl auch auf den Weg machen und Sie in Ruhe lassen.«
»Nein, bleiben Sie, nur auf einen Salat, was es eben gibt – Sie müssen vorliebnehmen, mit dem, was da ist.«

Die Nase voll von ihnen. Eine Kur gegen Langeweile für sie: seine Gesellschaft. Das Paradoxe war, daß er es genoß. Weniger ihre Gesellschaft als die Situation. Er akzeptierte die Rolle, die ihm so fern lag. Er öffnete die Weinflaschen – trockener Weißwein zum Fischmousse, ein Sauternes zu den Erdbeeren – anstelle des Hausherrn.
Die Faszination, die ihre Begegnung auf sie ausübte, stieg in der gelösten Atmosphäre des Essens und Trinkens an die Oberfläche. »Wie viele Jahre ist es her, daß Sie jemanden kennengelernt haben, dem Sie nicht vorgestellt wurden – können Sie sich erinnern? Ich nicht. Es ist wie eine Kette, nicht, wie *Auf-Wiedersehen* das ganze Jahr hindurch, Jahr für Jahr, immer weiter, eine Hand auf dieser Seite wird von einer Hand auf der anderen Seite ergriffen... die Kette wird nie unterbrochen, immer Freunde von Freunden, Bekannte von Be-

kannten, ob sie nun aus Japan sind oder aus Taiwan, ob sie in London wohnen, oder nur ein Stück weiter die Straße hinauf, oder weiß der Himmel wo.«

»Gute Freunde. Man braucht sie.« Er war vorsichtig.

»Aber finden Sie nicht auch? Vor allem für Menschen wie Sie und ihn – ich meine meinen Mann –, ich meine den Kreis von Leuten, die durch geschäftliche Interessen verbunden sind, durch einen Beruf. Das geht immer rundum ... Aber wahrscheinlich ist das ganz natürlich, weil wir eben Dinge gemeinsam haben. Das hab ich mir damals auch gedacht – als mein Auto die Panne hatte, Sie wissen schon –, ich geh nie so in den Straßen spazieren, und da hab ich mir gedacht, was haben all diese Menschen mit mir zu tun ...«

Natürlich, jetzt kam es, das Schuldbewußtsein ihrer Klasse, das Klagelied der Selbstanschuldigungen von Nutzlosigkeit und Nichtdazugehören zum wirklichen Leben. Hatte sie nicht schon im Bus einen Anflug davon gezeigt? Aber er irrte sich und war nun seinerseits fasziniert davon, wie seine konventionellen Annahmen über den Haufen geworfen wurden.

»Sie sind unwirklich für mich. Und ich meine nicht nur, weil die meisten von ihnen schwarz sind. Das liegt auf der Hand, daß wir nichts gemeinsam haben. Ich wünsche ihnen alles Gute, sie sollten ein besseres Leben haben ... bessere Bedingungen ... es ist bestimmt gut, daß die Dinge sich jetzt ändern für sie ... aber ich fühle mich nicht betroffen, wie könnte ich, wir geben Geld für ihre Schulen und ihre Wohnungen und so weiter – die Firma meines Mannes tut das wie alle anderen auch … Sie wahrscheinlich auch … Ich weiß nicht, wie Sie darüber denken …«

»Ich bin kein Lehnstuhlpolitiker.«

»Das dachte ich mir. Aber die anderen – ich meine jetzt die Weißen, was hab ich mit denen gemeinsam … ich zähl nicht in ihrem Leben und sie zählen nicht in meinem. Und die wenigen, die zählen könnten – die irgendwo versteckt sind in der Masse in diesen Straßen (warum ist diese Stadt so häßlich und so schmutzig)? –, es ist ziemlich unwahrscheinlich, daß ich sie erkennen würde.« Sie war wirklich recht attraktiv mit dem Brösel, der ihr im Mundwinkel klebte, ohne daß sie es bemerkte. »Nicht einmal, wenn sie neben mir im Bus säßen.«

Sie lachten, und sie hob ihr Glas, um mit ihm anzustoßen.

Ein Schwarzer in weißer Uniform mit Baumwollhandschuhen stand gelangweilt herum; ihr Gast war sich dieser Art von Zeugen für alles, was in weißen Häusern vorging, bewußt, hatte aber diesmal das Gefühl, daß seine eigene weiße Haut ihm Anonymität garantierte. Sie entließ den Diener mit der Erklärung, daß er den Tisch morgen abdecken könne. Die Fagotte und Flöten der Frösche und Grillen füllten das angenehme Schweigen. »Ich muß gehen.« Er sagte es, ohne sich zu rühren.

»Wollen wir nicht schnell noch mal ins Wasser? Noch mal zum Abschied.« Er war bereits angezogen, aber sie hatte in ihrem Badekleid gegessen.

Er hatte keine besondere Lust, noch einmal zu schwimmen, aber es war eine Möglichkeit, den Abend zu beschließen, und er hatte das Gefühl, daß er das, für sich selbst, mit aller Entschiedenheit tun mußte. Es gab zu wenige ungefährliche Themen zwischen ihnen – sie hatte in höherem Maße recht, als sie wußte –, sie hatten zu wenig gemeinsam, die Bekanntschaft war am Ende ihrer Möglichkeiten angelangt. Er ging nochmals in den Umkleideraum.

Das Wasser kroch wie eine kühle Hand über seine Genitalien; sie schwamm bereits. Sie machte kehrt und tauchte flink wie ein Delphin unter ihm durch, und das Licht von der Terrasse flutete über ihr festes Gesäß und ihre Schenkel. Sie hielt sich in einiger Entfernung, sie umkreisten einander. Dann stemmte sie sich auf langen Armen aus dem Wasser, setzte sich auf den Beckenrand, und wieder bemerkte er, wie sie ihn beobachtete. Er tauchte an der Stelle auf, wo sie saß, und legte plötzlich, nur für einen Augenblick, seine Hand auf ihr Handgelenk, bevor er das Schwimmbecken verließ, sich wie ein Hund schüttelte und mit dem großen Handtuch Arme und Brust abrieb. »Kalt, kalt.«

Sie wiederholte mit einem spöttischen Frösteln: »Kalt, kalt.«

Sie standen beide auf, um sich anzuziehen.

Das Klingen von Wasser in seinem Ohr mischte sich mit dem Gequake der Frösche zu einem Schrillen. Er legte seine Arme um sie und preßte, in einem Aufwallen von Hitze, als dränge das ganze Blut seines abgekühlten

Körpers an diese eine Stelle, seine Genitalien hart an sie. Er spürte eine gewaltige Erregung und ein rasendes Verlangen, die ganze Enthaltsamkeit einer geplanten Nichtexistenz fiel in sich zusammen wie eines dieser zwanzigstöckigen Phantasiegebäude, von denen sie fürchtete, sie könnten ihr auf den Kopf fallen. Sie hielt ihn, wie er sie hielt. Kein Kuß. Dann löste sie sich geschmeidig von ihm und lief hinein. Sein erregter Körper wütete gegen ihn, während er sich hinter den Chintzvorhängen des Umkleideraumes anzog. Als er herauskam, war das Wasser im Schwimmbecken schwarz, und die Sterne warfen ihre Spiegelbilder darauf wie erlöschende Streichhölzer. Sie hatte die Lichter auf der Terrasse abgedreht und stand in der Dunkelheit.

»Gute Nacht. Ich bitte um Entschuldigung.«

»Ich hoffe, Ihr Auto ist nicht geklaut worden. Sie hätten hereinfahren sollen.«

»Ich bin ohne Auto hier.«

Er war zu müde und deprimiert, um zu lügen. Aber er mußte sich, zu seinem Schutz, irgendeine improvisierte Ausrede einfallen lassen. »Ich bin mit Freunden gekommen, die in diese Richtung fuhren, sie haben mich hier abgesetzt. Ich hab gesagt, ich nehm mir ein Taxi für den Rückweg.«

Die Dunkelheit und der akustische Vorhang der quakenden Frösche verbargen, was immer sie denken mochte.

»Bleib.« Sie wandte sich ab, und er folgte ihr in das Haus, das er bisher noch nicht betreten hatte.

Sie begannen von vorne, auf die richtige Art, mit Küssen und Zärtlichkeiten. Eine Frau seines Alters mit Erfahrung in der Liebe, die reagierte und die Initiative ergriff, wußte, was sie beide wollten; was sie gemeinsam hatten. Auf diesem Gebiet herrschte sogar so etwas wie eine unerwartete Derbheit zwischen ihnen. Vor dem zweiten Mal kniff sie sanft seine Brustwarzen und sagte: »Ich hoffe, du bist nicht Aids positiv.«

Er legte eine Hand über die lustvolle Berührung ihrer Finger. »Die Frage kommt ein bißchen spät... Soweit ich weiß, nein. Und ich hab keinen Grund, etwas anderes anzunehmen.«

»Aber du hast keine Frau.«

»Ja, aber ich bin ein ziemlich standhafter Typ – trotz meines nomadischen Berufs.«

»Wie wirst du erklären, daß du nicht nach Hause gekommen bist.«

Er lachte. »Wem?«

»Als du das erste Mal hier warst... du sagtest, es wär ein bißchen ›blöd‹, bei dir anzurufen.«

»Es gibt niemanden. Keine Frau, der ich im Augenblick Rechenschaft schuldig bin.«

»Es geht mich ja nichts an, verstehst du. Ich will nur nicht, daß es für einen von uns schwierig wird.«

Der Ehemann. »Natürlich nicht, ich verstehe, mach dir keine Sorgen. Du bist eine wunderbare – unmögliche! – Frau.« Und er begann sie zu küssen wie ein Kannibale, der Fleisch kostet.

Sie war auch eine praktische Frau. Irgendwann in den

frühen Morgenstunden erwachte er mit einem Grunzen und sah im Schatten der Morgendämmerung eine fremde Frau über sich gebeugt – ach ja, ›Sylvie‹. Hier also war er; er war es gewohnt, in unvertrauten Räumen aufzuwachen. Er hatte gelernt, sich rasch zurechtzufinden.

»Komm. Es gibt noch ein anderes Bett.« Er folgte ihr durch einen Korridor. Sie hatte ein großes Bett in einem Gästezimmer zurechtgemacht; er stolperte hinein und schlief weiter.

Am Morgen, beim Frühstück auf ihrer Terrasse, begrüßte sie fröhlich den Schwarzen, der sie bediente. »Mr. Harry ist ein Freund von Master, ich hab ihn eingeladen, bei uns zu übernachten.«

Auch sie hatte das Talent der Wachsamkeit, verstand es, sich abzusichern.

In dieser Woche ging Harry jede Nacht zu ihr. Harry existierte nun wirklich, war aus seiner Nichtexistenz herausgetreten. Harry, der Bauingenieur, ein erfolgreicher, gut bezahlter, in seinem Beruf angesehener Mann von Welt, mit einem flüchtigen Abenteuer, einer Geliebten, nicht jung, aber schön, ein verschwenderisch mit duftenden Salben gepflegtes Geschöpf, von dem Lockenschopf, den er manchmal zurückstrich, um die Stirn freizulegen, bis zu den lackierten Nägeln der pedikürten Zehen. Wie er, hatte auch sie ihre unberechenbaren Augenblicke der Angst, verursacht durch den Widerstreit mit der Wirklichkeit – ihrer Wirklichkeit –, die plötzlich in ihr aufstieg und eine Episode außerhalb ihres Lebens, einen Zustand ohne Folgen, zu verderben drohte. Diese Augenblicke fanden ihren Ausdruck in zusammenhanglosen Bemerkungen, öfter noch in Gesten, in denen der innere Kampf sich auf merkwürdige Weise physisch manifestierte. Eines Nachts hockte sie nackt auf dem Bett, die Arme um die Knie geschlungen, die gekrümmten Füße fest mit je einer Hand umfaßt. Er war betroffen und unterdrückte den Grund, der einen Schößling aus der Wurzel seines Lebens trieb: nach einem Verhör in der Untersuchungshaft hatte er auf dem Boden seiner Zelle gesessen und seine Füße genauso umklammert gehalten, immer noch steif vom Widerstand gegen den Schmerz. Er empfand brennenden Unwillen: *sie* – sie verhörte nur sich selbst. Dennoch hatte er natürlich Gefühle für sie – hatte er sie nicht eben erst geliebt, und sie ihn, freigebig, wie es ihre Art war –, er durfte es sich nicht erlauben, das relative Leiden von Menschen ihrer Art als gänzlich trivial abzutun, weil sie um nichts Größeres litten als sich selbst.

»Ein langes Gespräch aus Australien ... und die ganze Zeit, während wir redeten, konnte ich an nichts anderes denken, als daß er nachts, wenn wir hier allein sind, nie die Badezimmertür zumacht, wenn er pinkelt. Ich höre ihn, wie ein Pferd, das auf der Straße sein Geschäft verrichtet. Nie macht er die Tür zu. Und manchmal läßt er sogar einen lauten Furz. Nie denkt er daran, daß ich es hören kann, daß ich hier liege. Und das war alles, woran

ich denken konnte, während er mit mir sprach, nur an das.«
Er lächelte ihr fast liebevoll zu. »Na ja, wir sind ziemlich rauh, wir Männer ... aber, hör mal, du bist doch sonst nicht zimperlich – du bist eine sehr sinnliche Dame ...«
»Bei der Liebe, ja ... du meinst, wegen der Dinge, die ich mit dir mache. Aber das ist was anderes, beim Lieben, das hat nichts mit dem zu tun, wovon ich gesprochen habe.«
»Wenn der Sex dich als Körperfunktion nicht abstößt, warum bist du dann so heikel, was seine anderen Funktionen angeht? Entweder du akzeptierst den Körper eines Geliebten oder nicht.«
»Würdest du den Körper einer Geliebten noch akzeptieren, wenn ihr, sagen wir, eine Brust fehlt?«
Er legte sich neben sie, mit einer Hand auf der Wölbung ihres glatten gebeugten Rückens. »Wie soll ich das wissen? Was für eine Frau? Wann? Das hinge von vielen Dingen ab, meinst du nicht? Ich kann jetzt *ja* sagen, nur um das Richtige zu sagen, wenn du willst.«
»Das ist es! Das ist das Gute! Du sagst nicht das Richtige, wie andere Leute.«
»O doch, doch. Ich bin sehr vorsichtig, ich hab eine wachsame Natur, glaub mir.«
»Na ja, ich kenn dich ja nicht.« Sie ließ ihre Füße los und richtete den Bogen ihres Körpers unter seiner Hand auf. Ruhelos drehte sie sich zu ihm herum, fuhr sich mit den Fingern beider Hände durch die Locken auf ihrer Stirn

und hielt sie weg. »Warum laß ich zu, daß dieser verdammte halbseidene Kerl von Friseur das mit mir macht... ich seh so gewöhnlich aus damit. Billig, gewöhnlich.«
Er murmelte vertraulich: »Das fand ich nicht.«
Im Bus, ja. »Vielleicht wärst du gar nicht ausgestiegen, wenn ich nicht so ausgesehen hätte. Ich frag mich, wo du eigentlich wirklich hinwolltest.« Aber es war keine Frage; sie war überzeugt, sie würde keine Antwort bekommen, er würde nicht das Richtige sagen. Sie fragte nicht, genausowenig wie sie sich je dazu äußerte, daß er jeden Abend wie aus dem Nichts erschien, offenkundig mit dem Taxi, das er irgendwo außer Sichtweite des Hauses anhalten ließ. Und er fragte nicht, wann ihr Mann heimkehren würde; sie würde ihm ein Zeichen geben, das er zu lesen verstünde. Sie streckte sich aus und nahm ruhig die Hand, die auf ihrem Rücken gelegen hatte, und legte sie sich zwischen die Schenkel.

Es gab kein Zeichen, aber am Ende der Woche wußte er, daß er nicht mehr hingehen würde. Genug. Es war Zeit. Er ging, wie er ihr gefolgt war, ohne Erklärung. Er hatte mehr als eine Woche denselben Weg benutzt und könnte so einen Pfad ausgetreten haben, der zu ihm führen würde. Er verließ das Haus, in dem er geschlafen hatte, und zog in ein anderes. Zur Familie eines Installateurs, der ein Freund der Bewegung war, nicht ganz weiß, aber auch nicht eindeutig genug pigmentiert, um sich einordnen zu lassen, so daß der vorübergehende

Mitbewohner als hellhäutiger Verwandter hingehen konnte. Einer der Jungen überließ ihm sein Bett; der Gast teilte das Zimmer mit drei weiteren Kindern. Jeder Tag des Prozesses brachte neue Beweise von den Zeugen der Anklage, die ihn belasteten, in die sein Name verwickelt war. Es schrie aus allen Zeitungen heraus, verschiedene der Decknamen, unter denen er aktiv gewesen war, wurden zitiert. Aber nicht ›Harry‹.

Eines Nachmittags, als er auf dem Rückweg zum Haus des Installateurs war, kam der Junge auf Rollschuhen im Zickzackkurs die Straße herunter und warf ihn fast über den Haufen, als er schwankend zum Stehen kam. Er versetzte ihm einen spielerischen Stoß, aber der Junge rang nach Atem. »Mein Dad sagt, Sie soll'n nicht kommen. Ich hab auf Sie gewartet, und mein Bruder wartet oben an der anderen Ecke, falls Sie von da kommen. Dad hat uns geschickt. Sie sind heut früh dagewesen und haben das ganze Haus durchsucht, nur die Tante war da, Ma war auch schon zur Arbeit gegangen. Sie haben Sie gesucht. Mit Hunden und allem. Er sagt, Sie soll'n sich keine Sorgen machen wegen Ihrer Sachen, er bringt sie wo hin, wo Sie sie holen können – wo, hat er nicht gesagt, aber er sagt, Sie wissen schon ...«

Er spürte ein kaltes Zucken der Angst unter dem Brustbein. Er ließ es vorübergehen und konzentrierte sich darauf, aus der Gegend zu verschwinden. Er nahm einen Bus, dann noch einen. Er ging in ein Kino, in dem irgendein Film über zwei Männer lief, die ein Baby aufzogen. Als er aus der ewigen Dämmerung des Kinos trat, war es dunkel auf der Straße. Er mußte irgendwohin für diese Nacht: er brauchte das, um zu beschließen, wohin er morgen sollte – welches Versteck aus der Liste in seinem Kopf noch einmal benutzt werden konnte. Möglich, daß es die Liste nicht nur in seinem Kopf gab; es stand nichts mehr darauf, was jetzt noch als sicher gelten konnte.

Er stieg einen Häuserblock entfernt aus dem Taxi. Er drückte auf den Knopf der Gegensprechanlage an dem großen Teakholztor. Er erkannte die Stimme des Dieners am Akzent.

»Hier ist Mr. Harry.«

»Drücken Sie nur, Mr. Harry.« Ein Summen.

Ihre Bäume, der Swimming-pool; er stand in dem großen Raum, der immer darauf wartete, von einer Gesellschaft gefüllt zu werden. Auf niedrigen Tischen lagen die kleinen Geschenke, die solche Leute einander machen: Metallkugeln, die aneinanderklicken (er setzte sie mit einem kurzen Stoß in Bewegung), um irgendein mathematisches oder physikalisches Prinzip zu illustrieren, Gott weiß was ... Klick-klack; ein Metronom der Zeit in ihrer Belanglosigkeit. Sie stand in der Tür, in einer verdrückten weißen Hose, barfuß, eine Frau, die niemanden erwartete oder vielleicht gerade überlegte, was sie an diesem Abend zum Ausgehen anziehen sollte.

»Hal-lo.« Hochgezogene Brauen.

»Ich mußte überraschend weg – Probleme mit den Fun-

damenten auf einer unserer Baustellen in Natal. Ich wollte anrufen.«
»Aber anrufen ist ein bißchen blöd.« Sie erinnerte ihn, aber ganz heiter, nur halb darauf aus, eine kleine Bosheit anzubringen.
»Ich störe nicht...«
»Nein, nein. Ich hab gerade zusammengeräumt... ein paar Schränke... ich werd manchmal schlampig...«
Wenn ich allein bin; der Gatte war also noch nicht zurück. »Könnte ich einen Schluck zu trinken bekommen – ich hab einen schweren Tag hinter mir.«
Sie öffnete die Hände, vom Körper weg: als müßte er fragen; und tatsächlich kam auch schon der Diener mit dem Rollwagen. »Soll ich draußen servieren, Madam?«
Als käme er nach Hause; sie machten es sich auf der Terrasse gemütlich, wie zuvor. »Ich dachte, es wär schön, dich wiederzusehen.«
Sie hatte Eiswürfel in ein Glas gegeben und reichte es ihm. »Es ist schön.«
Er schloß seine Finger um die ihren an dem Glas.
Als sie gegessen hatten, fragte sie. »Bleibst du? Nur für heute nacht.«
Sie schwiegen eine kleine Weile zur Begleitmusik derselben Frösche wie damals. »Ich hab das Gefühl, ich würd sehr gern bleiben.« Es war ehrlich, seltsamerweise; er verspürte ein zärtliches Verlangen nach ihr und schob die Angst weg, daß auch dies eine alte Spur war, auf der er verfolgt werden konnte, verdrängte das Be-

wußtsein, daß seine Anwesenheit hier nur eine Pause war, in der er seine Entscheidung für morgen treffen mußte. »Und was ist mit dir.«
»Ja, ich möchte, daß du bleibst. Hast du Lust zu schwimmen ...«
»Nicht besonders.«
»Na ja, ist auch vielleicht ein bißchen kühl.«
Als der Diener kam, um den Tisch abzuräumen, gab sie einen Befehl. »Sag bitte Leah, sie soll das Bett im ersten Gästeraum richten, ja? Für Mr. Harry.«
Als sie dann Seite an Seite in Liegestühlen in der Dunkelheit lagen, streichelte er ihren Arm und schob ihr das Haar von der Schulter, um ihren Hals zu küssen. Sie stand auf, nahm ihn bei der Hand und führte ihn tatsächlich in diesen Raum und nicht in ihr eigenes Zimmer. So sollte es also diesmal sein; er sagte nichts und küßte sie auf die Stirn, um zu zeigen, daß er es akzeptierte, wenn sie es für angemessen hielt, ihn auf diese Weise mit einem höflichen ›gute Nacht‹ zu entlassen. Aber nachdem er sich nackt ins Bett gelegt hatte, kam sie zurück, auch sie nackt, zog die Vorhänge auf und öffnete die Fenster, so daß die frische Nacht zu ihnen hereinwehte, und legte sich neben ihn. Die zweifache Berührung der leichten Brise und der Wärme des anderen kribbelte köstlich auf der Haut. Sie liebten einander mit großer Zärtlichkeit, was sie vielleicht dazu veranlaßte, sich mit träger Offenheit über einen Gegensatz zu äußern: »Du warst schrecklich an diesem ersten Tag, weißt du, wie du dich einfach an mich geworfen hast.

Nicht die kleinste Zärtlichkeit, nicht ein Kuß.« Zwischen einem plötzlichen Wechsel zu wilden Küssen konterte er herausfordernd und wissend: »Und du, du, du hast nichts dagegen gehabt, hmm, du hast nichts getan ... Du warst nicht beleidigt! Aber war ich wirklich so grob – hab ich wirklich ...?«

»Und wie du hast. Und ich kenne keinen anderen Mann, der ...«

»Und jede andere Frau hätte mich in den Swimmingpool gestoßen.«

Lustvoll umarmten sie einander wieder und wieder; sie spürte, daß er bei ›keiner anderen Frau gewesen‹ war, wo immer er nach der letzten Woche hin verschwunden sein mochte. Mitten in der Nacht wußte jeder der beiden, daß auch der andere aufgewacht war und durch das offene Fenster auf das Verschwimmen der untergehenden Sterne schaute. Er war, ohne logischen Grund, sicher, daß er in dieser Nacht nicht in Gefahr war, daß keiner je wissen würde, daß er hier war. Sie stützte sich plötzlich auf einen Ellbogen und wandte sich ihm zu, obwohl sie sein Gesicht im schwachen Schimmer des Sternenhimmels bestimmt nicht entziffern konnte. »Wer bist du?«

Aber er war nicht entdeckt, er war nicht gestellt. Sie hatte keinen Verdacht, der sich auf irgendein Wissen über seine wahre Identität gründete; sie wußte nichts von der verborgenen Welt der Revolution, wenn sie durch die Straßen der schmutzigen Stadt ging, zwischen den Zornigen, den Armen und den Arbeitslosen, sie hatten ›nichts mit ihr zu tun‹ – sie hatte es gesagt. Wer er war, existierte nicht für sie; er war in Sicherheit. Sie konnte nur versuchen, ihn in irgendeiner faszinierenden Situation innerhalb der Alternativen einzuordnen, die sie kannte – steckte irgendein Finanzskandal hinter seiner Anonymität, gab es eine Ehe, vor der er davonlief – das waren die Kalamitäten der Kreise, in denen sie sich bewegte. Nicht in ihren wildesten Phantasien konnte sie erraten, was er da tat, in ihrem Bett.

Und dann fiel ihm plötzlich ein, daß es nicht ihr Bett war: diesmal hatte sie ihn nicht in das Bett genommen, das sie mit dem Gatten teilte. Nicht in den Laken; ah, er verstand, das war das Zeichen, von dem er gewußt hatte, daß *er* es erkennen würde, wenn die Zeit kam. Saubere Leintücher auf dem Bett, sie durften nicht entweiht werden. Morgen würde der Gatte heimkommen. *Nur für heute nacht.*

Er ging früh. Sie drängte ihn nicht, zum Frühstück auf der Terrasse zu bleiben. Er mußte zurück, um zu baden, sich umzuziehen … Sie nickte, als wisse sie, was kommen würde. »Bevor ich zur Baustelle fahre.« Unten am Gartentor winkte sie ihm nach wie einem Freund; für die Augen des Dieners und eines Gärtners, der vor sich hinsingend den Rasen mähte. Er hatte eine Entscheidung getroffen in dem Aufschub, den sie ihm gewährt hatte. Er würde es riskieren, die Großstadt zu verlassen und eine kleinere Stadt aufzusuchen, wo er einen alten Kontakt hatte, der schon lange nicht mehr aktiv war, den man aber vielleicht dazu bewegen konnte, alte

Loyalitäten wieder aufleben zu lassen und ihn bei sich aufzunehmen.

Vielleicht war es ein Fehler; wer weiß. In der Masse ist man am besten aufgehoben. Die Stadt war zu klein, um sich darin zu verlieren. Die ehemalige Kontaktperson nahm ihn widerwillig auf und brachte ihn in einem Nebengebäude unter, und nachdem er dort drei Tage in Gesellschaft einer ausrangierten Nähmaschine, fleckiger Matratzen und herumliegenden Mäusekots zugebracht hatte, ging er eines Morgens im Jogginganzug seines Gastgebers hinaus an die Luft. Er sah genauso aus wie alle anderen übergewichtigen Männer, die sich durch die Straßen quälten, und er bemerkte bald, daß ihm ein Auto folgte. Es blieb nichts anderes übrig, als weiterzulaufen. An einer Ampel hielt das Auto neben ihm, und zwei Zivilbeamte forderten ihn auf, mit ihnen zur Wache zu kommen. Er hatte einen gefälschten Ausweis bei sich, den er mit der Empörung eines guten Bürgers vorzeigte, aber auf der Wache hatten sie ein Dossier, das seine Identität eindeutig nachwies. Er wurde in Gewahrsam genommen und nach Johannesburg überstellt, wo er in Untersuchungshaft kam. Er wurde in dem Prozeß vorgeführt, bei dem er der fehlende Angeklagte gewesen war, und die Presse veröffentlichte Fotos von ihm aus ihren Akten. Mit und ohne Bart; kurzgeschoren und mit Locken; das unersättliche, selbstbewußte Lächeln war die einzige Konstante in diesen Porträts. Daß er der Polizei monatelang erfolgreich ein Schnippchen geschlagen hatte, gab eine Sen-

sationsstory ab, die ihm sogar von seinen Feinden grollende Bewunderung eintragen mußte.
In seiner Zelle, fragte er sich – nur nebenbei, denn in der Hauptsache galten seine Gedanken dem Prozeß, und es war schließlich doch ein Hochgefühl, wieder einmal mit den Genossen zusammenzusein, den Mitangeklagten – nebenbei aber fragte er sich, ob sie ihn erkannt hatte. Doch es war unwahrscheinlich, daß sie Berichte über politische Prozesse las. Wenn er recht überlegte: er hatte in ihrem Haus überhaupt keine Zeitungen gesehen, diesem Haus, in dem sie sich sicher fühlte zwischen Bäumen, sicher vor der Bedrohung durch ihn und Menschen seiner Art, sicher vor der Gegenwart.

Was hast du geträumt?

Seit einer Ewigkeit schon steh ich da am Straßenrand, gestern, vorgestern, heute. Nicht dieselbe Straße, aber trotzdem dieselbe – heiß, heiß wie heute. Wenn sie abbiegen, wo sie hinwollen, muß ich wieder raus, wieder warten. Manche von ihnen, die tun einfach wie wenn keiner da wär, die wollen keinen sehen. Die geben sogar ein bißchen Gas, *ja*. Dann sind sie vorbei, und ich wart weiter. Ich hab mich gekämmt, ich will ja nicht ausschaun wie ein *skolly**. Nicht lächeln, weil wenn du lächelst, dann glauben die, du willst dich anbiedern, dann glauben die, du bildest dir ein, du bist genauso gut wie sie. Da fahren und fahren sie. Manche, die haben sich so'n Lätzchen übers Rückfenster gehängt, damit die Sonne nicht reinkann. Und manche, die fahren gar nicht mit ihren Kindern auf Urlaub, die sind allein, ganz allein in einem großen Auto. Aber die bleiben nie stehen, die Weißen, wenn sie allein sind. Nie. Weil diese *skollies* und die, die haben's uns allen vermasselt. Jetzt haben die alle Angst, die Autofahrer, daß ihnen auch so was passiert, daß ihnen einer ein Gewehr ins Genick

* Rumtreiber, Verbrecher. A.d.Ü.

hält, ihnen ihr Geld klaut, sie zusammenschlägt und mit ihrem Auto abhaut. Die haben ja sogar welche umgebracht. Alles versaut haben uns die. Kein Weißer will jetzt mehr einen hinter sich sitzen haben. Und die Schwarzen – wenn die stehnbleiben und dich mitnehmen, dann wolln die Geld dafür. Sie wolln dann, daß du zahlst wie für'n Taxi! Die Schwarzen!

Und dann kommen da diese Weißen und bleiben stehen; ich bin ganz baff, weil es sind nur zwei – hinten sitzt keiner –, und das Auto, das ist'n schönes Auto. Die Fenster, die sind aus dem Spezialglas, bei dem man von draußen nicht reinsehen kann, aber die Frau hat ihres runtergekurbelt und winkt mich mit dem Finger ran. Sie fragt mich, wo ich hin will, und ich sag zum nächsten Ort, weil zu weit nehmen die einen nicht gern mit; steig ein, sagt sie, und greift nach hinten und schiebt ihr Zeug auf dem Rücksitz zusammen, damit ich Platz hab. Dann sagt sie, verriegel die Tür, drück den Knopf da runter, damit du uns nicht rausfällst, und sie sagt es, wie wenn sie einen Spaß machen würde mit jemand, den sie kennt. Der Mann am Lenkrad lächelt über die Schulter nach hinten und sagt was – ich versteh ihn nicht richtig, aber das ist nur, weil er so'n komisches Englisch redet. Also sag ich halt, was auf keinen Fall falsch sein kann, ja *master*, danke *master*, ich will nach Warmbad. Er fragt noch mal, aber Mann, ich versteh nicht, was der sagt – Tschuldigung? Bitte? Und sie mischt sich ein – sie ist eine grauhaarige Lady und er 'n Junger: Mein Freund ist aus England, er fragt, ob du schon lange wartest, daß

dich einer mitnimmt. Also leg ich los: Lange? *Madam*! Und weil sie Weiße sind, erzähl ich ihnen was über die Schwarzen, wie die Geld von einem verlangen, wenn die einen mitnehmen. Diesmal versteh ich, was der junge Mann sagt. Und er sagt: Und von den Weißen halten die meisten nicht an? Und ich überleg mir gut, was ich zur Antwort sag, ich erzähl ihnen von den Schwarzen, wie die uns alles vermasseln, viele von ihnen, weil sie die Leute ausrauben und umbringen, man kann den Weißen gar keinen Vorwurf machen. Dann fragt er, wo ich herkomm. Und sie lacht und schaut zu mir nach hinten. Ich seh, daß sie weiß, daß ich vom Kap bin, obwohl sie mich fragt. Ich sag ihr, ich komm aus den Cape Flats, und sie sagt, sie glaubt aber nicht, daß ich da geboren bin, und sie hat recht, ich bin in Wynberg geboren, direkt in Kapstadt. Und da sagt sie: Sie haben dich also ausgesiedelt?
Und da kapier ich, was für 'ne Weiße das ist, also sag ich zu ihr, ja, die haben uns rausgeschmissen, die Regierung, und sie sagt zu dem jungen Mann: Siehst du?
Er will wissen, warum ich nicht in den Cape Flats bin, wenn ich da zu Haus bin, warum ich hier bin, so weit von zu Haus. Ich sag ihnen, daß ich in Pietersburg arbeite. Und er wieder: Warum? Warum? Was ich denn arbeiten würde, und so weiter, und wenn ich ihn nicht versteh, mischt sie sich ein und fragt mich für ihn. Also sag ich ihm, ich arbeite in 'ner Autowerkstatt. Und ich sag ihm, daß der Lohn sehr niedrig ist auf dem Kap. Und dann fang ich an, ihnen alles mögliche zu erzählen,

manches davon ist wahr, und manches denk ich mir nur so aus, Sachen, die mich ihnen sympathisch machen, damit sie mich vielleicht bis ganz nach Pietersburg mitnehmen.
Ich erzähl ihnen, daß ich schon seit sechs Tagen auf der Straße bin – aber ich flunker ihnen nicht vor, daß ich krank bin, daß ich zu Haus gewesen bin, weil ich krank bin – *sie* ist nicht von Übersee, das hab ich schon geschnallt, sie kennt die alte Geschichte. Ich erzähl ihnen, daß ich hab Urlaub nehmen müssen, weil meine Mutter Ärger mit meinen Geschwistern hat, wir sind sieben in der Familie und kein Vater. Und so wahr mir Gott helfe, es ist gar nicht so erlogen, was ich sag. Wann sieht man ihn denn schon, außer wenn er betrunken ist? Und mein Bruder macht Ärger, der treibt sich mit üblen Leuten rum, und mein anderer Bruder, der hilft meiner Mutter nicht. Und das ist auch nicht gelogen, wie soll er ihr helfen, wenn er sitzt; aber das brauchen die nicht wissen, dann kriegen sie nur Angst, daß ich auch so einer bin wie er, wenn ich ihnen von ihm erzähl: Tätlichkeit, Körperverletzung. Die Schwestern sind in der Schule, und meine Mutter hat nur die Rente, *ja.* Ich arbeit dort in Pietersburg, und jede Woche, *madam*, ich schwör's Ihnen, jede Woche schick ich meinen Lohn für meine Mutter und meine Schwestern nach Haus. Und dann sagt er: Warum willst du denn hier aussteigen? Willst du nicht mit uns bis Pietersburg fahren? Und sie sagt, natürlich, wir fahren ja in die Richtung.
Und dann erzähl ich ihnen noch ein bißchen mehr. Sie

hören mir so nett zu, und ich red und red. Ich red über die Regierung, weil ich hör, wie sie ihm immer wieder was von dem und dem Gesetz erzählt. Ich sag, wie unfair das ist, daß wir aus Wynberg weg müssen und in die Flats. Ich sag ihr, daß wir Krankheiten gekriegt haben – was für Krankheiten, sagt sie, ist es ungesund dort? Und ich brauch nicht lang überlegen, was für welche, ich sag einfach nur, es ist *schlimm, schlimm*, und sie sagt zu dem Mann: Was ich dir gesagt habe. Ich erzähl von dem Haus, was wir in Wynberg gehabt haben, aber es ist nicht meiner Oma ihr altes Haus, in dem wir alle miteinander so lange gewohnt haben, das Haus, von dem ich ihnen erzähl, ist mehr so ein Haus, wie die Häuser, die sie kennen, aus denen sie nicht gern ausziehn würden, mit einem gekachelten Badezimmer, einem Elektroherd und allem. Ich erzähl ihnen, daß wir 3000 Rand ausgegeben haben für das Haus – die haben wir von meinem Onkel gekriegt, seine Ersparnisse waren das, die 3000 Rand, was er uns gegeben hat. (Ich weiß nicht, warum ich 3000 sag, der alte Onkel Jimmy hat nie im Leben 3000 gehabt, auch nicht 2000 oder 1000. Ich sag es nur so.) Und dann haben die uns einfach rausgeschmissen. Und man kriegt wenig bezahlt dort; in Pietersburg ist es besser.

Aber ich bin weit weg von zu Haus, sagt er? Und ich sag noch mal zu ihr, weil sie ist weiß, aber sie ist auch 'ne Frau, und mit den grauen Haaren, da hat sie sicher erwachsene Kinder – *madam*, sag ich, ich schick meinen Lohn jede Woche nach Haus, so wahr mir Gott helf,

damit sie sich was zum Essen kaufen können, unten in den Flats. *Sechs Tage bin ich schon auf der Straße*, sag ich. Und wie ich's sag, überleg ich; und dann sag ich, schaun Sie mich an, was ich da anhab, das ist alles, was ich hab, ich hab alle meine Sachen verkauft unterwegs, damit ich mir was zum Essen kaufen kann. Sechs Tage auf der Straße. Er ist aus Übersee, und sie gehört nicht zu denen, die dir nicht vertrauen, die gleich sagen, du bist 'n Lügner – gleich wie ich eingestiegen bin, hab ich bemerkt, daß sie ihr Zeug nicht nach vorn genommen hat, wie sie das sonst tun, weil sie Angst haben, daß man ihnen was klaut. *Sechs Tage auf der Straße*, und ich bin müde, müde! Wenn wir nach Pietersburg kommen, muß ich schaun, daß ich mir irgendwo einen Rand ausborgen kann, damit ich mir ein Taxi nehmen kann für dahin, wo ich wohn. Wo wohnst du denn? sagt er. Wohnst du nicht in der Stadt? Und sie lacht, weil er keine Ahnung hat, wie das hier ist, wo die Weißen wohnen und wo wir hin müssen – aber ich weiß, daß sie alle zwei überlegen, und ich weiß, was sie überlegen; ich weiß, daß ich was krieg, wenn ich aussteig. Da kann ich ganz beruhigt sein. Ich tu ihnen jetzt leid. Furchtbar leid. Und es ist auch die reine Wahrheit, daß ich müde bin, müde, das ist nicht gelogen.
Sie hat ihr Fenster hochgekurbelt, und er hat ein paar Knöpfe gedrückt, jetzt ist es wie in einem Supermarkt, es bläst kühle Luft, und die Fenster sind wie Sonnenbrillen; da kriegt mich die Sonne nicht, hier drin!

Der Engländer schaut beim Fahren kurz über die Schulter nach hinten. »Er macht ’n Nickerchen.«
»Wird er sicher brauchen.«
Die ganze Fahrt hindurch hat er jedesmal angehalten, wenn er jemanden am Straßenrand stehen sah. Manche wollten gar nicht trampen, rechneten gar nicht damit, irgendwohin mitgenommen zu werden, wollten nirgendwohin, schleppten sich bloß mit einem leeren Plastikkanister durch die Hitze da draußen, um ihn mit Wasser zu füllen, oder mit Petroleum, oder was sie eben sonst in irgendeinem Landladen kaufen wollten, oder befanden sich an irgendeinem Punkt zwischen Abreise und Ziel, mit kleinen Kindern und Bündeln links und rechts und dem Baby auf dem Rücken. Sie hat nichts zu ihm gesagt. Er hätte es nur falsch vestanden, wenn sie ihm erklärt hätte, warum man in diesem Land keine Autostopper mitnimmt; und wenn sie ihm auch noch gesagt hätte, daß es ihr trotzdem nichts ausmacht, daß er diese unglückselige, wenn auch vernünftige Regel bricht, würde er das vielleicht auch mißverstehen, würde glauben, sie hielte sich etwas darauf zugute, daß ihr Anständigkeit und menschliche Anteilnahme wichtiger seien als ihre persönliche Sicherheit.
Er macht hartnäckig höfliche Konversation mit diesen Fahrgästen, weil er nicht herablassend sein möchte; sie einfach aufklauben wie irgendein Ding, irgend etwas Stummes hinter seinem Kopf, das nach Rauch riecht von den offenen Kochfeuern, nach Sonne und Schweiß, und sie dann wieder abladen. Sie verstehen sein engli-

sches Englisch nicht, und wenn er überhaupt eine Antwort bekommt, dann ist das, wie wenn ein Tauber etwas sagt, das man, wie er glaubt, von ihm erwartet. Manche grinsen vor Freude und bringen ihn in Verlegenheit, weil sie ihre Freude so zeigen, wie man sie gelehrt hat, daß Freude gezeigt werden muß, mit vielen *baas* und *masters*, wenn sie wieder aussteigen und sich bedanken. Aber auch wenn er es nicht weiß, weil er zu beschäftigt ist mit diesen Anreden, die ihm da in die Hand gedrückt werden wie Peitschen, deren Zweck ihn abstößt, nichts mit ihm zu tun haben, sie weiß, daß da jedesmal in dem klimatisierten Mietwagen, der niemandem gehört, ein Augenblick der Nähe ist – ein Augenblick, wie auf neutralem Boden, auf dem ein Abkommen zwischen kriegführenden Ländern unterzeichnet wird –, wenn keiner den anderen schmäht und jeder seinen Platz in der Anwesenheit des anderen hat. Er spürt es nicht, weil er keine Wunden hat, nie welche zugefügt hat, nie welche zufügen wird.
Der da, der mit seinem Transistorradio in einer Plastiktüte am Straßenrand stand, hielt wirklich wie einer aus der Stadt den Daumen hoch, um ein Auto anzuhalten; seine Erwartung hob ihn aus den anderen hervor. Und als ihr Begleiter, dem sie das Land zeigt, natürlich wieder anhielt, las sie sofort im Gesicht des Wartenden; der wache, einschmeichelnde Blick des geborenen Schauspielers, die rotbraunen Wangen und Nasenlöcher, die Unbefangenheit, mit der er die klaffende Lücke zwischen den Eckzähnen zeigte, als er lächelnd herübergelaufen kam.

Ein Schlafender ist immer abwesend; und doch anwesend, da hinten auf dem Rücksitz.

»War das nicht erstaunlich, wie er über die Schwarzen gesprochen hat? Ich mein – er ist doch selber einer.«

»O nein, ist er nicht. Hast du den Unterschied nicht bemerkt? Er ist ein Farbiger vom Kap. Schon allein sein Englisch – hast du denn nicht gehört, daß er anders redet als die übrigen Afrikaner, mit denen du gesprochen hast?«

Aber er hat natürlich nichts gesehen, nichts gehört: der Kerl ist schwarz genug für einen, der die Merkmale nicht kennt, nach denen sie uns klassifizieren, und das melodramatische Englisch mit den langgezogenen Vokalen klingt zwar flüssiger, ist aber genauso schwer zu verstehen wie die kurzen, zögernden Antworten Schwärzerer.

»Könnte er eine weiße Großmutter haben, oder sogar einen weißen Vater?«

Sie erteilt ihm eine weitere ihrer kleinen Geschichtslektionen, wie sie das schon die ganze Fahrt über tut. Über die malaiischen Sklaven, die die holländische Ostindische Gesellschaft im siebzehnten Jahrhundert auf ihren Fahrten nach Indien zu ihrem Versorgungsstützpunkt auf dem Kap gebracht hat; über die Khoikhoi, die Urbewohner in diesem Teil Afrikas; jetzt rechne noch die Sprößlinge aus Hinterhofbeziehungen holländischer, französischer, englischer und deutscher Siedler mit diesen und anderen Schwarzen dazu, und du hast den Grundstock für ein Volk, in dem sich alle Menschen dieses Landes in einem einzigen Blutstrom vermischen. Aber die Begegnungen mit den Leuten am Straßenrand sind lehrreicher für ihn als ihre Geschichtslektionen oder die politischen Analysen, in denen er zwar ihre ideologische Einstellung teilt, nicht aber die Verpflichtungen, die sich aus der praktischen Anwendung dieser Ideologie ergeben. Sie hat ihm verschiedene Gesetze erklärt, Proklamationen, Zusatzartikel, den *Group Areas Act*, den *Resettlement Act*, den *Orderly Movement and Settlement of Black Persons Act.* Sie hat ihm diese Gesetzesbucheuphemismen übersetzt; Menschen als bewegliche Ware. Menschen, die mit ihren Herden und Betten auf Lastwagen verfrachtet werden, während ihre Heime mit dem Bulldozer ausgehoben und auf den Müll geworfen werden. Menschen, die irgendwo anders abgeladen werden. Immer irgendwo anders. Menschen als Ziffern, Dezimalpunkte und sich multiplizierende Nullen, zu denen das Leben von Individuen – ordnungsgemäß ausgesiedelten, umgesiedelten, neu angesiedelten Schwarzen – verdichtet und digitalisiert wird. Und jetzt hat er da in seinem Wagen den intimen müden Geruch eines jungen Mannes, dem solche Dinge passieren.

»Seine halbe Familie krank ... muß 'ne ziemlich ungesunde Gegend sein, wo man sie angesiedelt hat.«

Sie lächelt. »Na ja, ich bin mir da nicht ganz so sicher. Ich hatte das Gefühl, manches von dem, was er da erzählt hat ... sie neigen von Natur ein bißchen zum Schauspielern. Du darfst nicht alles so wörtlich nehmen.«

»Auch nicht, was er über seine Mutter und die Geschwister gesagt hat?«
Sie lächelt immer noch und gibt keine Antwort.
»Aber daß er so weit weg von zu Hause eine Arbeit angenommen hat, das kann er doch nicht erfunden haben – und daß er der Mutter seinen Lohn nach Hause schickt? Das auch?«
Er wirft ihr einen kurzen Blick zu.
Sie sitzt an seiner Seite, in sich gekehrt wie der andere, der hinter ihm schläft. Er wendet seine Aufmerksamkeit wieder der Straße zu, und jetzt betrachtet sie ihn verstohlen, als wäre irgendwo in seine blauen Augen, deren Blick die auf ihn zukommende Straße registriert und zugleich auf die schwarzen Gesichter gerichtet ist, in denen er zu lesen versucht, irgendwo in der Haltung seines sonnenverbrannten Armes, der auf ihren Fahrten in die Sonne getaucht worden war wie in kochendes Wasser, als wäre dort irgendwo die Stelle, durch die der Wurm, mit dem er infiziert werden muß, sich in ihn hineinbohren könnte, um ihn zu seinem Wirt zu machen, ohne ihm Schaden zuzufügen, ihm das Überleben zu ermöglichen, indem er sich von ihm nährt. Damit er wird wie sie. Komplizenschaft ist die einzige Art des Verstehens.
»Oh, das ist wahr, es ist alles wahr ... nicht so, wie er es erzählt hat. Wahrer, als er es erzählt hat. All das passiert ihnen. Und noch mehr. Schlimmeres. Aber wozu uns damit belasten? Wozu versuchen, es uns zu erklären? Dinge, die so weit weg sind von allem, was wir kennen,

wie sollen sie die je erklären? Und wie werden wir reagieren? Uns die Ohren zuhalten? Das Gesicht bedekken? Die Tür aufreißen und ihn rausschmeißen? Woher sollen sie das wissen? Aber kranke Mütter und auf Abwege geratene Brüder – das sind die Requisiten des Elends, mmmh? Denk doch nur an die Funktion der Wohlfahrtseinrichtungen in den Klassenkämpfen in deinem Land im neunzehnten Jahrhundert; kannst du alles in eurer Literatur nachlesen. Die mitleidige Tochter des Grundherrn, die dem sterbenden Pächter auf dem Besitz ihres Vaters eine warme Suppe bringt. Die ›fortschrittliche‹ Dame aus höheren Kreisen, die ihre Köchin tröstet, wenn die Tochter der fleißigen ehrlichen Haut sich als Hure ihren Lebensunterhalt verdient. Es ist eine *Schande*, sagen wir hier. Schande. Das hast du doch sicher schon gehört? Wir glauben, wir drücken damit Bedauern aus; Mitgefühl – mit ihnen. Eine *Schande*. Ich weiß nicht, was wir damit über uns selbst sagen.« Sie lacht.

»Also meinst du, daß es zumindest wahr ist, daß seine Familie aus ihrem Haus rausgeworfen wurde, daß sie fortgeschickt worden sind?«

»Warum sollte einer von ihnen so was erfinden? Das ist eine alltägliche Geschichte.«

»Und was kriegen sie da, wo man sie hinbringt?«

»Kommt drauf an. Zuerst mal ein Zelt. Und vielleicht das Allernotwendigste, um sich eine Bretterbude zu bauen. Vielleicht einen Ein-Raum-Fertigschuppen. Auf jeden Fall eine Blechtoilette irgendwo im Veld, wenn schon sonst nichts. Irgendein Unternehmer muß ein Vermögen machen mit diesen Toiletten, die die Regierung bei ihm in Auftrag gibt. Um diese Toilette herum bauen sie sich ihr neues Leben auf. Er ist ein Farbiger, kann sein, daß man seine Familie irgendwo hingeschickt hat, wo es schon so was wie Häuser für sie gab; die Farbigen kriegen im Durchschnitt was Besseres als die Schwarzen, wenn auch nicht viel besser.«

»Und du glaubst, daß das Haus, das sie bekommen haben, mehr oder weniger dem entsprochen hat, was sie vorher hatten? So arme Leute! – Und es muß ein Vermögen gewesen sein für ihre Begriffe, was sie für das Haus ausgegeben haben.«

»Ich weiß nicht, was für'n Haus sie gehabt haben. Wir reden hier nicht über Slumsanierung, mein Lieber; wir reden über die Zerstörung von Gemeinden, weil sie schwarz sind; und weil Weiße ihre Häuser und ihre Fabriken für Weiße dort bauen wollen, wo die Schwarzen leben. Ich hab's dir doch schon gesagt. Wir reden von Schwarzen, die auf Lastwagen verfrachtet und abtransportiert werden, um sie den Weißen aus den Augen zu schaffen.«

»Und sogar da, wo er arbeitet – Pietersburg oder wie das heißt –, nicht mal da wohnt er in der Stadt.«

»Aus den Augen.« Sie verliert den Gedanken für einen Moment, weil sie aufpassen muß, daß er richtig abbiegt. »Aus den Augen. Wie diese Mütter und Großmütter und Geschwister weit weg da unten in den Flats.«

»Ich kann mir nicht vorstellen, daß er ihnen wirklich

seinen ganzen Lohn schickt. Ich mein, er muß ja auch was essen.«
»Vielleicht kann er sich mit dem, was bleibt, sowieso nicht kaufen, was er gern hätte.«
Nicht ein Laut, nicht ein Seufzen im Schlaf hinter ihnen. Sie können ruhig über ihn weiterreden, wie immer über ihn geredet wird, da und doch nicht da.
Ihr Begleiter will nicht zu leichtgläubig erscheinen. Mit einem Lächeln überprüft er die Fakten, so wie er im Geist jede Summe, die er in ausländischer Währung ausgibt, in Pfund und Pence umrechnet. »Sein Radio hat er aber nicht verkauft. Das hat er vergessen, als er sagte, daß er alles verkauft hat, seit er auf der Straße ist.«
»Was hat er gesagt, wann er zum letzten Mal gegessen hat?«
»Gestern. Hat er gesagt.«
Sie wiederholt die Antwort. »Gestern.« Sie schaut durch die Glasscheibe, die das Flimmern der Hitze von der Landschaft nimmt, die vorüberzieht, wie gestern vorübergezogen ist, und der tickende Sekundenzeiger der vorbeigleitenden Bäume, die Getreidefelder, die Veranden vor den Gemischtwarenläden, die Tankstellen und die stacheligen krummen Finger riesiger Wolfsmilchgewächse messen die Zeit. Nur die am Straßenrand wartenden Gestalten stehen still.
Persönliche Bemerkungen können einen, der vor Erschöpfung wie tot auf dem Rücksitz liegt, nicht kränken.
»Kannst du dir erklären, wie ein so junger Mann dazu kommt, daß er keine Schneidezähne mehr hat?«

Sie kichert in sich hinein und senkt für alle Fälle die Stimme. »Na ja, du wirst es mir nicht glauben, wenn ich es dir sage . . .«

»Irgendwie komisch . . . wahrscheinlich kann er es sich nicht leisten, sich das richten zu lassen.«

»Das ist – wie soll ich sagen –, das hat was mit Sex zu tun. Meistens sieht man es allerdings bei jungen Mädchen. Man zieht ihnen die Schneidezähne, wenn sie um die siebzehn sind.«

Sie spürt seine Unsicherheit, spürt, daß er keinen Schluß ziehen will, der eine ältere Frau in Verlegenheit bringen könnte. Sie ihrerseits überlegt, ob er es geschmacklos finden würde, wenn sie – in ihrem geschlechtslosen Alter – damit herausrückt: zum Schwanzlutschen. »Offenbar findet keiner, daß die Zahnlücke das Gesicht eines jungen Mädchens entstellt. Sie ist einfach ein Zeichen dafür, daß das Mädchen einen Mann zu erfreuen weiß. Ich nehm an, daß es zwischen Männern dasselbe bedeutet . . . eine Art Schönheit. Sagt man. Jedenfalls hat man uns immer erzählt, daß das der Grund ist.«

»Vielleicht ist das auch nur so ein sexueller Mythos. Es gibt so viele.«

Sie stimmt ihm zu. »Schwarze Mädchen. Chinesinnen. Jüdinnen.«

»Und schwarze Männer?«

»Ach du meine Güte, und was für Mythen! Aber darüber reden wir weißen Damen natürlich nicht, davon träumen wir nur, weißt du! Oder haben Alpträume.«

Sie lachen. Als sie danach schweigen, lehnt sie sich zurück, um die Schultern zu entspannen, und setzt sich dann wieder zurecht. Die Straßen einer Stadt lassen ihren Text über ihre Augen flimmern. »Er könnte einen Autounfall gehabt haben. Oder vielleicht sind sie ihm bei einer Schlägerei rausgeschlagen worden.«

Sie müssen ihn aufwecken, weil sie nicht wissen, wo er abgesetzt werden will. Er starrt in ihr faltiges weißes Gesicht (das sie ihm zuwendet, während sie ihn leise ruft) und ist einen Augenblick wie betäubt über diesen Hinweis dafür, daß er nirgendwo sein kann, wo er sein sollte; und jetzt blinzelt er und lächelt sein leeres, links und rechts von einem Eckzahn eingefaßtes Lächeln, schluckt und schüttelt sich wie einer, der aus dem Wasser auftaucht. »Tschuldigung! Tschuldigung! Tschuldigung, *madam*!«
Wofür denn, sagt sie, und aus den blauen Augen des jungen Mannes kommt ein schneller Blick über die Schulter nach hinten: »Gut geschlafen?«
»Oh, ich war fertig, *master*, total fertig. Gott segne Sie, daß ich hierdrin ausruhen konnte. Und mit leerem Magen, wissen Sie, da träumt man so echt. Ich habe geträumt und geträumt und nichts davon gemerkt, daß ich im Wagen bin.«
Es kommt vom Fahrersitz, mit der Stimme eines Menschen (der Stimme eines echten Engländers aus Übersee), der etwas zu hören hofft, was alles erklärt. »Was hast du geträumt?«

Aber die Antwort ist nur ein zischendes Lachen, das zwischen den zwei weißen spitzen Zähnen hervorsprudelt. Die Wörter hüpfen. »*Ach*, nichts, *master*, nichts, lauter Unsinn ...«

Und wenn man ihn drängt, wird er ihnen einen Traum auftischen, den er nicht geträumt hat, einen Traum, zusammengedichtet aus den überdimensionalen Bildern von Plakatwänden, aus weggeworfenen Kalenderblättern, die er irgendwo zusammengeklaubt hat, aus Zeitungsschnipseln – aber sie unterbrechen ihn, sie fragen, wo er aussteigen möchte.

»Irgendwo. Hier ist gut. Gleich da drüben an der Ecke. Ich muß schaun, daß ich jemand find, der mir vielleicht 'nen Rand für'n Taxi gibt, weil so weit kann ich nicht gehen, ich hab seit gestern nix gegessen ... gleich da, der *master* kann gleich da drüben anhalten ...«

Die Ampel steht ohnehin auf Rot, und der Wagen ist in der Spur gleich neben dem Gehsteig. Ihr dünner, weißer, sommersprossiger Arm mit der geschickten, biegsamen Hand, die aber keine Muskeln hat, um ein Bündel Wäsche zu tragen oder eine Hacke zu schwingen, reicht nach hinten, um den Knopf hochzuziehen, an dem er herumfummelt. »Rauf, rauf, du mußt ihn raufziehen.« Sie hat es für ihn getan. »Kannst du nicht mit dem Bus fahren?«

»Sonntags gibt's keinen Bus, *madam*, ist ganz schlecht da mit Bussen für uns, ich sag's Ihnen, Sonntag können wir nirgends hin, nur in der Woche.« Er ist draußen, die Plastiktüte mit dem Radio unterm Arm, die Füße in den schmutzigen, buntgestreiften Joggingschuhen brav nebeneinander wie ein Kind, das darauf wartet, daß es gehen darf. »Danke, *madam*, danke, *master*, Gott segne Sie für das, was Sie getan haben.«

Mit sicherer, geschickter Hand greift sie rasch in die auf einem Markt irgendwo unterwegs gekaufte Strohtasche und zieht einen blaßblauen Geldschein hervor (der Engländer hat sich die Farben eingeprägt und erkennt, daß es eine Zwei-Rand-Note ist). Sie dreht sich um und reicht den Schein, eine verstohlene Botschaft, durch die offene Tür. *Goodbye, master, madam.* Der Schein verschwindet diskret wie ein mit den Fingern gereichter Leckerbissen. Er macht die Tür zu, immer noch weiterplappernd, *goodbye, master, goodbye, madam*, und sie sagt: »Nein, wirf sie zu. Fester. Ja, so.« *Goodbye, master, goodbye, madam* – aber sie schauen nicht mehr zurück, sie brauchen nicht zu sehen, wie er denkt, daß er da stehenbleiben muß und winken und lächeln für den Fall, daß sie doch noch zurückschauen sollten.

Sie ist der Führer und Mentor; sie ist diejenige, die das Land kennt. Sie ist – und auch das weiß sie – die Verantwortliche. Sie muß als erste etwas sagen. »Wenn er hungrig ist, kann er sich wenigstens eine Semmel oder so was kaufen. Die Bars jedenfalls haben sonntags geschlossen.«

Sich fithalten

Atmen.

Atem. Ein Baby, ein eben aus dem Ei geschlüpftes Küken – das erste Gebot heißt: atmen.

Atemlos.

Atme! Aus dieser Konzentration heraus, in der er sogar den Rhythmus seiner Füße vergißt, nur noch ein Blasebalg ist, betätigt durch den Befehl, die Ermahnung, den Klaps aufs Gesäß, der das Baby den ersten Atemzug tun läßt – kommt er wieder zu Atem. Nur wer das täglich betreibt, morgens und abends, kann erfahren, woran keiner sich erinnern kann – jene erste Entdeckung eigenständigen Lebens: Ich kann atmen.

Es kam nach etwa zwanzig Minuten, wenn er Häuser hinter sich gelassen hatte, die er nie betrat, aber kannte, weil Leute seiner Art darinnen wohnten, an den Hunden vorbei war, die auf ihren gewohnten Posten am Gartentor aggressiv ihren Wachdienst versahen, an der Imbißstube mit den noch geschlossenen Läden – *Prego Rolls & Jumbo Burgers* zum Mitnehmen – und an dem stacheligen Sicherheitskäfig des Umspannwerkes. Das waren seine Schrittmesser: drei Kilometer. Hier, wo das Netz der ihm vertrauten Straßen auf die Hauptstraße traf, war die Stelle zur Umkehr. Manchmal lief er auf

Umwegen zurück, aber die äußerste Grenze lag hier. Die Schnellstraße – Autobahn wäre zuviel gesagt – trennte das Gebiet von Alicewood, benannt nach der Tochter eines Grundstücksmaklers, vom Enterprise Park, der parkartig angelegten industriellen Pufferzone zwischen der Vorstadt und der schwarzen Township, deren Identität längst in einem *squatter camp* untergegangen war, das sich bis an den Rand des Industrieparks ausgedehnt hatte und mit seinem Gerümpel aus Blech und Sackleinen, wo nur ein freies Stück Boden war, durch die Lücken bis herauf zur Schnellstraße quoll. Irgend jemand – die Stadtverwaltung wohl – hatte einen hohen Wellblechzaun aufgestellt, um dem Durchfahrtsverkehr den Anblick zu ersparen.
An einem Sonntagmorgen um sechs Uhr früh liegt die vierspurige Straße verlassen da. Ein Rauchschleier von den Kochfeuern des vergangenen Abends hängt friedlich über der anderen Seite, das Zeichen von Leben da drüben. In dem Haus, das er verlassen hat, schlafen eine Frau und drei Kinder, ohne bemerkt zu haben, daß er sich aus dem Bett der Frau erhoben hat, an ihren Türen vorübergegangen ist, als hätte er seinen Körper in dem Abdruck neben ihr zurückgelassen und sich auf leisen Laufschuhen aus sich selbst entfernt. Der erschöpfte Asphalt strömt einen Geruch nach Teer aus, der sich unter der Woche in Kohlenmonoxiddämpfen verliert; er fühlt sich heimlich versucht, hier an seinem Wendepunkt angelangt, ein paar Schritte auf die Straße hinauszutreten und auf der Stelle zu laufen, den festgefah-

renen Asphalt ganz für sich allein zu haben. Er fühlt sich angenehm an unter den Füßen, wie eine abgewetzte Gummimatte.

Er begann ihn gleichmäßig entlangzulaufen. Nichts zeigte ihm mehr die Entfernungen an; dafür begann das Gedächtnis, seinem eigenen Tempo folgend, in einem Doppelstrom zu fließen, das pumpende Herz schickte Blut zu seinen Gehirnzellen hoch, in denen Blitzlichter von Empfindungen und Bilder aus der Kindheit zusammen mit dem Kaleidoskop von Fragmenten der vergangenen Woche gespeichert waren. Kaulquappen, die sich auf dem Heimweg von der Schule in seiner Tasche winden, und der gereizte Ausdruck um den Mund seines Buchhalters, als er irgendeine Kalkulation in Zweifel zog, die Veränderung im Hüftschwung eines jungen Mädchens, das Freitag am Bankschalter in einer Schlange vor ihm stand, als sie das Gewicht von einem Fuß auf den anderen verlagerte, das plötzlich auftauchende Bild seines Vaters, der sich in einem Gemüsegarten hinunterbeugt, eine drohend aufragende Gestalt aus der Augenhöhe eines Kindes, das etwas Falsches getan hat (fortgelaufen, war es das?), dieselbe Gestalt und doch nicht dieselbe mit einem arthritischen Bein, steif weggestreckt wie ein Holzbein, und dem abwesenden Blick eines Menschen, der sich nur noch auf den Tod zubewegen kann, der Geruch des Mädchens in der Bank, als die scharfe Ausdünstung ihrer Ungeduld seinem Körper die Botschaft des ihren vermittelte – all dies gleichmäßig eingeatmet und ausgeatmet. Im Ineinanderfließen der Zusammenhänge kommt einem das Krähen eines Hahnes in der Stadt nicht abwegig vor, sondern eher wie der Ruf eines Herolds: Es ist Tag, heute, Zeit für die Gespenster, zu verschwinden, Zeit zur Umkehr. Das Krähen kommt von da drüben hinter dem Zaun, einem Ort, der selbst jedem Zusammenhang, jeder Planung, jeder Definition trotzend entstanden ist und das Erwachen des Gesindes auf dem Hof mit dem Stechen der Stechuhren in den nahen Fabriken verwechselt.

Natürlich hielten sie Hühner in dem Schmutz und der Verwahrlosung, die hinter diesem Zaun zu vermuten waren. Er mußte noch ein paar Kilometer gelaufen sein; es waren keine Fabriken mehr zu sehen auf der anderen Seite, nur noch Baracken die ganze Straße entlang. Hier war der Blechzaun unter dem Druck der an ihn gelehnten Hütten stellenweise zusammengebrochen, zum Teil hatten sie ihn herausgerissen, um ihre Bretterbuden damit zu decken, dennoch war das Leben da drinnen nicht den Blicken der Straße preisgegeben, denn das Gewirr von notdürftig zusammengestoppelten Brettern und Planken, Blechteilen aus Autowracks, Pappdeckelverschalungen und Plastikverkleidungen versperrte die Sicht auf die Ausdehnung dieses Gewimmels von Behausungen nach hinten. Doch in dem Augenblick, als er sich umdrehte, um heimzulaufen – brach es auf, gab sich preis.

Männer kamen auf ihn zugerast. Im Ansturm wirkten ihre Gesichter übertrieben groß wie bei einer Nahaufnahme im Film; einen eindringlichen Augenblick lang sah er seine eigene Grimasse plötzlich klaffender Angst, die ihm den Mund aufriß und die Wangen wie eine Gummimaske spannte, noch ehe er die Angst spürte. Sie stürzten auf ihn zu, rannten in ihn hinein, rempelten und schlugen ihn. Aber im Vorbeijagen: sie zogen ihn mit sich mit. Sie waren nicht hinter ihm her. In den Impulsen der Panik entlang seiner Gehirnbahnen brannten Sicherungen durch, er kam zu der widersprüchlichen Erkenntnis, daß er nichts weiter war als ein Ding in ihrem Weg – eine Kiste, über die sie stolperten, ein herumliegender Reifenschlauch, den sie mit den Füßen weiterstießen – ein in ihre Verfolgungsjagd hineingespültes Objekt. Einer, der zunächst zu ihnen zu gehören schien, war der Mann, hinter dem sie her waren, und seine panische Angst und ihr Zorn waren eine Raserei, in der er das eine nicht vom anderen unterschieden hatte. Das Hemd des Mannes war am Rücken von oben bis unten aufgerissen, einer der Verfolger hatte einen Schuh verloren und hoppelte wie verrückt, manche hatten sich rote Tücher um den Kopf gebunden wie Piraten, über ihren Köpfen schwangen dicke Keulen mit knorrigen Wülsten, sie waren mit langen Drahtstücken bewaffnet, stark und scharf genug, um einen Menschen damit aufzuspießen, einer galoppierte mit einem Vorschlaghammer über der Schulter daher, manche waren mit Beilen bewaffnet, und einer mit einem Schlachtmesser, scharf zugeschliffen wie ein Schwert, das an einer Armschleife aus geflochtenen roten Plastikschnü-

ren baumelte. Sie schrien in einer Sprache, die er nicht zu verstehen brauchte, um zu verstehen, der Gestank nach adrenalinhaltigem Schweiß kam aus dem Hochofen in ihrem Inneren. Das Opfer zog die Knie beim Laufen fast bis zum Kinn hoch und rannte im Zickzack die Straße entlang, die Straße, die niemals überquert werden durfte, und der dichtgedrängte Mob rannte mit ihm um die Wette, stolpernd und schrecklich mit seinen Waffen, und er, der in die wilde Jagd hineingeraten war, wurde mitgerissen wie von einem Karnevalszug, in dem der Tod, dieses Mal, keine Maske war.
Die Jagd von Verfolgtem und Verfolgern wechselte plötzlich von der einen Straßenseite zur anderen, er wurde an den Rand des wilden Gedränges gedrückt und sah seine Chance.
Raus.
Der Zaun war umgefallen. Die Baracken: er war auf der falschen Seite. Die Straße war nicht mehr die sichere Grenze zwischen diesem Ort und seiner Vorstadt. Sie war die Schranke, die ihn daran hinderte, von der falschen Seite wegzukommen. Unter Schlachtgesängen und dem Schlag eines Stockes mit einer knorrigen Verdickung, groß wie ein Kinderkopf, ging der Mann auf der leeren Straße zu Boden *(kam denn keiner, war denn da keiner, um dem Ganzen ein Ende zu machen?)*, das Schlachtmesser stieß zu, die spitzen Drähte bohrten sich hinein, der Körper wand sich wie ein zerhackter Wurm. Blutpfützen legten sich über die Ölflecken auf dem Asphalt.
Er floh durch die Lücken zwischen den Baracken. Zwei

Kinder, die mit nacktem Hintern dahockten, um zu pinkeln, fuhren hoch und sprangen wie die Ratten vor ihm davon. Ein Mann hob den Sack vor einer Öffnung im Blech und ließ ihn rasch wieder fallen. Kochtöpfe und Asche, ein angebundener Esel, die schrundige Karosserie eines Autos, die wie der ausgeweidete Panzer eines Riesenkäfers aussah, ramponierte Einkaufswagen aus Supermärkten, Mauern aus Schlamm, Bierdosen; Schweigen. Verlassenheit; oder das Vakuum, das entsteht, wenn Menschen nach dem Durchzug von Gewalt zurückbleiben, sich aus ihr heraushalten, den Atem anhalten. Die planlos verlaufenden Streifen schlammiger Wege zwischen dem, was hier als Mauer gelten mochte, waren so schmal, daß es schien, als hätte er eine einzige Behausung betreten, in der ihn von allen Seiten, unsichtbar, Menschen umgaben, die ihm – seinem Atem, seinem keuchenden Atmen – von Raum zu Raum folgten. Ein Weißer! Er empfand sich nur noch als Weißer, hatte keine andere Identität mehr, nichts, um sich zu erkennen zu geben: einen Sack zur Seite zu ziehen und zu sagen, ich bin Makler von Beruf, seinen Namen zu nennen, seine Adresse – sie waren nichts, bedeuteten nichts, diese Nachweise seiner Existenz. Und dann tauchte aus einem Schuppen, der eine Tür hatte, eine Frau auf.

»Kommen Sie rein. Das ist gefährlich.«

Ein fester Griff, ein kräftiger, karamelfarbener Oberarm in einem prall gefüllten kurzen Ärmel, gelb und rosa geblümt. Er duckte sich durch die Tür, sie schob von hinten nach.

»Die sind schrecklich, diese Leute, die bringen jeden um. Jeden!«
Sie hatte das strenge Gesicht, das die Ehrbarkeit formt, das Gesicht einer schwarzen Kirchgängerin, die Augen kühl und schmal hinter der schmetterlingsförmig gerahmten Brille mit den vergoldeten Schnörkeln. Aus der Dunkelheit starrten ihm andere Menschen entgegen. Ein Stück Sackleinen hing vor einem Viereck, das ein Fenster sein mußte. Licht drang nur durch die Spalten zwischen den Blechwänden und in dem Dach dicht über seinem Kopf. »Ich laufe nämlich, wissen Sie ... ich war drüben auf der anderen Straßenseite, hab nur eben meinen Lauf gemacht ...«
Ein junger Mann, der dieser unerwarteten Erscheinung den Rücken gekehrt hatte und sich die Nägel schnitt, Kinder, ein gebeugter Mann in Pyjamahose und Pullover, ein Mädchen mit vom Schlaf noch ganz benommenen Augen, das sich unter den nackten Schultern eine Decke um den Leib gewickelt hatte.
Er verlor einen Augenblick die Kontrolle über sich, hätte sich am liebsten an diese Frau sinken lassen, ihren verbrauchten dicken Körper unter der Schürze umklammert und sich mit dem Schild ihrer Wärme gegen sein Zittern geschützt. »Was ist denn da los – wer war das –, er ist tot, der Mann da draußen auf der Straße.«
Sie sprach für alle. »Die vom Wohnheim. Die kommen aus dem Wohnheim da. Die kommen hier rein und bringen uns um.«

»Ich hab davon gelesen.« Sein Kopf knickte ein wie bei einer Marionette und sank ihm auf die Brust.
»Sie haben davon gelesen!« Sie stieß ein Lachen aus, kurz wie ein Schlag. »Jede Nacht, nie wissen wir: Kommen sie oder kommen sie nicht.«
»Was sind das für Leute?«
»Die schickt die Polizei.«
Er konnte dieser Frau nicht sagen: Davon hab ich aber nichts gelesen.
»Morgen kann *er* es sein.« Die Frau öffnete die vollen verschränkten Arme und zeigte auf das Profil des jungen Mannes.
»Er?«
»Ja, mein Sohn. Die kommen, klopfen an die Wand, rufen, alles in Ordnung, nennen ihn Genosse, damit er ihnen glaubt, und wenn er nicht rausgeht, brechen sie die Tür ein und schlagen meinen Mann, da, Sie sehen ja, er ist schon ein alter Mann – und nehmen meinen Sohn und bringen ihn um.«
Nichts erweckt in einem Menschen so sehr Mitgefühl wie am eigenen Leib erlebte Gefahr. »Es war großartig von Ihnen, daß Sie mir einfach so die Tür aufgemacht haben. Ich meine – *mir*. Ich weiß gar nicht, was ich sagen soll. Warum denn er? Warum sollten sie es auf Ihren Sohn abgesehen haben?«
Der junge Mann rührte sich plötzlich und wandte sich noch betonter von der Erscheinung ab, die seine Mutter da in ihre Mitte gebracht hatte.
»Mein Sohn ist beim Jugendk . . ., im Straßenkomitee.«

Die Sorte, die Häuser von Regierungsbeamten niederbrannte, Busse mit Steinen bewarf und Schulen boykottierte. Und lebte hier – langsam drang ihm aus der Dunkelheit und seinem eigenen Schock ins Bewußtsein, was für eine Behausung das war. Ihre Enge drängte von allen Seiten auf ihn ein, eine Form, in der seine eigenen Dimensionen neu definiert wurden. Er beanspruchte Raum, wo der jedem Bewohner zugestandene Raum streng begrenzt war und respektiert werden mußte. Der Raum selbst war durch einen Vorhang in zwei Hälften geteilt; er war nicht ganz zugezogen, so daß er dahinter das Doppelbett mit der volantbesetzten grünen Satinüberdecke sehen konnte, das die eine Hälfte füllte. Ein Tisch mit Töpfen und einem Spirituskocher, ein Küchenschrank mit Geschirr, ein durchgesessener Lehnstuhl, in den der alte Mann sich sinken ließ, ein chromblitzender Radiokassettenrecorder, ein Jungmädchenkalender, in einem Rahmen Jesus als guter Hirte mit einem goldenen Heiligenschein, Kleider, die schlaff von Nägeln hingen, die Schattenrisse zusammengefalteter Decken – das war die zweite Hälfte. Jetzt erst sah er, daß drei Kinder da waren, dazu die erwachsene Tochter und der erwachsene Sohn; sieben Menschen lebten hier.
Die Frau hatte den Spirituskocher angezündet und gab dem Mädchen eine Anweisung in ihrer Sprache. Mit einer Hand die Decke haltend, die Knie schamhaft zusammengepreßt, schlurfte das Mädchen zum Küchenschrank, um eine Tasse mit Untertasse herauszunehmen, wischte sie mit einem Lappen aus, gab einen Löffel Pul-

vermilch in die Tasse und dann, noch einmal von der Mutter angetrieben, einen Löffel Tee in eine Kanne. Wie eine Schlafwandlerin. Niemand sprach außer der Frau. Aber er spürte, daß sie sich seiner Anwesenheit bewußt waren: der alte Mann verwirrt, wie über einen Besuch, den keiner ihm angekündigt hatte, die Kinder in unerschrockener Neugier, der junge Mann feindselig, das Mädchen – das Mädchen wäre am liebsten in die Erde versunken, die der Fußboden der Hütte war; als wäre *er* die Bedrohung und nicht die Marodeure, deren Wüten in Böen von der Straße herüberwehte wie ein Sturm, der in an- und abschwellenden Stößen gegen die Blechwände schlägt. Der alte Mann stand plötzlich auf und deutete einladend auf den Lehnstuhl.

»Bitte – bleiben Sie doch, ich muß wirklich nicht...«

Die Frau brachte ihm die Tasse Tee und eine kleine Zuckerbüchse. »Nein, nein, setzen Sie sich, setzen Sie sich. Sie sehen ja, wie es hier ausschaut, der Regen kommt überall rein, Sie sehen, wie wir uns behelfen müssen und die Löcher im Blech provisorisch mit Plastik zustopfen, aber wir haben immer noch einen Stuhl für einen Gast.«

Während er den nach Petroleum schmeckenden Tee trank, pflanzte sie sich mahnend vor ihm auf. »Sie dürfen nicht hierherkommen.«

»Ich komm normalerweise nicht so weit, nur heute früh, und ich war auch auf der andern Straßenseite, kein Mensch weit und breit... und dann ist es passiert, ich bin ihnen über den Weg gelaufen.«

Sie klemmte die Lippen zwischen die Zähne und schüttelte den Kopf über so viel Dummheit. »Was haben Sie denn hier zu suchen!«

Geh kein Risiko ein, halt dich der Hauptstraße fern – seine Frau, wenn er abends vor dem Zubettgehen manchmal lief, besitzergreifend, er sollte nichts tun, was sie ausschloß.

»Ich könnt ja zu mir nach Haus, nach Lebowa, aber wie solln wir dahin, er hat 'nen Job in der Stadt, er ist Parkwärter in der Tiefgarage, da können Sie ihn sehn, da bei der Kette, wo die Autos reinkommen und unters Haus fahren. Er ist zu alt, kann hier nicht allein bleiben.«

Das Geschrei von der Straße entfernte sich außer Hörweite. Morgendliche Geräusche wurden laut – Husten, Babygeschrei, das Trommeln von Wasser, das in Blechgefäße lief. Er erhob sich und stellte die Tasse vorsichtig auf den Tisch.

»Warten Sie.« Sie drehte sich um und sagte etwas zu dem jungen Mann. Er antwortete mit dem schwelenden Eigensinn der Jugend. Sie sagte noch etwas, und er steckte den Kopf durch die Tür nach draußen. Alle blieben genau in der Stellung, in welcher der schmale Streifen Morgensonne sie vorfand; der Junge schlüpfte hinaus und ließ sie hinter sich in der Dunkelheit. Die Frau sprach nicht, solange er weg war. Das Profil des Jungen vor dem grellen Licht tanzte als Nachbild in der Finsternis; die Stimmung des Wartens war das erste, was sie mit dem teilten, dem sie Zuflucht gewährt hatten. Er konnte sie atmen hören, wie er sich selbst atmen hörte.

Der Sohn kam mißgelaunt zurück und sagte nichts. Die Mutter stellte sich vor ihn hin und sah ihm herausfordernd ins Gesicht. Er antwortete einsilbig, und selbst die wenigen Silben mußte sie aus ihm herausziehen.
»Es geht jetzt. Aber Sie laufen ja gern, also laufen Sie.«
Er spürte, daß sie ihn im Nachlassen der Spannung ein wenig neckte. Aber sie würde sich nicht erlauben, mit einem Weißen zu lachen, ihre matronenhafte Würde war unnahbar wie eh und je.
Er gab dem alten Mann die Hand, dankte ihm, dankte ihnen allen, unbeholfen, überschwenglich – keine Antwort, als er die Kinder miteinbezog, den Sohn und die Tochter, seine eigene Stimme hörte, als spräche er zu sich selbst.
Er öffnete die Tür. Sie betrachtete ihn mit verschränkten Armen. »Gott segne Sie.«

Der Wunsch zu erzählen quoll ihm wie Speichel im Mund hoch; er rannte heim, auf der richtigen Seite, um zu erzählen, was ihm passiert war. Er schluckte und schluckte vor Eile, er konnte es kaum erwarten, nach Hause zu kommen. Ab und zu schüttelte er im Laufen den Kopf; ungläubig. Alles so schnell. Ein gutes Tempo, ruhig und gleichmäßig auf dem weichen Asphalt, keine Seele weit und breit, und bevor man Zeit zum Luftholen hat – sich vorzubereiten, einen Entschluß zu fassen –, passiert es. Plötzlich war es sensationell. So passiert es, immer und überall, wird es immer passieren. Halt dich fern. Sie kamen herüber, auf ihn zu, nicht hinter ihm her, nein, sie rissen ihn mit sich. Zuerst wußte er es nicht, aber er hatte sich ihrer Bluthatz angeschlossen, ihrer Jagd auf den Mann, der bald darauf sterbend auf der Straße liegen sollte. So ist das, wenn man in etwas hineingerät, nicht mehr weiß, was man tut, nichts dagegen tun kann, nicht nein sagen kann! – dieser schreckliche, unausdenkbare Zustand, der in seiner Undenkbarkeit immer da gewesen ist. Und er hatte der Frau, dem alten Mann, nichts zu geben gehabt; wenn er lief, trug er nur ein paar Silbermünzen und den Haustorschlüssel in der kleinen Tasche bei sich, die ebenso wie die dicke, weich federnde Sohle ein besonderes Merkmal seiner Schuhe war. Konnte ihr doch nicht gut ein paar Groschen Trinkgeld geben. Und wenn er noch mal hinginge? Mit, sagen wir, hundert oder fünfzig Rand? Würde er die Baracke unter so vielen anderen je wiederfinden? Er hätte sie fragen sollen, wo sie arbeitet, sie mußte Hausangestellte sein oder so etwas, dann hätte er sie anständig belohnen können, sie in ihrer Dienststelle aufsuchen können. Wo hatte sie doch gleich gesagt, daß ihr Mann an einer dieser Ketten stand, wie man sie vor der Zufahrt zu Firmengaragen sieht? Hatte sie die Straße genannt? Was für einen Schiß er gehabt haben mußte (er grinste höhnisch), daß er nicht richtig aufgenommen hatte, was die Frau sagte! Wahrscheinlich hatte sie ihm das Leben gerettet; er spürte die Euphorie des Überlebens. Sie hielt einen halben Wohnblock an. Männer mit Golfmützen, unterwegs zu einer frühen Morgenrunde, fuhren in einem Wagen an ihm vorüber, ein paar Jogger, eben erst aufgestanden, kamen näher und liefen mit einem kameradschaftlichen Heben der Hand an ihm vorbei; er hatte das Gefühl, sein Erlebnis müßte ihm glühend im Gesicht stehen, hätten sie nur richtig hingesehen, hätten sie nur zu schauen verstanden.

Aber übertreiben wir nicht. War sein Leben wirklich in Gefahr gewesen? Sie hätten ihn töten können bei dem bloßen Versuch, ihn aus dem Weg zu stoßen, ja, dieser Vorschlaghammer – er hätte ihn versehentlich treffen können. Das Schlachtmesser, oder Beil, oder was immer das war, dieses schreckliche, scharf zugespitzte Ding mit dem geflochtenen Band – wie einer dieser hübschen Untersetzer, die sie machen und auf den Straßen verkaufen –, man könnte einen Menschen skalpieren damit, ihm mit einem Hieb die Gurgel aufschlitzen. Aber sie schienen ihn nicht einmal zu sehen. Sie hatten nur Augen für den, hinter dem sie her waren, und das war nicht er gewesen. Unter dem Auf und Ab seiner Füße auf dem grasbewachsenen Vorstadttrottoir zeichnete Blut sein Muster auf Asphalt.

Wer weiß, ob sie die Wahrheit sagte, wenn sie behauptete, daß die Polizei diese Leute schickte, um Unruhe zu stiften? Er las schließlich die Zeitungen, soweit er das beurteilen konnte, hätten es Inkatha-Leute sein können, die einem vom ANC* nach dem Leben trachteten, oder Leute von den Straßenkomitees, zu denen, wie

* *African National Congress.* A. d. Ü.

sie gesagt hatte, der Junge gehörte, die hinter einem Gemeinderatsmitglied her waren, das als Regierungsspitzel galt, oder Leute vom ANC, die sich an einem Polizeispitzel rächen wollten. Er verstand die Zeichen für ihre spezifischen Anliegen nicht zu lesen wie jemand wie sie: aus den Fetzen, die sie sich um den Kopf gebunden hatten, aus der Art ihrer improvisierten Waffen, aus ihren Schlachtgesängen. Sie konnte ihm erzählen, was sie wollte, er mußte ihr glauben. Auf welcher Seite sie auch stand – Gott weiß, wer weiß, ob sie selbst es wußte, eingesperrt in diesem elenden Loch, in dem sie zu überleben versuchten – sie hatte ihm die Tür geöffnet und ihn eingelassen.

Warum?

Warum hatte sie das getan?

Gott segne Sie.

Aus christlicher Nächstenliebe? Liebe – von der Spielart? Aber er war nicht willkommen gewesen in dem elenden Loch, sie hatte den Widerwillen, den Groll, das Unbehagen über sein Eindringen im Zaum gehalten, hatte aber selbst wenig Geduld aufgebracht für seinen dummen Fehler. *Was haben Sie denn hier zu suchen!* Er hörte noch etwas anderes: *Glauben Sie denn, Sie können hingehen, wo es Ihnen paßt? Gehört denn sogar dieser Müllhaufen Ihnen, wenn Sie sich verstecken müssen, um Ihre Haut zu retten!* Und er hatte den beschämenden Wunsch verspürt, sich an ihre Brust zu werfen, gerettet, gerettet, geborgen, in Sicherheit vor dem Geräusch der Schläge, dem Anblick des Bluts, wie er es nur bei je-

mandem sein konnte, der zu denen gehörte, die die Mörder hervorbrachten und kein Mörder war.
Als er auf eine Höhe mit dem Sicherheitskäfig des Umspannwerkes, der Imbißstube, der Tankstelle und den ersten Häusern seines Häuserblocks kam, verebbte der Wunsch zu erzählen mit dem Langsamerwerden seines Herzschlags. Er hörte sich seine Verwunderung beschreiben, den Schock, ja sogar (mit entwaffnender Ehrlichkeit) seine beschissene Angst, genoß die Tränen in den Augen seiner Frau (der Schrecken vor dem Verlust), berichtete eingehend von der bescheidenen Güte der unbekannten Frau, die ihren runden karamelfarbenen Arm ausgestreckt und ihn aus der Gefahr gezogen hatte, hörte sich die beengte Armseligkeit der Baracke schildern, in der zu wenige Besitztümer zu viel waren, um darin Platz zu finden, das im Bemühen um einen Altar der Ungestörtheit hinter dem Vorhang versteckte Bett; und zum Abschluß der gefühlvoll-fromme Segen, als sie ihn auf den Heimweg zum Frühstück schickte. Das Bedürfnis zu erzählen versank in ihm, und keiner würde es je wieder herausholen können, weil er nie wissen würde, wie er erzählen sollte; wie er das alles ordnen sollte.

»Meinst du nicht, daß du ein bißchen übertreibst? Dich so außer Atem zu bringen.« Seine Frau war halb vorwurfsvoll, halb belustigt, als sie die glänzenden Bächlein auf seinem Gesicht sah und den zum besseren Atemholen weit aufgerissenen Mund. Aber sie war noch im Morgenrock, barfuß, eben erst aus dem Bett gestiegen, und hatte sicher keine Ahnung, wie früh er gegangen und wie lange er weggewesen war, während das Haus noch schlief. Seine Tochter saß vor ihren Corn Flakes und führte eines der geflüsterten Phantasiegespräche der Kindheit mit einer Ausschneidepuppe, im Garten hörte er die Jungen herumtollen; jeder Tag ein Tag ohne Fingerabdrücke für sie.

Er trank ein Glas Saft, dann noch ein Glas Wasser. »Ich eß später was.«

»Das kann ich mir denken! Leg dich ein wenig hin. Willst du 'nen Herzinfarkt kriegen? Was ist das für'n Marathon? Wie weit bist du denn heute überhaupt gewesen?«

»Ich paß nicht auf.«

»Ja, das merkt man, mein Schatz! Das tust du nicht.«

Im Schlafzimmer das Trainingsrad, das nirgendwo hinfuhr.

Von Beruf Makler, ihr Schatz, wohnhaft unter dieser Adresse. Er zog die Laufschuhe aus und warf sein Hemd auf den Boden. Er stank nach demselben Schweiß wie der Haufen, in den er hineingeraten war, auf einer Verfolgungsjagd, die er nicht verstand.

Das ungemachte Bett war göttlich. Ihre blauen Seidenvorhänge mit dem Fliedermuster waren noch zugezogen, aber die Fenster standen offen, und der Stoff bauschte sich in der Brise, die mit leichter Hand über sein feuchtes Brusthaar strich. Er schloß die Augen. Ein extrem schwacher, hoher, winziger Laut trat schüchtern an den Rand der Dunkelheit; er rieb sich das Ohr, aber der Laut blieb. Er wollte so gerne schlafen und bemühte sich, den Laut im Strömen seines Blutes, seines Atems versinken zu lassen. Wenn er die Augen öffnete und von den Dingen im Zimmer abgelenkt wurde – dem Frisiertisch mit der bemalten Porzellanhand, die ihre Ketten und Ohrringe hielt, dem offenen Schrank mit seinen Krawatten, die dichtgedrängt auf einem Schlipshalter hingen, einer im Winkel zweier Spiegel verdreifachten roten Rose, seiner über das Wochenende verlassen auf dem Sofa liegenden Aktentasche, dem Trainingsrad –, hörte er den Laut nur, wenn er sich anstrengte. Aber sobald ihn die Dunkelheit umfing, war er wieder da: klagend, schwach, ein Fingernagelkratzen von Laut. Er rappelte sich hoch und ging langsam durchs Zimmer, auf der Suche nach der Geräuschquelle, wie ein Blinder, der sich nur auf einen Sinn verläßt. Es kam von irgendwo hinter einer Wand, drang in den geschlossenen Raum seines Kopfes aus irgendeinem anderen geschlossenen Raum. Ein Vogel. Ein gefangener Vogel. Er engte den Ursprungsort ein: das Piepsen kam aus einer Regenrinne vor dem Fenster.

Barfuß und plattfüßig vor Müdigkeit tappte er zum Frühstückstisch zurück. »Ein Vogel ist in der Regenrinne vor dem Schlafzimmer gefangen.«

»Haben mir die Kinder schon gesagt.«

»Na, dann sollen sie doch die Leiter nehmen und ihn rausholen.«

»Es muß ein Junges aus dem Nest sein, das die Stare

unter der Dachrinne gebaut haben. Ist wahrscheinlich ins Abflußloch gefallen und dann die Rinne runter, und da steckt es jetzt – was sollen die Jungen da machen?«

»Und was soll jetzt passieren?«

»Wir können deshalb nicht gut die Feuerwehr kommen lassen. Armer kleiner Kerl. Wir müssen eben warten, bis er stirbt.«

Wieder im Zimmer, im Bett, horchte er. Mit geschlossenen Augen. Jedesmal, wenn das Piepsen aufhörte, wartete er, bis es wieder anfing. Sterben. Er würde nicht sterben. Dort, in einer anderen Dunkelheit, schrie das nichtigste Stückchen Leben, schrie und schrie. Er sprang aus dem Bett und stürmte durchs Haus, auf der Suche nach ihr, brüllend, mit vor Zorn zitternden Händen. »Holt das verdammte Ding raus, hört ihr! Geht mit 'ner Stange rein, nehmt die Leiter, reißt die Rinne runter, macht was, zum Teufel!«

Sie starrte ihn an, innerlich abrückend von seinem melodramatischen Ausbruch.

»Was erwartest du eigentlich von kleinen Jungen? Ich werde nicht zulassen, daß sie sich den Hals brechen. Mach *du's* doch! Los, mach schon! Mach's, wenn du kannst. Du bist ja so sportlich.«

Amnestie

Als wir hörten, daß er freigelassen worden war, lief ich über die ganze Farm und durch den Zaun zu unseren Leuten auf der nächsten Farm, um es allen zu sagen. Erst hinterher sah ich, daß ich mein Kleid am Stacheldraht aufgerissen und dabei eine blutende Schramme an der Schulter abbekommen hatte.

Er ging vor neun Jahren fort von hier, arbeitete in der Stadt bei dem, was sie eine Hochbaufirma nennen – eine Firma, die Glaswände bis in den Himmel baut. Während der ersten zwei Jahre kam er einmal im Monat auf ein Wochenende nach Hause und Weihnachten auf zwei Wochen; zu der Zeit hielt er bei meinem Vater um mich an. Und er begann zu zahlen. Er und ich dachten, daß er in drei Jahren genug gezahlt haben würde, damit wir heiraten konnten. Aber dann fing er an, dieses T-Shirt zu tragen, er sagte uns, daß er der Gewerkschaft beigetreten war, er erzählte vom Streik, daß er einer der Männer war, die mit den Bossen sprachen, weil einige andere nach dem Streik entlassen worden waren. Er konnte schon immer gut reden, sogar auf englisch – er war der Beste auf der Farmschule, er las immer die Zeitungen, in die der Inder

Seife und Zucker einwickelt, wenn man im Laden einkauft.
Es gab Ärger in dem Wohnheim, in dem er ein Bett hatte, und Unruhen wegen der Mieten in den Townships, und er erzählte mir – nur mir, nicht den Alten –, daß wo immer Leute dagegen kämpften, wie wir behandelt wurden, sie es für alle von uns taten, auf den Farmen ebenso wie in den Städten, und daß die Gewerkschaft hinter ihnen stand, und daß er dazugehörte, Reden hielt und mitmarschierte. Im dritten Jahr hörten wir, daß er im Gefängnis war. Wir wußten nicht, wo er war, bis er vor Gericht stand. Der Prozeß fand in einem weit entfernten Ort statt. Ich konnte nicht oft dabei sein, weil ich inzwischen meine Ausbildung zu Ende gemacht hatte und an der Farmschule arbeitete. Auch hatten meine Eltern zuwenig Geld. Zwei meiner Brüder, die in die Stadt gegangen waren, um zu arbeiten, schickten nichts nach Hause; ich nehm an, sie lebten mit Freundinnen zusammen und mußten ihnen Sachen kaufen. Mein Vater und mein anderer Bruder arbeiten hier für den Buren, und ihr Lohn ist sehr gering, wir haben zwei Ziegen, ein paar Kühe, die wir weiden lassen dürfen, und ein Stück Land, auf dem meine Mutter Gemüse ziehen kann. Damit macht man kein Geld.
Als ich ihn im Gericht sah, war er sehr schön in einem blauen Anzug mit einem gestreiften Hemd und brauner Krawatte. Alle Angeklagten – seine Genossen nannte er sie – waren gut gekleidet. Die Gewerkschaft kaufte die Anzüge, damit der Richter und der Staatsanwalt merk-

ten, daß sie es nicht mit dämlichen Schwarzen zu tun hatten, die nur *»ja-baas«* sagten und ihre Rechte nicht kannten. Diese Dinge und alles andere über das Gericht und den Prozeß erklärte er mir, als ich ihn im Gefängnis besuchen durfte. Unser kleines Mädchen wurde geboren, während der Prozeß im Gange war, und als ich das Baby zum ersten Mal mit in den Gerichtssaal brachte, um es ihm zu zeigen, umarmten ihn seine Genossen und umarmten dann mich über das Geländer vor der Anklagebank hinweg, und sie hatten zusammengelegt, um mir etwas Geld als Geschenk für das Baby zu geben. Er suchte den Namen für sie aus, Inkululeko.

Dann war der Prozeß vorüber, und er bekam sechs Jahre. Er wurde auf die Insel geschickt. Wir wußten alle von der Insel. Unsere Führer waren so lange da gewesen. Aber ich habe das Meer nie gesehen, habe es nur in der Schule blaugemalt, und ich konnte mir ein Stück Land davon umgeben nicht vorstellen. Ich konnte nur an einen Dunghaufen denken, den das Vieh fallengelassen hatte, und der in einer tiefen Regenpfütze schwamm, durch die es getrottet war, der Himmel im Wasser wie in einem Spiegel, blau. Ich schämte mich, mir nur das vorstellen zu können. Er hatte mir erzählt, daß die Glaswände die Bäume auf dem Gehsteig spiegelten und die anderen Gebäude der Straße und die Farben der Autos und die Wolken, wenn der Kran ihn auf einer Plattform höher und höher in den Himmel hob, um oben an dem Gebäude zu arbeiten.

Man erlaubte ihm einen Brief im Monat. Es war mein

Brief, weil seine Eltern nicht schreiben konnten. Ich ging immer zu ihnen, dahin, wo sie auf einer anderen Farm arbeiteten, um sie zu fragen, was sie ihm sagen wollten. Die Mutter weinte immer und legte die Hände auf den Kopf und sagte nichts, und der alte Mann, der jeden Sonntag für uns im Veld predigte, sagte, schreib meinem Sohn, daß wir beten. Gott wird alles für ihn richten. Einmal schrieb er mir zurück: Das ist das Problem – unseren Leuten auf den Farmen, denen erzählt man, Gott weiß am besten, was gut für sie ist, damit sie nicht die Kraft finden, etwas zu tun, um ihr Leben zu verändern.

Als zwei Jahre vergangen waren, hatten wir – seine Eltern und ich – genug Geld, um nach Kapstadt zu fahren und ihn zu besuchen. Wir fuhren mit dem Zug und schliefen im Bahnhof auf dem Fußboden und erkundigten uns am nächsten Tag nach dem Weg zur Fähre. Die Menschen waren hilfsbereit und freundlich; sie wußten alle, wenn man zur Fähre wollte, dann deshalb, weil man jemanden auf der Insel hatte.

Und da war es – da war das Meer. Es war grün und blau, steigend und fallend, weiß aufbrechend bis in den Himmel. Ein schrecklicher Wind schlug es hin und her; es versteckte die Insel, aber Menschen wie wir, die auch auf die Fähre warteten, wiesen dorthin, wo die Insel sein mußte, weit draußen auf dem Meer, das ich mir nie so vorgestellt hatte, wie es wirklich war.

Da waren noch andere Boote und Schiffe, so groß wie Gebäude, die an andere Orte fuhren, auf der ganzen

Welt, aber die Fähre ist nur für die Insel, sie fährt sonst nirgendwo auf der Welt hin, nur auf die Insel. Also warteten alle, die dort warteten, auf die Insel, es war eindeutig, daß wir am richtigen Ort waren. Wir hatten Süßigkeiten und Kekse, Hosen und eine warme Jacke für ihn (eine Frau, die bei uns stand, sagte, wir würden ihm die Kleidungsstücke nicht geben dürfen), und ich trug das alte Barett nicht mehr, das die Farmmädchen über den Kopf gezogen trugen, ich hatte Creme zum Haarglätten gekauft von dem Mann, der über die Farmen fährt und Waren aus einem Kasten auf seinem Fahrrad verkauft, und mein Haar lag dick und naß gekämmt unter einem geblümten Schal, der die goldenen Ringe in meinen Ohren nicht verdeckte. Seine Mutter hatte sich ihre Decke über dem Kleid um die Taille gebunden, eine Farmfrau, aber ich sah genauso gut aus wie jedes von den anderen Mädchen hier. Als die Fähre soweit war, uns aufzunehmen, standen wir dichtgedrängt und still zusammen, wie Vieh, das darauf wartet, durch ein Gatter gelassen zu werden. Ein Mann sah sich immer wieder um, sein Kinn bewegte sich auf und ab, er zählte, er muß Angst gehabt haben, daß wir zu viele waren, um alle mitzukommen, und er wollte nicht zurückbleiben. Wir bewegten uns alle auf den Polizisten zu, der kontrollierte, und alle vor uns gingen auf das Schiff. Aber als wir dran waren, streckte er nach irgendwas die Hand aus, ich wußte nicht, wonach.

Wir hatten keinen Passierschein. Wir wußten nicht, daß man, bevor man nach Kapstadt kommt, bevor man zu der Fähre zur Insel kommt, einen Passierschein von der Polizei braucht, um einen Gefangenen auf der Insel zu besuchen. Ich versuchte, ihn nett darum zu bitten. Der Wind blies mir die Stimme aus dem Mund.

Er wies uns ab. Wir sahen, wie die Fähre schaukelte, wie sie an die Anlegebrücke stieß, auf der wir standen, wie sie sich bewegte, gehoben und gesenkt von all dem Wasser, wie sie kleiner und kleiner wurde, bis wir nicht mehr wußten, ob wir wirklich sie sahen oder einen der Vögel, die schwarz aussahen und auf und nieder gingen, da draußen.

Das einzig Gute war, daß jemand von den anderen Leuten die Süßigkeiten und Kekse für ihn mitnahm. Er schrieb, daß er sie bekommen hatte. Aber es war kein guter Brief. Natürlich nicht. Er war böse auf mich; ich hätte das mit dem Passierschein herausfinden, ich hätte es wissen müssen. Er hatte recht – ich kaufte die Eisenbahnkarten, ich fragte nach dem Weg zur Fähre, ich hätte das mit dem Passierschein wissen müssen. Ich habe die Schule abgeschlossen. In der Stadt gab es ein Beratungsbüro, von der Kirche geführt, schrieb er. Aber die Farm ist so weit von der Stadt, wir auf den Farmen wissen nichts von solchen Dingen. Es war so, wie er sagte; durch unsere Unwissenheit hält man uns nieder, diese Unwissenheit muß weg.

Wir fuhren mit der Eisenbahn zurück, und wir kamen nie auf die Insel – wir sahen ihn die ganzen drei Jahre, die er noch da war, nicht. Nicht einmal. Wir konnten das Geld für den Zug nicht auftreiben. Sein Vater starb, und ich mußte seiner Mutter mit meinem Lohn aushelfen. Für unsere Leute ist immer Geld die Sorge, schrieb ich. Wann werden wir je Geld haben? Darauf schickte er einen so guten Brief. Darum bin ich auf der Insel, weit weg von Dir, ich bin hier, damit unsere Leute eines Tages die Dinge haben, die sie brauchen, Land, genug zu essen, das Ende der Unwissenheit. Da war noch etwas – ich konnte davon nur das Wort ›Macht‹ lesen, das Gefängnis hatte es geschwärzt. All seine Briefe waren nicht nur für mich; der Gefängnisbeamte las sie, bevor ich es tat.

Er kam nach nur fünf Jahren nach Hause!
So erschien es mir, als ich es hörte – die fünf Jahre waren plötzlich verschwunden – nichts! – ich mußte nicht noch ein ganzes Jahr warten. Ich zeigte meinem – unserem – kleinen Mädchen wieder sein Foto. Das ist dein Daddy, er kommt, bald siehst du ihn. Sie erzählte den anderen Mädchen in der Schule, ich hab 'nen Daddy, genauso wie sie mit dem Kitzchen angegeben hatte, das sie zu Hause hielt.
Wir wollten, daß er sofort kam, und zugleich wollten wir Zeit, um uns vorzubereiten. Seine Mutter wohnte bei einem seiner Onkel; jetzt, da sein Vater tot war, gab es kein Vaterhaus für ihn, in das er mich bringen konnte, sobald wir geheiratet hatten. Wenn Zeit gewesen wäre, hätte mein Vater Stangen geschlagen, meine Mutter und ich hätten Ziegel gebacken, Reet geschnitten und ein Haus für ihn und mich und das Kind gebaut.

Wir wußten nicht genau, an welchem Tag er ankommen würde. Wir hörten nur in meinem Radio seinen Namen und die Namen einiger anderer, die entlassen wurden. Dann bemerkte ich im Laden des Inders die Zeitung, *The Nation*, die von Schwarzen geschrieben wird. Vorne drauf war ein Bild mit einer Menge von Leuten, die tanzten und winkten – ich sah sofort, daß es an der Fähre war. Einige Männer wurden auf Schultern getragen. Ich konnte nicht erkennen, wer von denen er war. Wir warteten. Die Fähre hatte ihn von der Insel herübergebracht, aber wir erinnerten uns, daß Kapstadt weit von uns entfernt ist. Dann kam er wirklich. An einem Sonnabend, keine Schule, also arbeitete ich mit meiner Mutter zusammen, wir mähten und zogen Unkraut um die Kürbisse und den Mais herum, mein Haar, das ich eigentlich hübsch halten wollte, mit einem alten Tuch zusammengebunden. Ein Kombi kam über das Veld, seine Genossen hatten ihn hergebracht. Ich wollte weglaufen und mich waschen, aber er stand da, streckte die Beine und rief he! he!, und seine Genossen machten Lärm, und meine Mutter begann auf die alte Art aii! aii! zu kreischen, und mein Vater stampfte in die Hände klatschend auf ihn zu. Er breitete die Arme für uns aus, dieser große Mann in Stadtkleidung, geputzten Schuhen, und die ganze Zeit, während er mich umarmte, hielt ich meine dreckigen Hände, die voller Erde waren, von ihm weg, hinter ihn. Seine Zähne trafen mich hart durch seine Lippen, er griff nach meiner Mutter, und ich kämpfte in seiner Umarmung, um ihm das Kind hochzuhalten. Ich dachte, wir würden alle hinfallen! Dann sagte niemand mehr etwas. Das Kind versteckte sich hinter meiner Mutter. Er hob sie hoch, aber sie wandte das Gesicht ab und auf ihre Schulter. Er redete sanft mit ihr, aber sie antwortete ihm nicht. Sie ist beinahe sechs! Ich sagte, sie sollte kein Baby sein. Sie sagte: Das ist er nicht.

Die Genossen lachten alle, wir lachten, sie lief weg, und er sagte: Sie braucht Zeit, sich an mich zu gewöhnen.

Er hat zugenommen, ja; viel. Man konnte es kaum glauben. Er war früher so dünn, daß seine Füße zu groß für ihn wirkten. Ich konnte seine Knochen fühlen, aber jetzt – in der Nacht –, als er auf mir lag, war er so schwer, ich konnte mich nicht daran erinnern, daß es so gewesen war. Eine so lange Zeit. Es ist merkwürdig, daß einer im Gefängnis kräftiger geworden ist; ich glaubte, er würde da nicht genug zu essen kriegen und schwach herauskommen. Alle sagten: Seht ihn euch an! – er ist ein Mann geworden. Er lachte und schlug sich die Faust an die Brust, erzählte, wie die Genossen in den Zellen trainiert hatten, er war jeden Tag drei Meilen gelaufen, auf der Stelle in der kleinen Zelle, in der sie ihn hielten. Nachdem wir zusammengewesen waren, flüsterten wir früher immer noch eine lange Zeit, aber jetzt merke ich, daß er an Dinge denkt, von denen ich nichts weiß, und daß ich ihn nicht mit meinem Gerede stören darf. Ich weiß auch nicht, was ich sagen soll. Ob ich ihn fragen soll, wie es war, fünf Jahre dort eingeschlossen; oder ob ich ihm etwas von der Schule oder dem Kind erzählen soll. Was ist sonst hier passiert? Nichts. Wir haben nur gewartet. Tagsüber versuche ich manchmal ihm zu erzählen, wie es für mich war, hier zu Hause auf der Farm, fünf Jahre. Er hört zu, er ist interessiert, genauso wie er interessiert ist, wenn Leute von anderen Farmen zu Besuch kommen und mit ihm über kleine Dinge reden, die ihnen passiert sind, während er all die Zeit fort auf der Insel war. Er lächelt und nickt, stellt ein, zwei Fragen und steht dann auf und streckt sich. Ich verstehe, daß er das tut, um ihnen zu zeigen, es ist genug, er denkt wieder an das, womit er beschäftigt war, bevor sie kamen. Und wir Farmleute sind sehr langsam; wir erzählen Dinge langsam, wie er früher auch.

Er hat sich keine neue Arbeit gesucht. Aber er kann nicht bei uns zu Hause bleiben; wir haben geglaubt, daß er nach fünf Jahren da draußen in der Mitte des grünen und blauen Meeres, so weit weg, ein bißchen bei uns ausruhen würde. Der Kombi oder irgendein Auto kommt ihn abholen, und er sagt: Mach dir keine Sorgen, ich weiß nicht genau, an welchem Tag ich wieder hier bin. Zuerst habe ich gefragt: In welcher Woche, nächste Woche? Er hat versucht, es mir zu erklären: In der Bewegung ist es nicht so, wie es in der Gewerkschaft war, wo man jeden Tag seine Arbeit macht und danach mit den anderen zusammensitzt; in der Bewegung weiß man nie, wo man hin muß und was als nächstes zu tun ist. Und dasselbe ist es mit dem Geld. In der Bewegung ist es nicht so wie ein Job, mit regelmäßiger Bezahlung – ich weiß das, er braucht mir das nicht zu sagen –, es ist so

wie auf die Insel gehen, man tut es für alle unsere Leute, die leiden, weil wir kein Geld haben, kein Land haben – sieh mal, hat er gesagt und von dem Zuhause meiner Eltern, meinem Zuhause gesprochen, dem Zuhause, das auf ihn gewartet hat, mit seinem Kind: Sieh dir das hier an, dem weißen Mann gehört der Boden, und er läßt euch hier in Lehm- und Blechhütten nur so lange wohnen, wie ihr für ihn arbeitet – *Baba* und dein Bruder säen sein Getreide und hüten sein Vieh, Mama macht sein Haus sauber, und du bist in der Schule, ohne überhaupt die Chance zu haben, richtig als Lehrerin ausgebildet zu werden. Der Farmer besitzt uns, sagt er.
Ich habe immer gedacht, wir hätten kein Zuhause, weil keine Zeit war, ein Haus zu bauen, bevor er von der Insel zurückkam; aber wir haben überhaupt kein Zuhause. Das habe ich jetzt verstanden.
Ich bin nicht dumm. Wenn die Genossen in dem Kombi hierherkommen, um mit ihm zu sprechen, gehe ich nicht mit meiner Mutter weg, nachdem wir ihnen Tee gebracht haben oder Bier (wenn sie es für das Wochenende gemacht hat). Sie mögen Bier, sie reden über unsere Kultur, und einer von ihnen legt meiner Mutter immer extra den Arm um die Schulter und nennt sie die Mama von ihnen allen, die Mama von Afrika. Manchmal machen sie ihr eine große Freude, erzählen ihr, wie sie auf der Insel gesungen haben, und bringen sie dazu, ein altes Lied zu singen, das wir alle von unseren Großmüttern kennen. Dann fallen sie mit ihren kräftigen Stimmen ein. Mein Vater mag es nicht, wenn sie so laut

sind, daß man es über das Veld hört; er hat Angst, daß der Bure ihn und seine Familie rauswerfen könnte, wenn er merkt, daß mein Mann ein Politischer ist, einer von der Insel. Aber mein Bruder sagt, wenn der Bure fragt, soll er ihm erzählen, es wär eine Gebetsstunde. Dann ist das Singen vorüber; meine Mutter weiß, daß sie ins Haus gehen muß.

Ich bleibe und höre zu. Er vergißt, daß ich da bin, wenn er über etwas spricht und streitet, das ihm, wie ich merke, wichtig ist, wichtiger als alles, was wir einander je sagen könnten, wenn wir alleine sind. Aber ab und zu, wenn einer der anderen Genossen spricht, sehe ich, daß er mich einen Augenblick lang anguckt, wie ich eine meiner Lieblingsschülerinnen in der Schule angucke, um das Kind zu ermutigen, ihm verstehen zu helfen. Die Männer sprechen mich nicht an, und ich spreche nicht. Eines der Dinge, über die sie reden, ist die Organisation der Leute auf den Farmen – der Landarbeiter, wie mein Vater und Bruder und früher auch seine Eltern. Ich lerne, was das alles ist: Mindestlohn, Arbeitszeitbegrenzung, Streikrecht, Jahresurlaub, Unfallentschädigung, Rente, Kranken- und sogar Mutterschaftsurlaub. Ich bin schwanger, endlich habe ich wieder ein Kind in mir, aber das ist Frauensache. Wenn sie von dem Großen Mann reden, den Alten Männern, weiß ich, wer die sind: unsere Führer sind auch aus dem Gefängnis entlassen worden. Ich habe ihm gesagt, daß wir wieder ein Kind bekommen. Und dieses wird das Kind eines neuen Landes sein, hat er gesagt, er wird die Freiheit aufbauen, für die wir gekämpft haben! Ich weiß, er will, daß wir heiraten, aber im Augenblick haben wir dazu keine Zeit. Er hatte kaum Zeit, das Kind zu machen. Er kommt zu mir so, wie er herkommt, um etwas zu essen oder saubere Kleidung anzuziehen. Dann hebt er das kleine Mädchen hoch, schwenkt sie einmal herum, und schon ist es wieder vorbei, er steigt in den Kombi, er wendet seinem Genossen bereits das Gesicht zu, das nur von dem weiß, was in seinem Kopf ist, diese Augen, die sich so schnell bewegen, als jagte er hinter etwas her, das man nicht sehen kann. Das kleine Mädchen hat keine Zeit gehabt, sich an diesen Mann zu gewöhnen. Aber ich weiß, sie wird stolz auf ihn sein, eines Tages!

Wie kann man das einem sechsjährigen Kind beibringen. Aber ich erzähle ihr über den Großen Mann und die Alten Männer, unsere Führer, damit sie weiß, daß ihr Vater mit ihnen auf der Insel war, daß dieser Mann auch ein großer Mann ist.

Sonnabend, keine Schule, und ich pflanze und hacke Unkraut mit meiner Mutter, sie singt, aber ich nicht; ich denke nach. Am Sonntag wird nicht gearbeitet, da haben wir da, wo wir dem Farmer nicht in die Quere kommen, unter den Bäumen, Gebetsstunden, und in den Lehm- und Blechhütten, in denen der Farmer uns auf seinem Land wohnen läßt, wird Bier getrunken. Ich geh allein herum, wie ich es früher gemacht habe, als ich noch ein Kind war und mir Spiele ausdachte und mit mir selbst redete, wo niemand mich hören konnte oder

nach mir suchen würde. Ich sitze am späten Nachmittag auf einem warmen Stein, weit oben, und das ganze Tal ist ein Pfad zwischen den Hügeln, der von mir fortführt. Es ist die Farm des Buren, aber das ist nicht wahr, das Land gehört niemandem. Das Vieh weiß nichts davon, daß irgend jemand sagt, es gehört ihm, die Schafe – sie sind graue Steine und werden dann eine dicke graue Schlange, die sich bewegt – wissen es auch nicht. Unsere Hütten und der alte Maulbeerbaum und die kleine braune Matte Erde, die meine Mutter gestern umgegraben hat da unten, und da ganz hinten die Baumgruppe um die Kamine und das glänzende Ding, das der Fernsehmast des Farmhauses ist – sie sind nichts auf dem Rücken dieser Erde. Mit einem Zucken könnte sie sie loswerden, wie ein Hund es mit einer Fliege macht.
Ich bin hier oben, wo die Wolken sind. Die Sonne hinter mir verwandelt die Farben des Himmels, und die Wolken verwandeln sich selbst, langsam, langsam. Einige sind rosa, einige sind weiß, sie schwellen an wie Seifenblasen. Darunter ist ein Streifen aus Grau, nicht genug, um es regnen zu lassen. Er wird länger und dunkler, eine dünne Schnauze und ein langer Körper wächst ihm, und dann ist das Ende ein Schwanz. Eine riesige graue Ratte bewegt sich über den Himmel, ißt den Himmel.
Das Kind erinnerte sich an das Foto; sie sagte: *Das ist er nicht.* Ich sitze hier, wo ich oft hinging, als er auf der Insel war. Ich ging hierher, um von den anderen wegzukommen, um allein zu warten.

Ich beobachte die Ratte, sie verliert sich, ihre Gestalt, während sie den Himmel ißt, und ich warte. Warte darauf, daß er zurückkommt.
Warte.
Ich warte darauf, nach Hause zurückzukommen.

Regine Laudann
übersetzte die Erzählungen
Es war einmal
Die endgültige Safari
Mein Vater verläßt seine Heimat
Genossen
Teraloyna
Zuhause
Eine Reise
Beute
Amnestie

Stefanie Schaffer-de Vries
übersetzte die Erzählungen
Spring
Ein Fund
Manche sind zu süßem Glück gemacht
Der Moment, bevor der Schuß fiel
Sichere Häuser
Was hast du geträumt?
Sich fithalten